論創海外ミステリ29

RONSO KAIGAI MYSTERY

THE MELTING MA

Victor Canning

溶ける男

ヴィクター・カニング
水野恵 訳

論創社

読書の栞（しおり）

インチキ霊媒師と誘拐計画が絡むコミカルなクライム・サスペンス『ファミリー・プロット』（一九七八）は、アルフレッド・ヒッチコックが最後に手がけた映画だが、その原作である『階段』（七二）を書いたのが、ここに紹介されるヴィクター・カニングであった。同書は英国推理作家協会賞（ＣＷＡ）シルヴァー・ダガー受賞作でもある。

カニングの作家デビューは、一九三四年に上梓された *Mr. Finchley Discovers His England* だが、これはミステリではない。ミステリを書き始めたのは、第二次世界大戦後の *The Chasm*（四七）からで、爾来、三〇冊以上の長編を発表。戦前にはアラン・グールド名義の作品も半ダースほど書いているが、こちらはミステリかどうかは分からない。ジュリアン・フォレスト名義の *The Wooden Angel*（三八）という作品もあるようだ。日本では、先の『階段』と『ＱＥ２を盗め』（六九）のほか、一ダースほどの短編ミステリと、戦後に書かれたジュニア小説のスマイラー少年三部作が訳されている。

その作風は、スパイ諜報活動を描いたスリラーあるいは冒険小説で、単発作品が主流だが、六五年から六八年にかけて、同じ私立探偵を主人公にすえ、続けざまに四冊の作品を書き下ろしている。ここに紹介される『溶ける男』（六八）は、その私立探偵レックス・カーヴァーが活躍するシリーズの四作目にあたる。当時は、映画『007は殺しの番号／ドクター・ノー』（六二）に始まるショーン・コネリー版007シリーズの人気が沸騰していた時期で、あるいはそれに刺激されたものだろうか。というのは、カーヴァーの経歴が元情報部員で、諜報がらみの事件に関わることが多いからではなく、悪役の個性的な造形と、カーヴァーが受ける拷問のアイデアが、いかにも007的な印象を受けるからだ。

単なる自動車盗難事件が、インターポールも絡む国際謀略事件へと変わっていく物語は、現在からすればB級テイストのように感じられるかもしれないが、作者が筆勢を下げ、格調を落とすということをしていないため、イギリスが元気だった頃の、どこか懐かしさを感じさせる面白さがある。『溶ける男』という奇妙な題名の意味は、最後になって明らかになるが、そこで描かれるテリー・ギリアムを思わせるビジョンは、ブラックでクレージーなユーモアに満ちていて、カニングの底力のようなものをうかがわせてくれるのだ。

装幀／画　栗原裕孝

目次

主要登場人物

レックス・カーヴァー……私立探偵
ヒルダ・ウィルキンス……カーヴァーの秘書
カヴァン・オドウダ……億万長者
ジュリア・ヤング・ブラウン……オドウダの義理の娘
ゼリア……ジュリアの妹
ミラベル・ハイゼンバチャー……オドウダの婚約者
ダーンフォード……オドウダの執事
ティッチ・カーモード……オドウダの運転手
ジンボ・アラクィ……謎のアフリカ人エージェント
ナジブ……謎のアフリカ人エージェント。ジンボの双子の兄弟
パンダ・ブバカル……アラクィ兄弟のアシスタント
トニー・コラード……自動車修理工
ミミ・プロブスト……トニーの妻
オットー・リブシュ……ミミの元恋人
マックス・アンセルモス……青年実業家
セイフ・ゴンワラ将軍……アフリカの元首
ミグス……スポーツジム経営者。カーヴァーの友人
アリスティド・マーキッシー・ラ・ドール……インターポールの捜査官
ジェラルド・アルスター・フォリー……スコットランドヤード捜査課の警視正。通称ガフィー

第1章

ああ、そのきらめきがわたしを夢中にさせる
ロバート・ヘリック

俺は窓枠に足を載せ、街角で繰り広げられているドラマを眺めていた。と言ってもたいしたものじゃない。客を待つ車列の先頭で、タクシーの運転手が両切りの葉巻を吸いながら「イヴニング・スタンダード」の朝刊を読んでいる。気の早いプラタナスの落ち葉が、秋風に吹かれて狂ったように舞う。青いベッドカバーにくるまった西アフリカ系の男が、大きな顔に二五〇ワットの笑みを浮かべ、楽しそうに通り過ぎて行く。新手の瞑想法を試しているのか、あるいはハーレムにとびきり美人の新妻が加わったのだろう。歩道の黄色いライン上に駐車したミニ・オースティンを取り締まる交通監視官。向かい側の歩道を歩く二人の若い娘。一人はボッティチェルリもびっくりのブロンド美人で、もう一人はトランジスタラジオを下げ、アイスキャンディーをくわえている。真鍮《しんちゅう》のプレートを磨くホテルのボーイ。側溝に集まっていた雀を蹴散らす鳩。ビジネスマンが二人、山高帽をかぶりブリーフケースと傘をたずさえて、トラ

ファルガー広場のほうへ急いでいる。

外を眺めるのに飽きて自分の足に目をやった。ずいぶん前から手入れをしていないスウェードの靴。黒っぽいスーツに不似合いな緑色の靴下。だが、俺はまったく気にならなかった。毎年この時期になると、たいていのことはどうでもよくなる。長い休暇に入る直前の俺はいつも無気力で、感傷的な気分になるのだ。五日以内に休暇を取るつもりでいた。バッテリーが切れかけている。早いとこ行き先を決めなければ。

背後でオフィスのドアが開いた。俺は振り返らなかった。どうせウィルキンスだ。ヒルダ・ウィルキンス、三五歳、独身。赤さび色の髪に、きまじめそうな——少々きまじめすぎる——青い瞳。分厚いツイードのスカートを履き、飾り気のない白いブラウスを着て、袖口の伸びた灰色のカーディガンをはおっている（油絵のモデルにしたいタイプではない）。彼女は俺のパートナーであり、俺たちは固い絆で結ばれている。しかし、彼女が俺を認めてくれることはめったにない。どうして辞めないのか疑問に思うこともある。給料のせいでないことだけは確かだ。

「ちょっと銀行に行ってくるわ」

俺は振り向いた。

「振り込みにか、それとも下ろしに行くのか？」

「下ろすのよ」彼女は言った。「事務所の電話、こっちに切りかえておいたから」

「下ろす金なんてあるのか」

「少しくらいなら。行き先は決まったの？」

「いや。っていうか連れてく相手も決めてないし。っていうかどの娘《こ》がいいと思う?」

彼女はフンと鼻を鳴らし、踵を返した。俺の異性関係や言葉づかいに対して、彼女が意見を言うことはめったにない。

俺はかまわず続けた。「ヴェニスのグリッティ・パレスに泊まろうかな」

「いいんじゃない――一泊だけなら。ホニトンのお姉さんの家に行けばいいのよ。なんたって食べるものはただなんだから」

「そいつは名案だ。クロテッド・クリームにシードル、脂ののったベーコン、目玉焼き、チターリング、ブラック・プディング、ロースト・ポーク、ボイルド・ビーフ、ダンプリング……確かに少し太ったほうがいいしな」

俺のベストの一番下のボタンをちらりと見て、彼女は言った。「そうかしら」

彼女が部屋を出て行くと、俺は自分の下っ腹を見た。たぶん彼女が正しい。最近、デスクワークが多かったから。反対側の壁にかけたカレンダーを眺め、暇に飽かして、クリスマスの買いものをする日があと何日あるか考えた。そこへ邪魔が入った。

電話が鳴った。しばらく放っておいてから受話器を取った。

「カーヴァー&ウィルキンスです」

取り澄ました男の声が言った。「レックス・カーヴァーさんはいらっしゃいますか」

「少々お待ちください。ただいま所在を確認してまいります」

受話器を置き、煙草に火をつけた。ここは小さな事務所だ。いつもはウィルキンスと二人きりで、仕事が立て込んだときだけ外部から手を借りている。しかし、大きな会社だという印象を与えても害はない。それに長年の経験からして、どうやら電話の相手は新しい客のようだ。俺はこれから休暇を取って旅に出る予定なのだ。借金を取り立てて歩いたり、保険金詐欺の片棒を担がされたり、見つけてもらいたがっていない行方不明者を捜して足を棒にしたり、そんなせこい仕事で足止めを食らうのはごめんだ。

受話器を取った。

「申し訳ございません。あいにくカーヴァーは席を外しております」

「外出しているということですか?」用事があるときに、その相手がいないという事態に慣れていないような口ぶりだった。

「はい、残念ながら出かけております」

「では、伝言をお願いできますか?」

「もちろんですとも」

「わたしはカヴァン・オドウダの執事です。オドウダの車が本日午後三時に迎えにあがるとお伝えねがいたい。一泊する準備をされてきたほうがいいでしょう」

「カーヴァーはそのお約束のことを存じているのでしょうか?」

かすかに苛立った声が答えた。「もちろん知らせてあります。そうでなければ確認の電話などかけません。三時に車が迎えにあがります。では」

受話器を置く音がして、電話は切れた。

なかなか興味深い話だ。しかし、立ち上がってロンドンの電話帳でオドウダという名前を探そうとは思わなかった。俺に必要なのは休暇であって仕事ではない。ただしここで問題なのは、金も必要としているということだ。俺はいつだって金欠で、金のためなら手段を選ばないこともある。だがいまは——預金残高が多少なりともあるかぎり——完全な休息と気分転換が必要なのだ。椅子にもたれて行き先をあれこれと考えた。税金対策のためにマルタ島に隠居した友人のところに行こうか——そうなると、セーリングにつき合わなきゃならないな。ヨットにつきものの、帆を上げたり下げたりする作業が俺は嫌いなのだ。スペインのコスタ・ブラヴァはどうだろう。フィッシュ・アンド・チップスに、死ぬほどまずいガスパチョ、聞くたびに背筋が寒くなるフラメンコのメロディ。フランスのビアリッツにしようか。エドワード七世の静かな保養地——だったのは遠い昔のこと。今じゃ、あわただしくて騒々しいだけの一大リゾート地だ。道路にはシトロエンが溢れ、砂浜を歩けば大西洋から吹きつける風で、あっという間に顔中砂と泡だらけ。どこか静かなところはないものか。カンヌの内陸まで足を伸ばしたらどうだろう。あそこなら快適に過ごせるかもしれない。平和な一人きりのくつろぎの時間。ぶどうの蔓《つる》がからまる東屋《あずまや》で夜はペルノをちびちびやり、朝はロゼを水がわりに飲む。一人きりであることを除けばなかなか悪くない。一人が嫌なら連れを探すほかない。机の引き出しにしまったアドレス帳をようやく取り出す気になったとき、電話が鳴った。伸ばしかけた手の方向を変えて、受話器を取った。

ウィルキンスだった。「いま戻ったわ」

「そりゃよかった。きみがいなけりゃこの事務所は立ちゆかないよ」彼女が何も答えないので続けて尋ねた。「オドウダっていうやつと会う約束をした覚えはあるか？」

「いいえ」

「ならいいんだ」

受話器を置いた。アドレス帳のことは忘れていた。どのみち、なんだかんだと理由をつけて断られるのだ。もちろん新しい世界に飛び込むという手もある。もしも予約が取れたら、たとえば船旅とか。いやだめだ。ああいう連中は元気がよすぎる。船が進む距離を賭けたり、輪投げや卓球で大騒ぎしたり。仮装パーティなんかもってのほかだ。いずれにしろ恋人のいない若い女はみんな、あっという間に士官たちに持って行かれてしまう。どうあがいても軍服と日焼けした肌には勝てやしない。

プライベート用の外線電話が鳴った。俺はしぶしぶ受話器を取った。

「カーヴァーだ」

ミグスのよく通るだみ声が鼓膜に響き、俺は思わず顔をしかめた。

「どうした、相棒。ここ一カ月トレーニングをさぼっているな。すっかり肉がついて脚の靭帯が見えなくなっただろう。膝小僧の上がくぼんでるはずだ、間違いない」とミグス。

「ほっといてくれ。どうせ飲んでるんだろう」

「まったくのしらふだよ。この仕事は酒が入っちゃ務まらない。それはそうとこっちへきて一杯つき合わないか。耳寄りな情報があるんだ」

「そんなら自分の胸にしまっておけよ。でも、酒にはつき合おう。これから行く。腹直筋がちゃんと動いてくれたらな」

隣の事務室では、ウィルキンスが黄土色の毛糸で編みものをしながら、「デイリー・テレグラフ」のクロスワード・パズルを解いていた。

「ミグスのとこに行ってくる」

彼女は顔を上げて言った。「昼食を取るのを忘れないでね。それと、どうしてカヴァン・オドウダのことを訊いたの?」

「彼の名前がカヴァンだなんて言ってないぞ」

彼女は机の上の操作盤を顎で指した。「レコーダーのスイッチを入れていたのよ」

「そいつのことを知ってるのか?」

「聞いたことあるわ。確か——」

「言わなくていい。いまの俺の問題はただ一つ。休暇にどこへ行くかだ」

大股で事務所をあとにした。


階段を下りたところで立ち止まり、ノーサンバーランド通りを見渡した。左側の少し離れた広場では、柱の上に立ったネルソン提督が見えない目で鳩や椋鳥《むくどり》の襲撃を牽制している。俺の右横に、カーヴァー&ウィルキンスと刻まれた薄汚れた真鍮のプレートがある。かつてはカーヴァーとだけ記されていたが、いつにも増して赤字がかさんだある年、ウィルキンスはへそくりをはたいて（彼女は父親と二人暮らし。もとは船の乗客係だった父親は根気強い男だが、競馬は負けてばかりいる）、この窮地を救いたいと言い出した。そのとき彼女の瞳は無言で訴えていた。せめて二秒でも感謝の気持ちを示してほしいと。そこで俺は何も言わずにプレートを取りかえた。早く磨いてやらないと、誰かがこっぴどく叱られることになるだろう。

俺はミグスのところに向かった。すっかり休暇モードに入っている人間にとって、三五〇メートルの道のりを歩くのはらくじゃない。

自動車修理工場の裏手に、ミグスはスポーツジムを持っている。料金は高めだが予約はいつもいっぱいだ。ミグスはかつて特殊部隊の軍曹だった。彼のトレーニングを受けたあとは、どんなに体を鍛えている人間でも、これまで存在すら知らなかった筋肉が悲鳴を上げていることに驚かされる。ごく一部の得意客に、武器なしで戦う術を教えるコースもあって、音を立てずに速やかに相手を始末するとっておきの方法を伝授してくれる。

ジムに到着したとき、ミグスはレッスンを終えたところだった。黙って事務所に入り腰を下ろした。やがてミグスが姿を現し、シャワーを浴びたばかりの赤い顔を輝かせて俺を見るなり言った。「おいおい、いい若いもんが体はすっかり年寄りだな。一〇レッスンくらいまとめて予約していけよ。まけといてやるから」

「いいんだよ、このままで。九月を過ぎたら体重を増やして冬を越す。熊と同じだ。酒を飲ませてくれるんじゃないのか？」

彼は戸棚を開けてウィスキーを取り出した。

俺たちは腰を下ろして酒を飲んだ。ミグスは悲しげに首を振り、あからさまに落胆した顔で俺の全身を眺めまわした。その様子はまるで、古代ギリシャのアスリートをモデルに粘土で模型を作ったのに、とんでもない失敗作ができて嘆く彫刻家といったところだ。

「おまえに必要なのは仕事だ。本題に入る前に、最近は何をしているのか聞かせてくれ」

「俺に必要なのは休暇で、いまはその最中なんだ」

「休暇は待ってくれるが、おいしい話は待ってくれない。例の仕事、引き受けろよ。らくして大金を稼ぐチャンスだぞ。おまえそういうの好きだろう？　とにかく、あのいがぐり頭のじいさんは使い切れないほどの財産を持っているんだ。確実な成果を見込めないものに金をばら撒くようなまねはしないがな。億万長者ってのはそういうものだ」

「俺が好きなのは、謎かけみたいな話し方をしないやつと、もっとウィスキーの濃度が高いソーダ割りだ」グラスを差し出すとミグスはウィスキーを足した。

「伝言を聞いてないのか？」

「伝言？」

「昨日の夜、メルドさんに電話で伝えたんだが」

「今日は月曜日だからね。ブライトンで週末を過ごして、今朝、駅から真っすぐ事務所にきたんだ。要するに、俺に仕事をあてがおうとしているのか？」

「あてがったのさ。今日の三時に、おまえのところに車が迎えにくることになってる」

「余計なお世話だ」

「相手が億万長者じゃなければな。彼の息子はイタリアの戦場でおれの隣で殺された。その縁で、親父さんはいつもおれに目をかけてくれて、公私を問わず車に関する仕事は全部まわしてくれる。そのためにわざわざジャック・バークレーという会社を作ってね。億万長者ってのはちょっといかれてるんだ。車はロールスロイスとベントレーばかりだし、それを気まぐれで年に四回も五回も買いかえる。昨日はファセル・ヴェガを届けてきた。娘の誕生日プレゼントなんだとさ」

「子供のころいつも思っていたよ。金持ちのパパが欲しいって。ところで休暇をアイルランドで過ごすってのはどうだろう?」

「なんにもないぞ。あるのはセレクトって呼ばれる酒場だけだ。それも雑貨屋の半分にテーブル一つと椅子三脚を並べた程度の代物さ。おまけに連中の天気感覚は完全に狂っている。ホテルから外に出たら暴風雨。なのにドアマンは『実にいい天気ですね』なんて抜かすんだぜ。それにおれはギネスもジョン・ジェイムソンも嫌いだ」

「じゃあ、アイルランドはパスしよう」

「だからこの仕事を引き受けろって。おまえのこと、ずいぶん褒めてやったんだぞ。誠実で頼りがいのある、大胆だが分別も備えている男だって。機転をきかせて素早く窮地を脱し、広い情報網を持っていて、どんな危険にもひるむことなく立ち向かって行く」

「そいつはすごい。羽さえあればバットマンだ。つまり、その仕事の依頼主はカヴァン・オドウダという人物なんだな?」

「言ってなかったか?」

「聞いてない。だが気にしないでくれ。俺は仕事なんて欲しくない。休暇中なんだ」

「おまえは引き受けるさ」

「どんな仕事だ?」

「車が盗まれたんだ」

思わず失笑した。スコットランドヤードの警官もきっと笑うだろう。いまごろはすっかりべつの車に変わっているはずだ。エンジンブロックの番号を新たに刻印し、ギアボックスを取りかえ、ナンバープレートもつけかえて、色を塗り直し、偽造した整備記録簿といっしょにどこかの中古車市場でせりにかけられる。あるいは、泥棒どもの仕事に使われたあと、ハックニーあたりに捨てられているかもしれない。

「警察に任せておけばいいさ。期待はできないけどな」

「この話にはまだ先があるんだ。盗まれたのはイギリスじゃない」

「というと?」

「外国のどこかだ。それ以上は教えてくれなかった。本当の目的は車じゃないような気がするんだ。あくまでも本人は車を探しているふりをしているけど」

「勘弁してくれよ。毎年九月は休暇を取るって決めているんだ」

「会うだけでもいい。おまえが訪ねて行くって言っちまったんだよ。期待を裏切ったら、仕事を取り上げられるかもしれない」

「おまえが嘘をついているって知らなかったら、嘆き悲しんでやるところだけどな」

「とりあえず会ってくれ。その上で断るなら仕方ない。けど、もう一つとっておきの情報があるんだ。あそこには娘がいてな、例のファセル・ヴェガを貰った子だ。おまえの似顔絵を描いてみせたときの彼女の目の輝きを見せてやりたかったな。実を言うと、ちょっと男前に描きすぎたかもしれない。それにしても……」

「ごちそうさん」俺は出口に向かった。

「行く気になったか?」

「ランチを食べにね。必ず食べろって言われてるんだ」

「おまえには失望したよ」

「俺もときどき自分に失望する。だけどいまは休みが必要なんだ。たまには息抜きをしなくちゃ」

「どこへ行く?」

「絵葉書を送るよ」

俺はジムをあとにした。


考えを改めるつもりはなかった。人間はつねに、自分が何をしたいかを把握しておくべきだし、できればその理由も知っておいたほうがいい。盗まれた車の行方を追うなんて真っぴらだ。オドウダは新しい車を買えばいいし、車を盗まれた以上の問題があるのなら、ほかのやつが対処すればいい。スコットランドヤードとか、インターポールとか、ルクセンブルクの軍事情報局とか、アイルランド警察《ガルダ》とかはそのために存在するのだ。俺は一年のうち一一カ月働く。仮にその期間だったら引き受けていただろう。だが九月がきたら、霧が漂い果実が芳醇な香りを放つ季節がきたら、休暇を取るのだ。

　しかし、今年の九月はそうはいかなかった。

　午後四時、俺はロールスロイスの車内に座っていた。熱したナイフでバターを切るように車は国道二一号線を滑らかに走り、サセックスへ向かっている。

　そうなった理由はいたって簡単で、実に人間らしいものだ。もちろん、かのヘリックはそのあたりのことを詩に書いている。ヘリックがあんな詩を書いたのは、彼女の本当の名前を知ったからだけではなく、俺と同じくデヴォンシャーの出身だからだろう。そこらの田舎者と違って、デヴォンシャーの男はかなりのロマンチストなのだ。とりわけ、シルクをまとった女が目の前に現れたときは。ヘリックは、彼女のシルクのドレスの裾が水のように美しく流れる様を描き、最後にこう締めくくっている。「ああ、そのきらめきがわたしを夢中にさせる！」俺の場合は、たった二秒で悩殺されたというわけだ。

　その日の三時二分過ぎ、俺は机に足を上げて『犯罪学者《ザ・クリミノロジスト》』の八月号を読んでいた——どういうわけか犯罪科学出版から毎月無料で送られてくるのだ。「犯罪科学における塵埃《じんあい》」というタイトルの記事を読みふけっていると、インターコムが弱った蜂のような音を鳴らし、ウィルキンスの声が聞こえてきた。

「カヴァン・オドウダさんの車が迎えにみえました」

「追い返せ」俺はスイッチを切った。

続きを読む。一般家庭の塵埃には、実にたくさんの物質が含まれているものだ――ケイ土、アルミニウムや鉄の酸化物、マグネシウム、石灰、チタン、アルカリ……。

ふたたびブザーが鳴った。

ウィルキンスが言う。「オドウダさんの運転手がお会いになりたいそうです」

「その運転手に伝えてくれ。あんたの雇い主と会う約束はしていない。それから個人的な事情を話せば、俺がいま欲しいのは仕事じゃなくて休暇だ。それから――」

ウィルキンスがスイッチを切った。俺の御託に嫌気が差したんだろう。

その三秒後、部屋のドアが開き、俺はとっさに顔を上げた。もちろんそれで勝負はついた。先制パンチをまともに食らってしまったのだ。

彼女は黙って俺を見た。一方、俺はまぶしさにくらんだ目をぱちぱちさせた。彼女はドアを閉め、ゆっくりと近づいてきた。スカートの裾を滑らかに波打たせて。その動きはうっとりするほど優雅だった。彼女が一歩踏み出すたびに、グレーのシルクのドレスに金と銀の糸で施された小さな刺繍が光を受けてきらきらと輝く。金と銀の光の粒が踊る水面で作ったドレスを想像してもらえれば、それ以上説明する必要はない。深く切れ込んだVネックの胸元には上品なリボンがあしらわれ、まるで蝶が一休みしているようだ。

「いったいどういうこと？　わざわざロンドンまで迎えにきたのに」

俺はやっとのことで言葉を発した。「きみがオドウダさんの運転手だとしたら、素晴らしい制服だね」

「馬鹿なこと言わないで。わたしは娘のジュリアよ」

俺は立ち上がった。相手が運転手ならそんなことしないが、億万長者の娘なら話は違う。億万長者の娘じゃなくても立ち上がっていただろうが。年齢は二〇代前半。髪は濡れたように黒く、唇はサクランボのように瑞々《みずみず》しい。ほどよく日に焼けた顔、物怖じしない黒い瞳、意思の強そうな鋭角的な顎。どことなくジプシーを思わせるエキゾチックな顔立ちは、揺るぎのない自信で光り輝いている。ずいぶん怒っているし、興奮している。簡単にあしらえるタイプではなさそうだ。

俺より少し背が高いがかまうもんか。欲張りすぎるのはよくない。俺はそこに突っ立ったまま、主人の命令を待つ猟犬のように武者震いをした。

彼女が口を開いた。「素敵なドレスでしょう？　ジャック・ファットのデザインよ」

「思わず目が釘づけになってしまったよ。俺はレックス・カーヴァーだ」

とんちんかんな受け答えに、彼女はかすかに眉毛を持ち上げた。「あなたが誰かは知っているわ。だけど、ミグスさんの説明とはずいぶん違うのね。どことなく輪郭がぼやけている感じ」

「秋だから」俺は言い訳した。「ちょっとゆるんできたかな。ベストシーズンは五月なんだ」

彼女は腕時計を見て――盤面のダイヤモンドがきらりと光った――言った。「そんなに待っていられないわ。わたしも父も。それでくるの？　こないの？」

「休暇を取ろうと思っていたんだけどな」俺はブツブツ言った。

「それならどうぞ休んでちょうだい。父にはあなたに会えなかったって伝えるから」彼女は踵を返した。

俺は部屋の隅に行って、身のまわりのものを詰めてある週末用のバッグを手に取った。

「いじわるだな、きみは。でもいいさ。きみのためならどこへでも行くよ」俺は満面の笑みを作った。笑顔を作るのもなかなか大変なのだが、その価値はある。「ジュリア・オドウダ。素晴らしい名前だ。アイルランドの野の花のような。カネマラの疾風がきみの髪を吹き抜け――」

彼女は歩みを止めることなく言った。「わたしは義理の娘なの。名前はジュリア・ヤング・ブラウン。あなたには後ろに座ってもらうわ。運転中に膝に手を載せられたらたまらないもの。いい？」かすかに笑みをにじませた黒い瞳で俺をじっと見た。

「わかったよ」俺は素直に応じた。

彼女につき従って事務所を通った。ウィルキンスが呆気に取られた顔で俺を見ている。

「今度、電話で『運転手』という言葉を使うときは、男か女か教えてくれ。ということで、俺は囚われの身になった」

先を歩くジュリアがくすくす笑っている。流れの速い浅瀬を小石が転がるような心地よい声だった。

ウィルキンスが言った。「メルドさんに電話をしておくわ。今夜、あなたは戻らないって」

迎えの車はファセル・ヴェガではなく、大きな黒塗りのロールスロイスだった。見た目は霊柩車に似ていなくもないし、後部座席は葬儀場みたいに静かだ。座席の横に銀色のホルダーがあって、そこにはめ込んだチューブが運転席まで続いている。

ウェストミンスター橋に差しかかったところで、そのチューブに向かって口笛を吹いた。

「本当の運転手はどうしたんだい？」

チューブを耳に当てると、答えが返ってきた。「ティッチのこと？　釣りに出かけたわ。父――つまり義父といっしょに」

「車が盗まれたくらいで、どうしてこんな大騒ぎをするんだ？」

「ゼリアが悪いのよ。あの子ったら失敗ばかりするの」

「ゼリア？」

「妹よ。詳しい話はあとで聞いて」

「どこへ向かっているんだい？」

「サセックスよ。セドレスコームの近くの。イブニングライズ（夕方の魚がよく釣れる時間帯のこと）には間に合いそうね」

「イブニングなんだって？」

車はバスと石油のタンクローリーに行く手を阻まれていた。「ちょっと黙っててちょうだい。目の前のラックに雑誌があるでしょ」

何冊か引っぱり出し、結局ラックごと取り外した。『ヴォーグ』『ザ・フィールド』『イラストレイテッド・ロンドン・ニュース』『プレイボーイ』『リヴェイル』など。どれも最新号ばかりだ。半分ほど減った煙草ケースには、ボリバル・プチ・コロナが並んでいる。その高価な葉巻に火をつけ、『プレイボーイ』を手に座席にゆったりともたれた。

ロンドン市街を出るや、彼女は一気にアクセルを踏み込んだ。まるで車に羽が生えろと言わんばかりの勢いで。もっとスピードを出せば飛び立てると、本気で思っているのかもしれない。その静かな車内に誰かが乗り合わせていたら、時計の音は聞こえなくても、俺の心臓が上顎にぶつかる音は聞こえただろう。俺は自分の軽はずみな行動を後悔しはじめていた。ジプシーの面影を持つ美しい娘が、俺の一年間の煙草代に匹敵するジャック・ファットのドレスを着てオフィスに現れ、物怖じしない黒い瞳で俺を見つめた。とたんに、あんなに固かったはずの決意が一瞬にして砕け散り、こうして仕事に舞い戻ってしまった。休暇を取るつもりでいたのに。

行き先までの道順を覚えるつもりはなかった。かれこれ一時間半もかかって、ようやく車は入り口らしき門を曲がった。門柱にはグレーハウンドの石像が据えられ、それぞれに覆いがかぶせられている。その覆いの上に何かの装置がちらりと見えたが、確認する前に通り過ぎてしまった。それから風致地区をさらに八〇〇メートルほど走った。前方に大きな屋敷が現れたと思いきや、脇道に折れたせいで、すぐに視界から消えてしまった。長い下り坂の両側には、薄汚れたブナとモミの林が続き、陽射しの届かない根元にはシャクナゲが群生している。

林を抜けると、草が生い茂る小高い土手の麓に行きついた。ジュリアは円形の広い車まわしでUターンをして停車した。俺は車を降り、運転席に座ったままの彼女に歩み寄った。

「なんとも刺激的なドライブだったよ。頭がしゃきっとした。こいつを車庫にしまうときは、しっかりマッサージをして干草をたらふく食べさせてやってくれ。でも、しばらく酒は飲ませないほうがいいな。今度はきみのファセル・ヴェガで出かけよう。きっと楽しいと思うよ」

彼女は、俺の頭のてっぺんから爪先まで、そして爪先から頭のてっぺんまでを、まじまじと眺めた。まるで骨董品の家具――足つきの洋だんすとか、想像するだけで実際に目にしたことはないもの――を見るように。「おもしろい人ね。なんだか、よくわからないけど――でも、それだけの人なのかも」

「あるいは疲れているだけかもしれない。二、三日田舎の空気を吸えたらなぁ。ところで、親父さんはどこだい?」

「父の前ではさぞかしお行儀よくなるんでしょうね」

そのとき俺は悟った。事務所で彼女に会ったとき、椅子から思わず立ち上がってしまったわけを。彼女は天使にも悪魔にも変わる可能性を持っているのだ。もし接し方を誤って怒らせたら、一生嫌われるどころか(それならまだ望みがある)、記憶から抹消されるだろう。だが、彼女を正しく理解し巧みに操ることができたら、その男の行く先には星が輝き花が咲き乱れる未来が待っている。いずれにしろ、いまの俺のように輪郭がぼやけているようでは、まず見込みはない。

俺は彼女にウィンクした。「前にも億万長者を相手にしたことがあるんだ。あくまでも目的は金だと知らせておけば、彼らを扱うのは簡単さ。それで親父さんはどこに?」

「その土手の向こうよ。ベルを鳴らして呼ぶの。荷物は置いていって。屋敷に運ぶから」

彼女は車のエンジンをかけた。

発車する前に俺は言った。「きみは義理の親父さんのどこが嫌いなんだい?」

そのとき、俺は初めて、氷のように冷たく暗い眼差しをまともに食らった。そして、彼女は見るからに動揺していた。アクセルを乱暴に踏み込み、ロールスロイスは尻を振ってきた道を引き返して行った。

煙草に火をつけ、土手に設けられた石の階段を上った。土手の裏側はコンクリートのダムだった。てっぺんに草を短く刈り込んだ道が通っていて、土手の向こうには三〇エーカーはありそうな人造湖が広がっていた。その湖を松林が取り囲み、遠くの対岸にはカシの大木に覆われた山がどっしりと構えている。土手のずっと向こう、湖に向かって左側の、ダムが途切れるところに一軒のボート小屋と、二〇メートルほど湖面に突き出た桟橋がある。湖の中央に、二人の男を乗せた手漕ぎボートが浮かんでいる。

ダム沿いに桟橋を目指して歩いた。松林から数羽の鳩が現れ、ブナ林の奥のほうで雉《きじ》が鳴いている。湖の対岸の浅瀬から鴨の群れがいっせいに飛び立った。なかなかいい場所だ。ダムやボート小屋や桟橋の状態からして、最近建設されたのだろう。オドウダはかなりの大金をつぎ込んだにちがいない。さすがだな、と俺は思った。アイルランドやスコットランドまで行けないとき、自分の家の軒先で釣りざおを垂らすことができるというわけだ。

ボート小屋を通り過ぎて桟橋を進んだ。かたわらに船外機のついたグラスファイバーの船が係留されている。桟橋の突端に木の柱が一本立っていて——まるで小さな絞首台のようだ——大きな真鍮のベルが下がっている。ひもを数回引っぱった。甲高い音色が湖面を渡ってあたりに響く。足を投げ出して桟橋に座り、手漕ぎボートが戻ってくるのを待った。

ところが、鐘の音は届いたはずなのに、二人は俺に見向きもしない。仕方なく煙草を吸って気長に待つことにした。鐘の音は聞こえている。帰る準備ができたら戻ってくるだろう。億万長者を急かそうとしたって無駄なのだ。仕事を引き受けることになったら、待ち時間分として報酬に五パーセント上乗せしよう。ミズネズミが桟橋の下から姿を現し、湖岸に群生するアイリスに向かってのんびりと泳いで行く。燕《ツバメ》が湖をかすめ飛び、水面にマスが跳ねたような輪が広がる。三〇メートル上空を飛ぶ鷺《サギ》。両足をぴんと揃えて悠然と松林の向こうへ消えて行く姿は、老いた貴婦人を思わせる。晴れ渡る空、白い雲。心地よいそよ風が吹き、湖面にさざなみを立てる——申し分のない一日だ。湖に目をやると、投げそこねた釣り糸が陽射しを受けてきらりと光った。待つことが苦にならず、もうしばらくこうしていたい気分だった。俺はすっかりリラックスしていた。

ところが、平和なひとときは突如として破られた。

二つのことが同時に起こった。少なくとも俺にはそう思えた。ライフルの発射音が響き、ベルの支柱を銃弾がえぐった。俺の頭の数センチ上だ。削れた木片が俺に当たってひらりと舞い落ちる。それが水面に達する前に、俺はボート小屋に向かって駆け出していた。

第2章

松明《たいまつ》の光、夜に開かれた窓、その温かな恋人を招き入れよう
ジョン・キーツ

どこから狙われているのかわからぬまま、ボート小屋にたどりつく直前に二発目が発射された。頭上を銃弾が通る音が聞こえ、心臓が縮み上がった。怒りと恐怖が胸に込み上げる。俺は息をあえがせながら、ボート小屋の陰に駆け込んだ。

桟橋を振り返った。湖上の二人は相変わらず釣りをしていて、俺のほうをちらりとも見ない。周囲が目に入らないほど釣りに熱中しているというのか。

ボート小屋の裏手から顔を突き出して、近くの松林に目を凝らした。すると驚いたことに、ジーパンにウィンドブレーカーという格好の男が木陰から現れ、林に沿って駆けていくではないか。手にライフルを持っている。

五〇メートルほど距離を置いて跡をつけることにした。姿を見られないよう、松林をジグザグに進む。地面が緩い上り坂になって、松林が途絶えたところに五本の横木を渡した柵があった。

男はそれを飛び越えると、何かを持ち上げるために草むらに身をかがめた。スクーターだった。男がライフルを背負うのを見て、俺は駆け出した。男の右足が動き、エンジンがかかる。

俺が柵に達したのとほぼ同時に、スクーターは隘路に飛び出した。柵から身を乗り出して後ろ姿を目で追い、ナンバーを記憶に焼きつけた。JN四八三九。二〇メートルほど走ったところで、男は肩越しに俺を振り返った。俺が手を振ると、小さく手を上げた。その顔は石炭のように黒く光っていた。

なぜ俺が命を狙われなければならないのか。首をひねりながら重い足取りで桟橋に戻った。思い当たるふしはない。桟橋の突端にたどりついたとき、ちょうどボートが接岸しようとしていた。

船を操っているのは、ひからびたレモンのような顔をした小男だった。首から双眼鏡を下げている。こっちが運転手のティッチ・カーモードだろう。シャツにズボン、口の端に大きな葉巻をくわえ、トラウト用の毛ばりを刺した古びた帽子をかぶっている。船尾の座り心地のよさそうな椅子に腰を下ろしているもう一人の男が、カヴァン・オドウダだ。

ボートが残りの二〇メートルを進む間、俺はオドウダをじっくり観察した。身長は二メートル余り、いくら背が高いとはいえ、胴まわりは標準を遙かに越えている。あれでは寝る準備をするのさえ難儀だろう。彼のパジャマを作るには、捨てるつもりでいた切れ端までかき集めなければ布が足りないにちがいない。年齢は六〇歳前後。水色のつなぎにゴム長靴。かぼちゃのような形の頭——それが本物のかぼちゃなら、どこかのコンテストで優勝しそうなほど大きい。

俺が見るかぎり首はなく、短く刈り込んだ髪は、まるで赤茶けた粉をまぶしたようだ。黒いサングラス、口の端にくわえた葉巻。手は異様に大きく、甲には赤毛がまばらに生えている。しかし、のちに彼が釣りをするところを見たとき、その手が実に器用かつ鋭敏であることを俺は知った。

栈橋の階段の下にボートが横づけにされると、オドウダが言った。「きみがカーヴァーくんかね?」

「おっしゃるとおり」

俺の皮肉っぽい口調に、オドウダは気づいた素振りを見せなかった。

「乗りたまえ」彼は言った。

階段を下りて行くと、彼はサングラスを外し、淡いブルーの瞳で俺を見た。顔に比べて小さすぎる目は、肉としわの間にめり込んでいる。こんなに巨大で不健康そうな億万長者を見るのは初めてだ。

俺は船首に腰を落ちつけた。

「もう一度船を出してくれ、カーモード」

カーモードは栈橋から船を押し出し、俺はその頭越しにオドウダを見た。

「よくきてくれた」オドウダが言った。「ミグスからきみを推薦されてね。彼は私のおかげで毎年数千ポンドの利益を上げている。むろん、私はそれを嬉しく思っているがね。ミグスは骨のある男だ。ところでさっき銃声が一発聞こえたが」

「二発です。何者かがあなたの柱か、あるいはこの俺を射撃の標的にしたんですよ。林の端まで追いかけたけど、スクーターに乗って逃げられてしまった」

大きな顔には驚きの片鱗さえない。

彼は「カーモード」とだけ言って、運転手の足元にあるバスケットを顎で示した。カーモードはオールを漕ぐのをやめて、バスケットからフラスクを取り出し、肩越しに俺に手渡した。ふたを開け、酒を喉に流し込んだ。クールボアジェVSOPらしい。俺はフラスクを返した。カーモードはそれを一方の手で受け取り、もう片方で葉巻を差し出した。俺がそれに火をつけると、ふたたびオールを漕ぎはじめた。

「釣りは?」オドウダという名前はアイルランド人っぽいが、言葉に訛りはないようだ。大きくてよく響く声。どちらかというと、大西洋を渡ってきた連中の話し方に似ている。ひょっとするとカナダ人かもしれない。

「父親から――もうこの世にいないが」俺は言った。「五歳のときに、タールノットの結び方を教わりましたよ」

「きみの親父さんは正しい。世間が思っているより多くの魚が、釣り糸から外れた仕かけをつけたまま命を落としている。カーモードのさおを使うといい」

そのさおは船首に立てかけてあった。ハーディ社のものだ。ポイントに到着すると、カーモードは疑似餌としてブラッディー・ブッチャーを一つとインヴィクタスをいくつか取り出した。

俺は訊いた。「今日の釣果《ちょうか》は?」

オドウダはすでにさおを垂らしていた。「レインボウに、ブラウン、ギラルーが数匹。ギラルーを知っているかね?」

「いえ」

「アイルランド産のトラウトだ。メルヴィン湖やアーン湖なんかに生息している。ここのはそれほど大物じゃないがね」

俺は苦心して釣り糸に毛ばりをつけ、さおの感触を確かめるために一度、二度と素振りをした——実に美しいさおだ。毛ばりは二〇メートルほど先まで飛んだ。悪くない。さおに触るのは一年ぶりだ。オドウダは俺を見ている。たぶんオドウダという人間は、自分のまわりのすべての事物や人間に目を光らせている男なのだろう。

カーモードは風に流されないようボートを操り、毛ばりは徐々に湖底へ沈んでいく。水深の半分に達したあたりで、俺の毛ばりの上の湖面が小さく波立ち、さおがぐいと引っぱられた。当たりがきた。釣り糸がぴんと張り、さおがしなる。それから五分間格闘したすえに、ようやく魚が姿を現した。陽射しを受けて脇腹がきらりと光る。カーモードがその下に網を差し入れた。レインボウが一匹、毛ばりのインヴィクタにかかっていた。立派な魚だ。一〇キロはあるだろう。毛ばりを外し、叩いてとどめを刺した。船底に横たわる魚に太陽が降りそそぎ、脇腹に紅色の太い線がくっきりと浮かび上がる。しかし、その鮮やかな色は、魚が事切れるや急速に褪せてしまった。俺は湖岸を縁取る松林に目をやった。俺の暗殺未遂犯は、その気になれば簡単に戻ってこられるはずだ。

「まずまずだな」オドウダが言った。「夕食に食べられるぞ。うちのシェフはパルメザンチーズをかけてグリルにする。味は天下一品だ。魚の風味を殺さず最大限に生かす。ところで、きみを狙った犯人の姿を見たのかね？」

「いえ、はっきりとは。見える距離まで近づく前に走り去ってしまった。そういえば、やつは戻ってくるかもしれませんよ」

「こないさ」

「だといいんですが」

「とにかく、そいつの狙いはきみじゃない。この私だ。標的を間違っただけだよ。どうせ事前にろくな説明を受けていないんだろう」

ボートは松林の近くにきていた。オドウダはみごとなスペイキャストで睡蓮《すいれん》の群落の向こうに毛ばりを落とした。次の瞬間、毛ばりに魚がかかり、最終的にカーモードが大きなブラウン・トラウトを網ですくい上げた。オドウダを見て、改めて首をひねった。俺とオドウダを間違えるなんて、いったいどんな説明を受けたのだろう。この仕事を引き受ければかなりの危険手当が支払われるにちがいない。

一時間ほど釣りをした。オドウダはブラウン・トラウトの雄と雌を三匹ずつ釣り上げた。俺はブラウンを一匹釣り、そのあともう一度当たりがきたが、釣り糸が切れて逃げられてしまった。

「大物だったのに」俺は言った。

「ちょっと急ぎすぎたな」カーモードが言う。

「腕がなまっているんだろう」オドウダは頭をまわして俺を振り返り、鋭い一瞥をくれた。「小魚を釣り上げるのはたやすい。だが、大きな魚を釣り上げるには……そう、時間的な要因が、算術的ではなく、幾何級数的に影響するんだ。つまり大物を捕まえるには、時間と根気が必要なんだよ。そうやって私は億万長者になったのさ」彼はさも愉快そうに笑った。大量の雨水が下水道から溢れ出すような不気味な笑い声だ。俺はその声が嫌いだった。そしてその男に強烈な不快感を覚えた。

オドウダは腕時計を見やり、カーモードにうなずいてみせた。カーモードは足元のバスケットに手を伸ばし、ハンドマイクを取り出すとそれに向かって言った。

「オドウダ様の車を。五分後に」

マイクをバスケットに戻すと、栈橋に向かってボートを漕ぎ出した。

俺がバスケットを見ていることに気づき、オドウダが言った。「時間と根気だよ、カーヴァーくん。それからつねに外部との連絡を絶やさないこと。人生は思わぬところに危険が転がっているものだ」

俺は黙っていた。彼の人生哲学に異を唱えるつもりはない。しかし、実際に億万長者にならなければ、その哲学を受け入れられそうにない。

大きなステーションワゴン、濃紺のフォード・ゼファーが車まわしで待っていた。運転席にはきちんとした身なりの四〇歳くらいの小男が座っていた。小さな歯ブラシのようなちょび髭、大きな歯。瑪瑙《めのう》のようなギョロ目が乾かないように、せわしなく瞬きをしている。改めて紹介されなかったが、彼らの会話からその男がダーンフォードという名前で、オドウダの執事であることがわかった。

屋敷に向かう車中の会話で、興味を引かれたのは一つだけだった。

「その男がどうやって侵入したのか詳しく説明してくれ、ダーンフォード」オドウダが言った。

「公道を通ってきたんですよ」オドウダと話すときでさえ、俺と電話で話したときと同じように、ダーンフォードは早口で口調に棘があった。「あの道を閉鎖する法的な権限はありません」

「なら、べつの方法を考えろ」

会話はそれで終わった。それが億万長者の解決方法なのだ。権限がなければべつの方法を見つけ出せばいい。

オドウダの屋敷は大きくて四角い石造りの建物だった。小さなアーチをくぐり抜けると、大きな板石を敷いた中庭に出る。玄関まで続く歩道はわずかに上り坂になっていて、両脇の手すりには数メートルごとにクラシカルなヌードの彫像が配されている。無表情で太ももの太い女の像ばかりだ。玄関ホールは思いのほか狭い。あとで聞いたところでは、入り口のマホガニーのドアは鋼鉄で裏打ちされているそうだ。オドウダと俺はエレベーターに乗って三階に上がり、美術館のようにずらりと絵が飾られた廊下に降り立った。オドウダは待機していた男の使用人に、俺を部屋に案内するよう指示した。それから俺に向かってうなずくと、姿を消した。使用人がべつの方向に歩き出し、俺はあとに続いた。ぴかぴかに磨かれた床で滑って転ばないように、慎重に足を運んだ。

「一時間ほどで」使用人が立ち去る前に言った。「夕食の準備が整います」

「屋敷の地図をくれないか。何もないと迷ってしまいそうだ」

「その必要はないでしょう」そう言って彼は立ち去った。

部屋には寝室とバスルームがついていた。寝室の窓から庭園が見える。窓の外には小さなバルコニー。デッキチェアを置くには十分な広さだ。そこに立つと同じ棟の部屋を見渡すことができる。どの窓にも似たようなバルコニーがついている。

折り返されたベッドカバーの上に、ブライトンのパジャマとガウンが置いてある。背の低いサイドテーブルに銀のトレーが載っていて、葉巻、グラス、水差し、ソーダ、氷、そして酒のボトルが四本用意されていた。毛足の長いじゅうたんは、一歩踏み出すたびに小さな悲鳴を上げる。先ほど釣りをした湖の絵が一枚。年代を感じさせる調度品はどれも磨き込まれている。クロムと大理石のバスルーム。ため息をついただけで水が流れるトイレ。一人では広げられないほど大きなバスタオル。ゴージャスな室内を一通り検分し終わると、銀のトレーの前に戻り、ウィスキーのソーダ割りを作った。見ると、ソーダのボトルの底に小さな紙切れが貼ってあった。インクで何やら書いてある。


話したいことがあるので今晩遅くにうかがいます。

わたしが現れたときに叫んだりしないように。

ジュリア

酒を飲み、夕闇が近づく庭園に目を凝らした。ティッチ・カーモードが双眼鏡で何かを見ている。ライフル男が松林から駆け出すところを、カーモードは見ていたのではないか。あの双眼鏡はかなり性能が高いはずだ。俺が見たのと同程度のものは見えただろう。それにオドウダとダーンフォードのやり取りから察するに、あの出来事は無線で伝えられていたにちがいない。二発の銃弾がオドウダを狙ったものだとすれば、彼の落ちつきぶりはたいしたものだし、俺に向けられたのだとしたら、彼の客人への無関心ぶりもまた尋常ではない。もっとも彼は億万長者だ。異常な事態に遭遇しても、一般人のような反応を示さなくなって久しいのかもしれない。だからといって、俺の気がいくらかでも軽くなるわけじゃないが。それにジュリアの目的はいったいなんなのか?

酒を飲み干し、ベッドのそばの電話の受話器を取った。内線専用の電話だった。地下かどこかに交換室のようなものがあるのだろう。応対に出た若い女にミグスの電話番号を告げた。のちほどかけ直すと言われたのでいったん受話器を置き、二杯目の酒を作ることにした。

三分ほどでミグスと電話が通じた。いつもの調子で軽口を叩きはじめたミグスを制すと、そういう場合ではないことをすぐに察してくれた。この屋敷から外部へかけたすべての電話、もしくは俺のような客の電話は、すべて盗聴されていると思ってまず間違いない。

「あるスクーターについて調べてほしいんだ。メーカーは不明。ナンバーはJN四八三九。スコットランドヤードのガフィーが協力してくれるだろう。わかったらウィルキンスに伝えてくれ」
「わかった。調べてみよう」
受話器を置きバスルームに向かった。戸棚には様々な種類の入浴剤が並んでいた。フローリスの八九番を選び、三〇分ほど風呂につかった。

オドウダはモスグリーンのジャケットを着て、ゆったりした白いシャツの襟元をはだけている。チェックのズボンに、黒いエナメルの室内履き。片手にブランデーのグラスを、もう片方に葉巻を持っている。俺は同じようなものを手に持って、向かいの席に座った。ただし、葉巻はそんなに大きくないし（俺が選んだ）、ブランデーの量もそれほど多くない（オドウダがついでくれた）。

男の使用人が部屋に迎えにきて、俺をそのダイニングルームに案内した。オドウダの書斎から離れた場所にある、こぢんまりとした部屋だった。そこで二人きりで食事をした。黄金色に透き通ったスープ、シェリー酒、パルメザンチーズとムルソーワインの風味がほのかに香るトラウト。ほうれん草とローストポテトを添えた牛フィレ肉に、フランス産の赤ワイン、クラレット。さすがにどれも絶品で、俺たちはテーブルの上にあるものを平らげた。オドウダは俺よりもよく食べよく飲んだが、あの体格を考えれば当然だ。それはさておき、オドウダはその食事を心から楽しんでいた。実際、彼は世界中のありとあらゆる快楽を追求するタイプの人間だし、それを邪魔する者が現れたら許さないだろう。オドウダは夕食の間、釣りや、所有する数々の屋敷についてしゃべりつづけた。俺が口を開く必要はなかった。ただ話に耳を傾け、いつになったら本題に入るのだろうと考えていた。

ここでオドウダの所有物を紹介しよう。屋敷はここのほかにロンドンとカンヌにあって、エヴィアンの郊外には城を、パリにはフラットを持っている。それから、アイルランドでは川の漁業権を、スコットランドでは数千エーカーに及ぶ地域の狩猟許可証を取得している。そうそう、土地ならバハマにもある。そこでゴルフをしたり、大物を釣り上げたりするために。人生は愉快だし、なんでも手に入るっていうのは最高だ！　最後の一言は彼が実際に言ったわけじゃない。でもそう思っているにちがいない。もちろん俺は赤ワインのせいでちょっとばかり酔っていたし、嫉妬もしていた。当然じゃないか。俺は富に対抗できるものを何一つ持っていない。彼の財産の三分の一で俺は満足するし、一生楽しく暮せるだろう。もう少し懐《ふところ》が温かくなれば気分も軽くなって、憂鬱な月曜日の朝だってやり過ごせるはずだ。さらにつけ加えれば、オドウダはこの屋敷のガレージに六台、ほかの場所にも相当な数の車を所有している。それなのにメルセデス二五〇ＳＬを一台盗まれたくらいで、なぜ大騒ぎするのか。彼にしてみれば自転車を一台なくした程度のことなのに。

オドウダはくつろいだ様子で椅子に座り、肉に埋もれた小さな青い目でさっきから俺をじっと見ている。チェックのズボンがずり上がり、しわの寄った黒いシルクの靴下の上から、太くて青白い脛《すね》がのぞいている。オドウダは言った。「早いとこ仕事の話をしたいんじゃないのか？」

「まだ何も引き受けちゃいませんよ。仕事を依頼しようとしているのは、俺じゃなくてあなただ。急を要することなら、湖の上で事情を聞かせてくれたでしょう」

オドウダはこの返答が気に入るかどうかしばし考え、結局、無視することに決めたらしい。

「ミグスはきみのことをずいぶん褒めていたぞ」

「友達というのはそういうものでしょう。多少大げさになることもある」

「きみは一年でいくら稼ぐ?」

やはりそうきたか。億万長者はその話題を避けて通れないらしい。

「あなたが釣りと狩猟に費やす金額よりも少ない――でも、あなたの仕事を引き受けたら、今年は当たり年になるでしょうね」

オドウダはこの返答についても一瞬考え、笑い出した。それから驚くほど親しげな口調で言った。「きみは億万長者に対して固定観念を持っているようだな。そして典型的な二つの反応の一つ――反抗的な態度――を取ることに決めた。馬鹿ばかしい。もう一つの反応は卑屈に媚びを売ること。どっちもうんざりだ。自然にふるまったらどうかね」

「それは無理な話ですよ。しかし、反抗的に聞こえたのならお詫びします。そろそろ仕事の内容を明かして、さっそく取りかからせたらどうです?　引き受けたらの話ですが」

「そりゃあ引き受けるさ。その気がないならここにいるはずがない。とにかく仕事は簡単だ。私の車が一台盗まれた。正確にはメルセデス・ベンツ二五〇ＳＬ。ナンバー八二八‐Ｚ‐九六二六。色は赤、ハードトップ、一九六六年型……」

話を聞きながら、どんな車だろうと知ったことかと思っていた。盗んだ連中はその車をイギリスで売り払ったはずだ。三〇〇〇ポンドくらいで。上品かつ個性的なフォルム、走行性を重視した造り、一過性ではない新しさ。大胆なデザインと、完璧な性能を併せ持つ車……ミグスがその車を売り込む早口のセールストークが聞こえてきそうだ。

「車はエヴィアンとカンヌの間で盗まれた。義理の娘のゼリアが乗っていたんだ。それが二週間前」

オドウダはそこで言葉を切り、葉巻の煙を吐き出した。

「警察に通報は?」

「したよ。だが、連中は当てにならん。ほかのことで手いっぱいだからな。どうせ手をこまねいて発見されるのを待っているだけさ。もし見つからなければ……」

オドウダは肩をすくめた。

「もし見つからなかったら心が痛みますか?　保険はかけていたんでしょう」

「ああ」

「じゃあ、どうしてそんなに取り戻したいんです?」

「つまり、そう、自分のものを盗まれるのが嫌いなんだ。私は車を取り戻し、誰が犯人で、どこで見つかったのかを知りたい。どんなささいなことでも」

俺たちは立ち昇る葉巻の煙を挟んで向かい合っていた。

「それだけではないように思えますが」

オドウダはにやりとして、大きな手のひらのなかでブランデーのグラスを揺らした。

「かもしれん」

「車内にあったものを回収したいのでは？」

「お見通しってわけか」

「何か隠してあったんですか？」

「そうだ。きみに対するミグスの評価は正しいようだな」

「この際、ミグスは関係ない。それくらい子供だってわかりそうなものだ。お嬢さんはそのことを知っていたのですか？」

「いいや」

「いまは知っているのですか？」

「いや」

「もう一人のお嬢さんは？」

「知らん。二人には知られたくないんだ。いずれにしろ、娘たちには関係のないものだ」

「俺には教えてくれますか？」

「車を取り戻すために必要なことしか教えるつもりはない。では質問を変えよう」

「どんなふうに？」

「それが違法なものか、法律で禁じられているものかどうか。たとえばドラッグとか金塊とかダイヤモンドとか」

「どうなんです？」

「警察が関心を示すようなものではない。あくまでも個人的なものだ。書類とだけ言っておこう」

「その隠しておいた書類のことを警察に話したのですか？」

「言ってない」

「どうして？」

「警察というのは素晴らしい組織だが、車を取り戻したがっている理由がべつにあると知れば、その事実は捜査官の間に広まる。実は車など二の次で、本当の目的は書類だってことを連中に知られたくないんだ。だから知っている人間は少なければ少ないほどいい。ブランデーのおかわりは？」

俺は首を横に振り、彼のグラスにそそいだ。

「盗まれた場所はどこなんです？」

「カンヌに向かう途中だ。詳しい説明はダーンフォードがする。しかし、事件の一部始終を知るにはゼリアに会わねばならん。きみなら私よりも詳しい経緯を聞き出せるだろう」

「それはまた、どうして？」

「私は娘をとても大切に思っているが、向こうは心を開いてくれんのだ。それでも、カンヌに向かう途中のホテルに宿泊したことは間違いない。翌朝ホテルを出て……四八時間後、娘はカンヌで発見された。車はなかった」

「それで、お嬢さんはなんと言っているんです?」

「娘は何も言わん」

「お嬢さんはしゃべれるんでしょう?　だったら説明できるはずだ」

「ゼリアには無理だ。四八時間分の記憶が抜け落ちているんだ」

「それを信じているんですか?」

「フランスで記憶喪失の権威と呼ばれる専門家に診てもらった。彼らが口を揃えて言うには、娘は間違いなく記憶を失っているらしい」

「人間はときとして、思い出したくない事実を忘れてしまうものだ」

「そのとおり」

「どうしてお嬢さんが俺にならら心を開くかもしれないと思うんです?」

「娘がどんな反応を示すかはわからん。何も思い出さなければ、きみの仕事は難しくなるだろう。しかし、記憶を失っていないとしたら、手がかりをもらすかもしれん。私は車を取り戻したい。取り戻してほしい。きみにならできるはずだ」

「ミグスが推薦したから?」

「きっかけはそうだ。そのあとべつの者に調べさせたんだ。ミグスの言葉に偽りはなかった。こう言ってはなんだがきみは完璧な人間じゃない——まあ、私だってそうだが——しかし、いったん引き受けた仕事は最後までやり遂げる。そうだろう?」

「それに見合う報酬が貰えるなら」

「希望する金額を書けばいい。金のことはダーンフォードに任せてある。私に雇われている間にかかった経費はすべて自由に請求してもらってかまわん。ちょっとした休憩とか、この仕事に万全の体勢で臨むために必要な気晴らしもひっくるめて。何もかも全部。そして、私の車と書類を見つけ出してくれたら、さらに一〇〇〇ポンドのボーナスを出そう」

「その書類が車から持ち出されたあとでも？」

「確かにその可能性はある。だが、まだ車のなかにあるはずだ。偶然見つかるようなものじゃない」

「どうしてそんな重要な書類を、何も知らない娘さんの車で運んだりしたんです？」

オドウダはにやりとした。「大切なものだからさ」

「エヴィアンからカンヌまで書留で送ることもできたのに」

彼の笑みが大きく広がった。「まさかカーヴァーくん、郵便物が輸送中になくなったという話を一度も聞いたことがないとは言わないだろうね」

「そして、車が盗まれる可能性もある」

「この世はじつに不確かなものだ。大切なものを運ぶ、一〇〇パーセント安全な方法があると思うかね」

「ないでしょうね。その大切な書類だか、紙の束だかを狙っている者がいるとすれば」

「そのとおり」

俺は立ち上がった。

「俺がここに呼ばれたことを、どのくらいの人間が知っているんです?」

オドウダも立ち上がった。

「私と、ジュリア、ティッチ・カーモード、ダーンフォード、使用人数名、それに当然ミグスも。それからきみの身辺調査にあたった二、三人も知っている。なぜそんなことを?」

「今日、何者かが放った二発の銃弾は、俺を狙ったような気がするもので」

「そんなはずはない」

「どうしてそう言い切れるんです?」

「先月、私を殺すという脅迫電話が三度かかってきた。それに今晩、われわれが帰宅した直後にもまた電話があった。男の声だった。私の記憶に間違いがなければ、その男はこう言った。『今日は運がよかったな。でも、おまえのようなクズは必ず殺してやる』と」

オドウダは不敵な笑みを浮かべた。もちろん嘘をついているのかもしれない。

「ちっとも怖くないみたいですね」

「表に出さないようにしているんだよ、カーヴァーくん。本当は怖い。私だって死にたくないからね。しかし、とにかく私の命が狙われていることと、車が盗まれた一件はまったく関係ない。今夜のうちにダーンフォードに会うかね。それとも明日の朝にするか」

腕時計を見た。一二時を過ぎている。

「もう休んでいるのでは?」

「私はいつ起こしたってかまわんのだよ」

確かに億万長者なら、他人が眠っていようといまいと関係ないのだろう。しかし俺は、せわしなく瞬きするあの瑪瑙のようなギョロ目を、これから見たいとは思わなかった。

「明日にします」

「いいだろう。それから屋敷を出る前に、来週以降の私の予定表をダーンフォードから貰いたまえ。調査の進捗状況をこまめに知らせてほしい」オドウダはグラスのブランデーを飲み干すとウィンクした。「私はこのとおり大男で、食欲も旺盛だ。人生を楽しんでいるし、他人と仲よくしようという気持ちもある。だが、私は億万長者だ。心の底から私に好意を持っている者は一人もいない」

「だからって夜眠れないわけじゃない」

オドウダは初めてアイルランド訛り丸出しで答えた。「当たり前だろ、若造」

枕に頭を下ろした瞬間、眠りに落ちていた。そして二時間後に目が覚めた。横になったまましばし考えた。ここはどこなのか、なぜ目が覚めたのか。そのとき、バルコニーの開けたままの窓の外で懐中電灯の光が揺れた。明かりが消え、青ざめた夜空を背景に人影が窓に近づき、部屋に入ってくるのが見えた。それとほぼ同時に、椅子を乱暴に引きずる音が聞こえた。女の声が言う。「まったく、邪魔くさいわね」

俺はジュリアのメモを思い出した。起き上がりベッドサイドの明かりをつけた。

部屋のなかに彼女が立っていた。片手を椅子の背に置き、もう一方で左の足首をさすっている。丈の短いイブニングドレス姿で、豊かな黒髪が波打っている。

彼女は俺をにらみつけた。「くるってわかっていて、どうしてこんなところに椅子を置いておくのよ」

「初めからそこにあったんだ。どうやってバルコニーに上ったんだい？　大胆だな」

「大きな声を出さないで」

彼女は振り向いてカーテンを閉めた。それからベッドに歩み寄り、端に腰を下ろした。俺はまだ完全に目覚めていなかったが、それでも彼女は美しかった。左足を持ち上げ、足首をさすっている。素晴らしい脚だった。

「手を貸そうか？」

「そこを動かないで」

「松明の光、夜に開かれた窓、その温かな恋人を招き入れよう」

「いったい何の話？」

「キーツさ。彼の詩は胸にぐっとくるんだ。ほかにも好きな詩人がたくさんいる。頭が混乱したとき、いつも詩を思い浮かべることにしているんだ」

「頭を枕に戻して、そのまま動かないで」

言われたとおりベッドに横になり、煙草に火をつけた。そして煙草の箱とライターを彼女に放った。

彼女を見ているだけで幸せだった。オフィスで俺の目を奪ったものが、いまそこにある。それには逆らえないことを知っていた。彼女は最高級の女だ。俺が知っている女たちなど足元にも及ばない。あっちはちょっと寄り道する程度の女だが、ジュリアは、もしそんな体力があれば、どこまでも追いかける価値のある女だ。

彼女が煙草に火をつけたとき、俺は言った。「どうして、こんな夜這いみたいなまねを?」

「あなたはこの家のことを知らないのよ。ここは監獄と同じ。最新式のあらゆるセキュリティーシステムが揃っているの。廊下を歩けばテレビカメラで監視され、ドアを開ければ地下室の赤ランプが点灯する。夜になると、エレベーターの特別なキーがなければ、一階から上には誰も上がれないのよ」

「億万長者は自分しか信じられないのさ。べつに囚われのお姫様ってわけじゃあるまいし」

「あなたに話があるのよ――とてもデリケートなことなの」

「というと?」

「さっきはどうしてあんなことを言ったの? わたしが義父を嫌っているだなんて」

「ちょっと口が滑っただけさ」

「嘘つき」

「親父さんに何か不満でもあるのかい?」

「あるわけないでしょ。気前がよくて優しいもの」

「なら、そういうことにしよう。もう寝てもいいかな?」

彼女はドレッサーに歩み寄って灰皿を取ると、ベッドの端に横座りになった。

「ねえ」彼女は言った。「どうして義父は、あんなに躍起になってメルセデスを取り返そうとしているの？　保険はかけてあるし、車なら山ほどあるのに」

「親父さんは取り戻したがっている。俺にはそれだけで充分だ——報酬を払ってくれさえすれば」

ジュリアは片足を伸ばし、ストッキングの爪先を小刻みに動かした。

「こまかいことにはこだわらないってこと？」

「そうだ」

「父がそう言ったから？」

話題を変えて、彼女がこの部屋を訪れた理由を探ろうとした。「ゼリアのことを話してくれないか」

「なぜ？」

「会いに行くんだ。車を盗まれたときの状況や、時間、場所なんかを詳しく聞くために。彼女はほとんど何も話していないみたいだね。記憶を失っているとか」

「そうなの。治療を受けたけどちっとも効果がなくて」

「思い出したくない記憶なら二度と戻らないだろうね」

「どうして、そんな不吉なことを言うの」ジュリアの瞳に怒りの炎が燃え上がった。

「一般論として言っただけだよ。彼女は妹さんなんだね」

「二つ違いのね」

「きみのお袋さんは——娘から何か聞き出すことはできないのかい？」

「母は数年前に死んだわ」

「そうだったのか。きみはゼリアを大切に思っているんだね」

「もちろんよ、妹ですもの」彼女の率直な物言いに偽りはなかった。その一方で、妹について話すときの、異常なほど強い警戒心にも偽りはなかった。

「きみがこの部屋を訪れた真の目的を尋ねる前に、ゼリアやなんかのことで二、三質問をさせてくれ。気に障ることを言っても怒らないでほしい」

彼女は気の強そうな眼差しを向けたが、ふと和らげて言った。「やってみるわ」

「よかった。きみはゼリアのことをよく知っている。二人はとても仲がいいんだね」

「ええ」

「妹さんは車と記憶を失った。本当は何もかも覚えているのにわざと口を閉ざしているとは思わないか。オドウダを困らせるために……たとえば、何かの仕返しと考えて」

正解ではないが、まったくの的外れでもない。質問について考えるジュリアの体の動きや、ちょっと持ち上げた顎を見て、俺はそう理解した。

「わたしたち姉妹と義父の間がとてもうまく行っているとは言えない。でも、それと今回の一件に関係があるとは思えないわ。妹は本当に記憶を失っているのよ……そうね、あなたの言うとおり、妹は記憶を取り戻したがっていない」

いまなら手を引くこともできるが、それが賢明だとは思えなかった。そんなことをすれば二度と彼女に会う機会はないし、何より、仕事を終えたときに貰える一〇〇〇ポンドのボーナスをそう簡単には諦められない。要するに欲得ずくの仕事だがかまうもんか。俺は金のために働いているのだ。

「オドウダは何度結婚したんだ?」

「二回よ。一九二六年に最初の結婚をして男の子を一人授かり、その一〇年後に奥さんが亡くなった」

「その息子がミグスのかたわらで殺されたってわけだ」

ジュリアはうなずいた。「まだ一九歳だった。年齢をごまかして早く入隊したのよ。オドウダが心から愛していたのは、彼だけだと思うわ」

いつの間にかジュリアも父親をオドウダと呼んでいたが、俺はあえて何も言わなかった。

「それで?」

「一九五五年にわたしの母と再婚。母は未亡人だったの。当時、ゼリアは一二歳、わたしは一四歳だった」

彼女は次の質問を期待して俺を見た。俺は何も言わなかった。見ているだけで満足だった。少し乱れた黒い髪、ジプシーの面影を残す、吸い込まれるような大きな瞳。スペインの画家ゴヤが見たら服を脱がせて、モデルにしたがりそうな悩ましいポーズで座っている。彼女がしぶしぶながら、この深夜の訪問の真の目的に近づきつつあることを俺は感じていた。

「ゼリアはどんな社会生活を送っていたんだろう。つまり、妹さんはひとなつこくて積極的に外に出て行くタイプかい？　男とつき合ったことは？　友達はたくさんいるのか？」

　ジュリアはかぶりを振った。「妹は内気な性格で。とってもきれいなのに、男の人と縁がないのよ」

「それなら問題ないじゃないか。きみはどうしてここにきたんだい？」

　彼女は眉根を寄せた。「意味がわからないわ」

「いや、わかっているはずだ。きみはずっと目で訴えていたじゃないか。それを言葉にするのは嫌なのかもしれない。たぶん、俺の口から言ってほしいんだろう。いいかい、妹さんは車を置き忘れたか、盗まれたか、売り払ったか、まあ、可能性はいくらでも考えられる。しかし、オドウダによれば、ゼリアは何も覚えていない――ある出来事を除いて。その出来事にゼリアは関わっているにちがいない。何かが彼女の身に起こり、それを誰にも知られたくないと思っている。姉であるきみにさえも。きみはそのことに気づいているはずだ。そうだろう？」

「どうしてあなたにそんなことがわかるの？」

　俺は肩をすくめた。「長いこと他人の尻ぬぐいを生業にしてきたからね。物事のパターンを知っているんだ。億万長者の娘に悩みはない。プライドとか羞恥心とか人知れぬ苦悩とか、そういったものを除けば、なんでも金で解決できるからだ。それで俺に何をしてほしいんだい？」

　彼女はしばらく迷っていたが、やがて口を開いた。「どうやらあなたを見くびっていたようね。どうしてかわからないけど、とにかくあなたは知っている。そうよ、あなたに頼みがあるの。だからこそ、こうしてここにやってきた。あいつに知られないように。ゼリアのためにこの仕事を断ってほしいの。妹をそっとしておいてあげて。断ってもあなたは困らないし、仕事はほかにもある。ゼリアを傷つけたくないのよ」

「だから妹さんの身に起きたことをあばき、オドウダに報告するのはやめてほしいと?」

「当然よ。そうなったら、ゼリアは生きていられないもの」

俺は次の煙草に火をつけた。

「俺が手を引けば、何がしかの礼をしてもかまわないと言うんだな?」

「だって、あなたの狙いはお金なんでしょう?」

「金に興味がないやつがいたら会ってみたいね。だが、俺は物事の論理ってやつにも興味があるんだ」

「どういう意味?」

「俺がこの仕事を蹴ったら、オドウダはほかのやつを雇うはずだ。欲しいものは必ず手に入れる男なんだろう?」

「お金で買えるものなら手段を選ばない。そして何もかもめちゃくちゃにしてしまう」

ジュリアは怒ったようにベッドを下り、靴を手探りした。

「そしたらきみは、そいつとまた取り引きするわけだ。オドウダは車を取り戻したがっている。次にきみが出くわすのは、俺みたいに分別のある男じゃないかもしれない。ゼリアのことなんて気にもとめず、何もかも笑い飛ばすやつだっているだろう」

「大金を稼ぐチャンスをのがしたくないから、そんなことを言うのね」

「否定はしない。だからって腹を立ててもなんの得にもならないよ。俺はオドウダのために車を探す。その途中で、ゼリアの失われた四八時間を探り出すことになるかもしれない。でも、それを誰かに言うとはかぎらない。きみや、オドウダにも。俺の仕事は車を見つけ出すことだ。契約書の一番下に小さな文字でつけ加えておくよ。調査内容を逐一報告したり、極秘情報や情報源を明らかにする必要はないって。これで安心したかい？」

ジュリアは俺を見下ろし、全部聞き流して無視するか、感情を爆発させるか迷っている。俺に腹を立てているわけではなく、ゼリアが心配でたまらないのだ。彼女はいつもゼリアの身を案じ、闘っているのだろう。その一方で、誰かに感情をぶちまけたいと思っている。それができれば少しは気がらくになるはずだ。

「選択肢はないってわけね」

「そんなことはないさ。いま説明したとおり、きみは選ぶことができる。俺と手を組むか、俺の後釜と手を組むか。そうだろう？」

梟《ふくろう》の幼鳥だろうか、屋敷の外で甲高い鳴き声が響いた。俺はわざと退屈そうな顔をして無関心を装った。夜風がカーテンを揺らし、美しく気高い娘が心を決めかねて俺をじっと見下ろしている。その姿が胸に深く突き刺さった。

やがて彼女は言った。「ゼリアを傷つけたら、どんな手を使ってでも仕返しするわよ」

俺は少年のように無邪気に笑った。「それでおあいこだ。俺を選んでくれて嬉しいよ」

彼女は窓に近づき懐中電灯を手に取った。彼女の動く姿が好きだった。実際、何をしていても、怒っているときでさえ美しかった。しかし、男と女として俺と彼女は幸先のいいスタートを切ったとは言えない。これほどいいスタートを切りたいと思う相手に出会うのは久しぶりだというのに。

窓の前で彼女が言った。「電気を消して」手でカーテンを開けようとしていた。

「どうして?」

「二人の夜警が交代で見まわりをしているからよ。バルコニーにしがみついている姿を見られたくないの」

ベッドの脇のライトを消した。カーテンを引く音が聞こえ、ひんやりとした夜風が部屋に流れ込んできた。長方形に切り取られた青白い夜空を、彼女の影が横切る。俺はベッドに横たわり、億万長者というものに思いをはせた。オドウダは真夜中を過ぎてからどんなふうにダーンフォードを呼びつけるのだろう。客である俺よりも自分のグラスにたっぷりと酒をそそぐオドウダ。十指に余る車と、それに近い数の屋敷だけでなく、紫鷺《むらさきさぎ》が飛ぶ湿原と、アイルランドに似た泥炭を含む湖を所有し、その湖へと続く公道は、なぜか一般人の立ち入りが禁じられている。億万長者がいかに世俗とかけ離れた生活を送っているかを思い知らされた。他人の尻ぬぐいなどしないし、自分の尻ぬぐいはいつもそばに控えている使用人にさせるというわけだ。それからゼリアのことを考えた。一度も男とつき合ったことがないゼリア。それは大いなる自然の力に逆らうものだ。俺は確信を持ちはじめていた。ごたぶんにもれず、ゼリアは自分の抱えている問題を解決するために、軽はずみな行動を取ったのだろう。そのうち、俺は眠りに落ちた。アイルランドのマギリカディーズ・リークスの山道をジュリアといっしょに歩く夢を見た。雨と風を顔に受けながら、俺たちは心の中で同じ歌をうたっている。少なくとも、夢は俺を失望させなかった。

朝食は使用人がベッドまで運んできた。俺は寝返りを打って体を起こした。トマトジュース、ポーチドエッグを二個のせたトースト、ポット入りのコーヒー、マーマレード等々が、ねぼけた目の前に並んでいた。

使用人が言った。「おはようございます」

「勘弁してくれよ」

使用人は困惑した顔で俺を見た。

「六時半はまだ寝ている時間だろう」

使用人はもったいぶった口調で言った。まるで会員制クラブのメンバーなら当然知っておくべき規則を読み上げるように。「オドウダ様は早起きを信奉されていて、朝食は六時半から七時の間に取られるのがつねでございます」

もう一度ベッドに潜り込み、朝食のトレーを顎でしゃくった。「いったん持ち帰って八時一五分前に運んでくれ。それからポーチドエッグじゃなくてゆで卵がいいな。ゆでる時間は二分半。オドウダさんに何か言われたら、胃に潰瘍を患っていて、七時四五分より早く起きたり、朝食を取ることを医者に禁じられているって伝えてくれ」

背を向けて浅い眠りをむさぼった。億万長者が登場する不愉快な夢をいくつも見た。

指定した時間にゆで卵を食べた。

そして九時過ぎには執事の書斎にいた。ダーンフォードは機嫌が悪そうだった。すでに一日分の仕事をしたのだろう。俺はできるだけ彼を見ないようにした。瞬きの絶えない、冷たい瑪瑙のようなギョロ目、大きな前歯、ニコチンで煤けたちょび髭。それらを見るには九時でもまだ早すぎる。二人とも相手を好きになれないことを本能的に察知していて、それは好都合だった。おたがいの立場をわきまえているし、くだらない友達ごっこで時間を浪費することもない。

ダーンフォードは契約内容に難癖をつけてなかなか承知しなかったが、結局は俺が押し切った。オドウダの二週間分の予定表と連絡先を渡された。二カ所に赤ペンでアステリスクがついている。ホテルの名前だった。オドウダと連絡を取りたいときは、夜の八時までに直接会いに行くか電話をすること。それ以降は何があっても連絡してはならない。

「そりゃまたどうして？」

ダーンフォードはその質問を無視した。

彼らが把握している範囲で、ゼリアがメルセデスでエヴィアンを発ったあと、立ち寄った場所のリストを渡された。そして現在の居場所も。オドウダがカンヌに所有するヨットで、彼女は暮らしていた。

「本当に記憶喪失だと思うかい？」

ダーンフォードは堅苦しい口調で答えた。「ゼリア様が記憶を失ったとおっしゃるなら、本当に失ったんでしょう。お嬢様の言葉を疑ったことなど一度もありません」

「それを聞いて安心したよ。ところでお嬢さんと義理の親父さんの仲はどうだい？」

ダーンフォードはしばし考え、そっけなく言った。「よくはない」

「彼女の母親とオドウダさんの仲は？」

突然、ダーンフォードが激しく動揺した。しかしすぐにわれに返り、軽く身震いして平静を取り戻した。

「そんなことを訊く必要はない。あなたは車を探すために雇われたんだ」

「ゼリアお嬢さんの記憶喪失の原因を究明することも仕事の一部だ。原因は一つとはかぎらない。でも、オドウダさんの夫婦関係に触れたくないなら質問は車に限定しよう」

「それでいい」

ダーンフォードはメルセデスのこまかな特徴を説明し、車のカラー写真と、俺が海外で金を引き出せる銀行の一覧表を差し出した。そして立ち上がった。どうやら話はすんだということらしい。オドウダの事業内容に関していくつか質問するつもりでいたがやめにした。調べる方法はほかにもある。立ち上がりドアに向かった。ダーンフォードは俺のためにドアを開ける気はないらしい。

ドアの前で尋ねた。「例の公道をふさぐって話はどうなったんだい？」

初めてダーンフォードは人間味のある表情を見せた。当然ながら俺に共感を抱いたからではない。

「オドウダ様のような方の仕事を、軽い気持ちで引き受けたのなら、カーヴァーさん、考えを改めたほうがいいですよ。オドウダ様は結果を望んでいる」

「そのためには手段を選ばないのか？」

まるで俺が強烈なスポットライトに早変わりしたみたいに、ダーンフォードはいっそう激しく瞬きをした。「ええ、たいていの場合は」腕時計をちらりと見た。「カーモードが待っています。いまなら一〇時一〇分発の列車に余裕で間に合うでしょう」

俺はドアを開けた。

「ロンドンまで送ってくれないかな。断られたらこの仕事を下りると言ったら」

ダーンフォードは言った。「そういうことなら仕方ありません」


カーモードはフォードのステーションワゴンでロンドンまで送ってくれた。俺は助手席に座り、カーモードは道中、魚釣りから、乗馬、狩猟、女、はては政治についてまでしゃべり続けた。なかでも話題の中心は魚釣りで、オドウダに関してはひたすら尊敬と賞賛の言葉を繰り返した。ティッチ・カーモードは、オドウダが吸った葉巻の灰さえありがたがる男なのだ。

一二時少し前に事務所にたどりついた。ウィルキンスが出かけていたので、自分で鍵を開けた。行き先はわからない。タイプライターで打ったメモには「ランチを食べてから戻ります」と書いてあった。

俺の机の上には、四分の一ほど文字で埋まった紙が載っていた。タイプライターで打った連絡事項だ。

一、九時三〇分、ミグスから電話。ガフィー（スコットランドヤード）によれば、ナンバーJN四八三九のスクーターの持ち主はジョセフ・バヴァナ。西アフリカ人。住所はサウスウェスト八、フェンティマン通り、マーシュクロフト・ヴィラフラット二。

二、一〇時三〇分、ミグスから電話。ガフィーによれば、サセックス州警察から、ジョセフ・バヴァナが運転するスクーター、JN四八三九が車にはねられたとの報告があった。はねた車は不明。場所はアクフィールド・フォレスト。発生時刻は昨日の一八時ごろ。目撃者なし。発見されたときバヴァナはすでに死亡していた。

三、一一時三〇分、ガフィーより電話。連絡を欲しいとのこと。

椅子にもたれ、その紙をじっと見た。ジョセフ・バヴァナ。西アフリカ人。いくら億万長者でも公道を封鎖するには時間がかかる。しかし人間を一人消すのはたやすい——屋敷に護衛を二人も三人も置いている、あのオドウダであれば。

外線電話が鳴った。

「カーヴァーです」

「ガフィーだ。手間は取らせん。五分でそっちに行く」

電話が切れ、俺はぼんやりと虚空を見上げた。それは俺がよくやることだ。なんとなく宙を眺め、気がつくと何も考えていない。その間だけは安らかな気持ちでいられるのだ。

第3章

炎を隠せたところで、どうやって煙を隠すのかね？

ジョエル・チャンドラー・ハリス

ガフィー《Guffy》の本名は、ジェラルド・アルスター・フォリー《Gerald Ulster Foley》。スコットランドヤードの警官はみんな友人だが、ガフィーとはとくに親しい。もちろん、けじめはちゃんとつけている。ガフィーは俺の頼みごとのせいでどんなに忙しい思いをしようと、苛々させられようと、いつも愛想がよくて礼儀正しい。俺を取調室に連行して詰問することもできるのに、笑顔を絶やさず、しょっちゅう謝っている。そんな人間を知り合いに持つのはいいことだ。

ガフィーは捜査課の警視正で、年収は二五〇〇ポンドほど。彼の資質と能力をもってすればその一〇倍は稼げるし、もっと刺激的で愉快な思いもできるだろう。実際、ガフィーは刺激的なものや一風変わったものが好きだ。想像するだけでメス猫のように黄緑色の目を細めて、嬉しそうに喉を鳴らす。ガフィーはやせた野良猫みたいだ。耳が千切れていたり、顔に引っかき傷がないのは、俺の多くの知り合いと同様に、喧嘩に巻き込まれたときの身の処し方を知っているからだ。スコットランドヤードの連中はガフィーの特殊任務にまるで興味を示さない。だが、俺は知っている。彼がパリのサンクルー市アーネンガード通り二六番（インターポールのかつての所在地）で二年間の任務につき、その後もインターポールに籍を置いていることを。

ガフィーは俺のデスクの前に座り、お気に入りのオランダ葉巻シンメルペニンクをふかしている。笑みを浮かべたその顔は、おまえの言葉はすべて信じてやるから、当然おれの言葉もすべて信じろと言わんばかりだ。

俺はとりわけ慎重に、死んだジョセフ・バヴァナに興味を持ったわけを説明した。オドウダの屋敷に招かれた経緯も話した。依頼された仕事の内容や、ジュリアとの真夜中の密談は除いて。湖に浮かぶボートの上で双眼鏡や無線機が使われていたことも省いた。オドウダがバヴァナを殺害したのかもしれないし、単なる事故かもしれない。仮に事故でないとしたら、オドウダは俺もしくは自分自身を守るために最善を尽くしたということだ。いずれにしろ倫理的かつ常識的に考えて、正式な取調べを受けるまでは憶測でものを言うべきではない。

話が終わると、ガフィーは愛想よく言った。「みごとな要約だ。筋道が通っていて簡潔で、余計なものはきれいに省いてある。たとえば、オドウダから依頼された仕事の内容とか」

「あるものを見つけ出してほしいと言われた。なくしたものを探す仕事さ。この件で俺をしょっ引くつもりかい？」

「現時点でその必要はない。たぶんこの先もないだろう。バヴァナはなぜ、おまえさんあるいはオドウダを狙撃したと思う？」

「見当もつかない。バヴァナのことを教えてくれ」

「いいとも。やつが使用したライフルが発見された。スクーターに載せた荷物のなかに、解体してしまってあった。このへんの学生だ。ロンドン大学じゃなくて、ビジネス系の専門学校に在籍していた。専攻はコンピュータ管理。だが、実際の目的は勉強じゃない。政治活動の隠れみのにしていたんだ。きょうび、ロンドンを拠点とするアフリカ人の政治団体がいくつあると思う？」

「さあね」

「その数は、ポーランドとかロシアとかヨーロッパのあちこちから集まってくる移住者を遙かに上まわる。街を歩けば必ず連中に出くわす。そのうちの半数は少年禁酒団のように害はない。そして残りの半分は、アフリカ各国の諜報機関や、世界を揺り動かす立場に戻りたいと願う亡命者たちの組織だ。なかには理想主義者が主宰する団体もあるが、大部分は詐欺師の集まりさ。彼らの行動は滑稽であり、哀れであり、そうかと思えば背筋が凍るような残忍なまねをすることもある。たいていは単なる厄介者だが、つねに目を光らせておかなきゃならない。だから、おまえさんとジョセフ・バヴァナの関係にも興味があるんだ。やつは背筋が凍るようなまねをする男——金で雇われた殺し屋だ」

「雇い主は？」

「わからん。だからこうして話しているんだよ」ガフィーは立ち上がった。「おまえさんも気づいているはずだ。話の流れからすると、バヴァナの狙いがおまえさんだとしたら、オドウダの仕事を——探しものだかなんだか知らんが——引き受けてほしくないと思っている人物がいるってことだ」

「オドウダは犯人の間違いだと言ってたぞ。連中は自分を狙っているんだって」

「その可能性もなくはない。それはそうと、ここだけの話、おれは泣いたことがないんだ。誰にも言うなよ」

「あんたいったい何しにここへきたんだ」

ガフィーは心外そうな顔をした。「何っておしゃべりするためさ。しばらく会ってなかったし。おまえさんと話すのは楽しいからな」

ガフィーがドアに向かうと、俺も立ち上がった。

「まさか疑ってやしないだろうな。オドウダがバヴァナを消したんじゃないかって」

「彼がやったと確信しているよ」ガフィーは人なつこい笑顔を向けた。「おれたちは、ロンドンとベイルートとカルカッタを股にかける金の密売グループの黒幕を追っている。目星はついているが尻尾をつかむことができない。オドウダもそれと同じさ。彼が命令を発しても、その指揮系統は複雑で末端に行くほど蜘蛛の巣《ゴーサム》みたいに細く、曖昧になってしまう」

「ずいぶんロマンチックな言いまわしだな」

「わかってないなあ、おまえさんは。蜘蛛の巣《ゴーサム》はグースサマーから派生した言葉で、一一月初めの時季を指している。それは蜘蛛の巣をもっとも見かける時季であり、雁《グース》を食べる時季でもある。そしていつだって捕まって食べられるのは愚かな雁だ。なかなか含蓄のある話だろう」

「あんたの手にかかったら、俺なんかあっという間にフォアグラにされちまうな」

「おまえさんに手は出さないよ」

ガフィーのためにドアを開けた。「オドウダはスコットランドヤードやインターポールに前科があるのか？」

ガフィーが猫のような目をすがめるのを見て、俺は確信した。彼はおしゃべりではなく、べつの目的があってここへきたのだ。

「いいや、彼は立派な億万長者さ。おれたちが把握していることは、紳士録の内容と大差ない」

「なのに俺から何も聞き出そうとしないんだな」

「後ろめたいことでもあるのか？　てっきり尋問されると思っていた悪党が解放されて驚いてるみたいだぞ」

「そのとおりさ。普段ならこんなふうに時間を無駄したりしないじゃないか」

「その気になれば尋問することもできる。でも、おまえさんから聞き出したいことは何もない。むろん仕事をするうちにこいつは警察に任せたほうがいいと思ったら、すぐに知らせてくれ。その車を追いかけて海外に行くなら、インターポールのマジオル警視に電話するといい」

「車を探してるってどうして知っているんだ？」

「仲よしのミグスが教えてくれたんだよ。何かあったらすぐに知らせてくれ」

「たとえば？」

「気になることならなんだってかまわない。いつでも介入する準備はできている。たとえば匿名の手紙が舞い込んだとか」

「オドウダに関する手紙が届いたのか？」

「ああ、少し前にな。当然、中身は教えられないぞ」

「どんな文字だった？　男か女か？」

「そいつはわからん。タイプで打ったものだし、サインはなかった。いいか、しっかり目を開けておくんだぞ」

ガフィーは立ち去った。

俺は物事を一人で抱え込みすぎる傾向がある。しかし、連中に比べればまだまだひよっこなんだから仕方ない。それにしても、今回の仕事はどうも気に食わない。話がどんどん複雑になってくる。バヴァナには命を狙われ、ジュリアには手を引けと言われ、そして今度はガフィーがわざわざノーサンバーランド街までやってきて、笑いながら帰って行った。俺を望みどおりの方向へ進ませて、実際にどこへ向かっているのかは教えようとしない。こんな仕事はきっぱり断って予定どおり旅行に出かければよかった。いまさら後悔しても遅いのだが。

辞典類が入った書棚に近づき、三年前の紳士録を引っぱり出した。六ポンドもするのに毎年買いかえるやつがいるんだろうか。手首を鍛えるために、重さが二キロもあるその本を片手で持ち直した。

オドウダの名前はあった。説明はとても短い。載っていようといまいとオドウダは気にしないだろう。

オドウダ、カヴァン／アテナ・ホールディングス株式会社代表取締役社長。一九〇三年二月二四日生まれ。ダブリン大学卒。数多くの商工業関連企業の取締役を務める。住所W一、パーク・レーン、パーク・ストリート、アテナハウス。電話グロスブナー二一八三五。

そのそっけない略歴にはいくらでもつけ加えることがある。そして間違いなく、それがつけ加えられることはない。だからこそガフィーはわざわざ俺に会いにきたのだ。

ダーンフォードのメモを取り出した。そこにはエヴィアン近郊の城館からカンヌに向かうまでの、ゼリアの大まかな足取りが書かれている。

一日目、ゼリアは赤のメルセデスを自分で運転し、午後二時に城館を出発した。彼女自身の説明によれば、南に進路を取ってジュネーブ、フランジー、セイセルを通過し、ブルジュ湖西岸のホテルにたどりついたという。

紳士録を棚に戻し、ミシュランの『フランス道路地図』を探し出した。アヌシーからエクス・レ・バン、そしてシャンベリーを通る道のほうが、一般的なルートであることは一目瞭然だ。しかし、彼女はべつの道を選んだ。時間がたっぷりあるから普段と違うルートを通ることにしたらしい。その夜、ブルジュ湖畔のオンブレモンというホテルに泊まり、午後八時過ぎにサセックスの別荘に電話をかけた。あいにくオドウダは留守で、ダーンフォードに伝言を残した。翌日は真っすぐカンヌに向かわず、何人かの友達と二、三日寄り道をするつもりだと。友達の名前や素性を明かさなかったが、執事の鏡であるダーンフォードは与えられた以上の情報を求めなかった。

二日目の朝は九時半前にホテルを出た。執事の鏡であるダーンフォードは、ロンドンのオドウダに連絡を取り（どこであろうと『夜の八時以降は邪魔をしない』のだろう）指示をあおいだ。寄り道をせずにカンヌにくること、それがオドウダの答えだった。その指示を伝えるために、ダーンフォードが九時半に電話をかけると、すでに彼女はいなかった。そのときから四日目の朝まで（ゼリアの説明によれば、意識が戻ったとき、ブルジュ湖から南に一六〇キロ以上離れた、ナポレオン街道沿いのガープという町にいたという）足取りや行動は不明。ガープでわれに返ったゼリアは、メルセデスを失い、荷物を失い、ホテルを出たあとの記憶も失っていた。彼女の身にいったい何が起きたのか。着ていた衣服や、現金の入ったハンドバッグはそのままの状態で残っていた。ゼリアはタクシーを拾ってカンヌに向かい、オドウダが心配して待つヨットにたどりついた。到着したときの彼女の詳しい様子や、その後の顛末はメモにはない。ただし、ブルジュ湖からガープに至るまでの地域に、ゼリアを含むオドウダ家の友人や親戚は一人もいないという。ゼリアは嘘をついている可能性が高い。その気になれば空白の時間の出来事を逐一説明できるはずだ。オドウダから報酬を得るためには、彼女の嘘をあばき、車を見つけ出さねばならない。

昼食後に戻ってきたウィルキンスに、俺は手を焼かされた。歯医者で詰めものを新しくしたために局所麻酔で顎の半分がしびれ、言っていることを聞き取るのが一苦労だった。

いつものように、俺はこれまでの一部始終をかいつまんで説明し、機密資料としてウィルキンスに記録させた。みるみるうちに彼女の表情が曇っていく。まるで中央ヨーロッパのスラム街を一掃する危険な任務を聞かされているみたいな顔だ。

途中で彼女が口を挟んだ。「オドウダとはこれ以上関わらないほうがいいと思うわ。このバヴァナっていう男、明らかにあなたを殺そうとしたのよ」

「大金がかかっているんだ、それなりのリスクはあるさ。人生とは危険に満ちているものなんだよ。とりあえずそのライフル野郎は消されたわけだし」

話し終えると、ウィルキンスはノートを閉じて立ち上がり、部屋から出て行こうとした。俺は彼女を呼び止めた。

「どう思う?」

「どうって何が?」

「いろんなことについてだよ。まずはゼリアだ」

「たぶん、心に深い傷を負って無意識のうちにそれを忘れようとしているのね。よほどひどい目に遭ったんでしょう」

「ゼリアが傷ついた無垢な娘だとしたら、どうしてきみはこの仕事に難色を示すんだい?」

「オドウダのような男は必ず後ろ暗いところがあるものよ。会社の利益を上げ、他社との競争に勝つためなら手段を選ばない。合法的な方法では望む結果が得られないことも多々ある。

そうなると、オドウダのような連中は人を雇う。だからこそ、あなたを狙ったやつらは、オドウダに雇われる前に殺そうとしたんでしょう。断りの手紙を書けばいいのよ。いろいろ考えた結果、残念ながら――とかなんとか。贅沢を言わなければ、真っ当な仕事はそのへんにたくさんあるんだから」

彼女がそんなに長く熱弁を奮うのは初めてだった。そのアドバイスに従うべきだったのだ。しかし、二つの事柄が俺を思いとどまらせた。一つはジュリアと、妹を案ずる彼女の気持ち。うまく処理してやると約束したようなものなのだ。そしてもう一つはオドウダ本人の存在だ。あの男は俺に道を誤らせる何かを持っている。彼は俺の心をがっちりととらえた。その根っこにあるのは嫉妬だと自覚していた。しかし、それは少なくとも純粋な嫉妬心だった。俺は思い知らせてやりたかった。小切手帳で頬を叩こうが、思いどおりにならない人間がここにいることを。赤い車に隠されているものがなんであれ、オドウダは心からそれを取り戻したがっている。いいだろう、俺の仕事は車を探し出すことであって、それ以上ではない。隠したものの正体がわかれば、俺はそいつを自分のものにする。鼻先にぶら下げてオドウダを言いなりにすることができたら、さぞ愉快だろう。余り趣味のいい想像じゃないが、誰でも一度くらいは権力を手に入れるべきなのだ。権力はイコール現金であり、それならいくらあっても困らない。

「ジュネーブ行きの飛行機を予約してくれ。明日の午前中だ。それから現地の車の手配も頼む。明日の夜はブルジュ湖畔のオンブレモン・ホテルに泊まるから、そっちの予約も。相手が渋るようだったらオドウダの名前を出すといい。スムーズにことが運ぶだろう」

ウィルキンスは俺を見てうなずき、出口に向かった。彼女がドアの前に達したとき、俺はすっかり自分に酔っていた「レンタカーは赤のメルセデス二五〇ＳＬにしてくれ」

ノブに手をかけたまま、ウィルキンスは弾かれたように振り返った。「どうして？」

「一度も乗ったことがないからさ。赤は好きな色だし。俺がどうしても乗りたがっていると言えばいい。金に糸目はつけないから」

「つまり、わたしたちはあなたのために全力を尽さなきゃいけないってことね」そう言い残して彼女は出て行った。そんなに冷ややかな顔を見るのは久しぶりのことだ。

その晩、俺が帰宅する前にウィルキンスは飛行機の予約をし、ジュネーブで乗る車を確保してくれた。うまくいけば赤のメルセデスが出迎えてくれるという。

俺の自宅はテート・ギャラリー近くの小路に面した、寝室と居間とバスルームとキッチンがあるだけの狭いアパートだ。居間の窓から首の筋がつるほど身を乗り出せば、かろうじて川を見ることができる。家事をしてくれる隣室のメルド夫人は、散らかり放題の俺の部屋を相手に、長年にわたって勝ち目のない闘いを陽気に続けている。窓辺のテーブルに赤さび色の菊をいけた花瓶があり、メモが置いてあった。「オーブンにおやつが入っています。ウィスキーがもう切れそうよ」

おやつはシェパードパイだった。夫人の機嫌がいい証拠だ。オーブンをつけてパイを温め、ウィスキーを入れるために居間に戻った。夫人の言うとおり、四分の一ほど減ったボトルが一本あるきりだった。ソファーに腰を下ろしテーブルに両足を上げて、窓の外の暮れなずむロンドンの街を眺めた。人生なんてちょろいもんだ。オーブンからは、玉ねぎがたっぷり入ったシェパードパイのいい匂いが漂ってくる。ウィスキーを片手にソファーでくつろぐ俺。明日には盗まれた車を探しに異国へ旅立つ。同年代の男たちは家で子供をどやしつけている時刻だ。テレビばかり見てないで宿題をやりなさいとか。あるいは、掃除機のいかれたプラグを直すためにドライバーを探しまわっているところかも。キッチンでは、妻ができあいのステーキとキドニーパイとライスプディングの缶詰を開けている。代わり映えのしない毎日。変化は人生のスパイスだ。退屈な人生なんて耐えられない。毎日が新鮮で、次に何が起こるかわからない。いつ狙撃されるかもしれないし、美しい娘が助けを求めて寝室に忍び込んでくるかもしれない。利用され、嘘をつかれ、だまされ、陰で笑われ、軽蔑されるかもしれない。まさに波乱万丈な人生。問題は、そういう気分になれないときがあることだ。俺は突然気持ちが沈み、自己嫌悪に陥った。どうしてこんな気持ちになるのだろう。何かが胸に引っかかる。それを見極めようとしたが、すぐに諦めてグラスにウィスキーをそそいだ。

ソファーに腰を落ちつけたところで、ドアのベルが鳴った。誰だか知らないが放っておくことにした。しかし、ベルはなかなか鳴りやまない。仕方なく立ち上がって玄関に向かった。

ドアを開けると黒人の男が立っていた。紺色のスーツに山高帽、片腕に傘をぶら下げている。愛想のよさそうな肉づきのいい顔、大きく弧を描いた眉、ずんぐりとした肉だんごのような鼻。ピンクのシャツに、大胆な花柄のネクタイを締め、足元はしょうが色のスウェードの靴で決めている。靴から山高帽のてっぺんまでの距離は、せいぜい一四〇センチ。全体的な印象は異様としか言いようがない。白い歯と目をきらりと光らせて、俺に名刺を差し出した。とたんにその男が発する陽気なオーラが、温風ストーブの熱風のようにこちらに押し寄せてきた。

「カーヴァーさんですね？」溌剌とした甲高い声で言った。

俺はうなずき、玄関の薄暗い明かりで名刺に目を凝らした。全部の文字がゴシック体でタイプされているから、読みづらいったらない。相手を困らせるために名刺を使っているのか。男はくすくす笑いながら、そこに書いてあることを暗唱した。

「ミスター・ジンボ・アラクィ・エスクワイアー。住所はロンドン、トテナム・コートロード、カーデュー・マンションズ。職業は代理人および専門家、外交特使、輸出入業」一拍置いてつけ加えた。「悲しく歩きゃあ疲れるが、楽しく歩けば身も軽い」

「そいつはどこに書いてあるんだ？」

彼は手を伸ばし、丁寧に名刺をひっくり返してみせた。

「素晴らしいキャッチフレーズだな、アラクィさん。だけど、俺は代理人も専門家も必要ないし、輸出入にも興味はない。ましてや外交特使を歓迎するつもりもない。わかったか？」

彼は愛想よくうなずいた。

ドアを閉めようとした。するとアラクィは玄関に入り込み、自分でドアを閉めた。

「悪いけど、オープンでシェパードパイを温めているところだし、静かに夜を過ごしたいんだ。自宅でくつろぐ人間を邪魔する専門家なんているはずない」

男はうなずき、礼儀正しく帽子を脱いだ。と思いきや、なかからハンカチを取り出して顔をぬぐい、それを帽子にしまうとまた頭に載せた。

「一〇分だけ時間をください。それ以上はお邪魔しませんから、カーヴァーさん。それに素晴らしい提案があるんです。たぶん耳寄りな情報だと思いますよ。いまわたしは『たぶん』と申しましたかな？　訂正します。あなたはわたしの助けを必要としている。大船に乗ったつもりでわたしを信じてください。お金はいっさい不要。それどころか、これほどお得な話はありません」

「保険屋に鞍がえしたらいいんじゃないか」勝手に居間に入って行くアラクィの背中に向かって、俺は言った。

彼は珍しそうに室内を見まわした。「以前、二年ほどやっていましたよ。ガーナのアクラで。でも、いまはもっと手広くやっています。美しい花ですな。ダリアでは？　違いますか？　秋はダリアが出揃う時期なんですよ。紫に白の細い縞模様が入ったものを見たことがあります。そりゃあみごとだった」

アラクィは椅子に腰を下ろし、満面の笑顔でウィスキーのボトルを見た。

俺は降参した。追い払うこともできるが、かなり骨が折れるだろう。それにこれほど愛想がよくて陽気な相手を怒鳴りつけるのは、ちょっと大人げない。かなり骨が折れる上に大人げない。一〇分間の猶予を与えることにした。話が終わるころ、ちょうどいい具合にパイが温まっているはずだ。

グラスにウィスキーをそそいだ。

「水かソーダは？　アラクィさん」

「いえいえ、これで充分です」彼はグラスを受け取り、一口飲むと満足そうにうなずいた。「まことに結構なお住まいですな。わたしはアパートを三人でシェアしています。性格的には全然合わないんですが、仕事の連絡を取るには便利ですよ。わたしが提示できる金額の限度はいくらだと思います？」

「悪いがアラクィさん、最初から説明してくれないか。たとえばいまのあんたは何者なんだ？　代理人か、専門家か、輸出入の――」

「代理人ですよ、カーヴァーさん」

「誰の？」

アラクィは再度グラスに口をつけた。「実にうまいウィスキーだ。思うに、一流メーカーの限定品なのでは？」ボトルに目を凝らす。「やっぱり、ラベルも実に立派だ」

「誰の代理なんだ？」俺は繰り返した。

「友達の友達の、そのまた友達とでも申しましょうか。彼らはある問題についてひじょうに頭を悩ませておりまして。政治、産業、商業、外交などなど、様々な分野で彼らの評判に悪影響を与えかねない問題なのです」アラクィは微笑んだ。「ご理解していただけると思いますが、わたしは慎重に行動しなければなりません。ですから、当然――」

俺は椅子にもたれて目を閉じた。「本題に入ったら起こしてくれ」

彼は声を上げて笑った。

俺は目を開けた。

彼はウィンクをして言った。「五〇〇ポンドでは？」

また目を閉じた。

「ギニーにしましょう、カーヴァーさん。換算すると――」

「五二五ポンド」

「では、同意していただけるんですね。よかった。あなたは話のわかるお方だ。投資に興味がおありなら、半年で倍にする方法をお教えしますよ。それから同じ期間でその金額をさらに倍にする方法も。やり方はいくらでもある。たちまちあなたは億万長者だ。ジンボ・アラクィに感謝することになるでしょう」

「エスクワイアー、それともミスターだったっけ？」俺は目を開けた。

アラクィは一瞬落胆した顔を見せたが、すぐに立ち直った。立派な白い歯をのぞかせてにっと笑い、だんごっぱなにしわを寄せ、きらきら光る瞳をくるりとまわす。一通り終わったら、口から豪華商品が飛び出してきそうだ。そして実際にそうなった。

「一〇〇〇、出しましょう。ポンドじゃなくてギニーで。つまり、換算すれば一〇五〇ポンド」

俺は立ち上がって言った。「あんたの話のなかで、いまのところ意味が通じるのは『億万長者』って言葉だけだ。早く本題に入ったほうがいいぞ」俺はドアに向かった。「無礼な態度は取りたくない――とくに、あんたみたいに仕事熱心な人には。だけど、俺は腹がすいているんだ」

「承知しました。仕事熱心か。言い得て妙ですな。確かにわたしはそういう男です。よろしい、お話ししましょう。わたしの友達の友達の、そのまた友達に当たる人々は、あなたにある紳士との契約を破棄してもらいたがっています。聞き入れてくだされば謝礼をお支払いする。これでご理解いただけましたか？」

アラクィは立ち上がった。これほど単純かつ容易な取り引きはないと確信しているらしい。確かによほどの馬鹿でないかぎり、一〇〇〇ギニーを棒に振るやつはいないだろう。

俺はドアを開けた。「上限はいくらなんだ、アラクィさん？　一〇〇〇以上だってことは間違いないな」

「いい匂いだ。あなたの夕食ですね？　のちほど小切手をお送りします」

俺は頭を横に振った。

「その必要はない。いったん引き受けた仕事はやり遂げる主義なんだ」

アラクィは心から気の毒そうな顔をした。俺の分別のなさに驚いているにちがいない。

「悪いことは言いません、カーヴァーさん。あなた自身のためですよ。見上げた職業倫理や崇高な志にこだわっている場合ではない。これは単なる仕事と金の問題です。一五〇〇ポンドまでなら出せるかもしれません」

「もういい。単位をギニーに変えても結果は同じだ。そのお友達のお友達のそのまたお友達とやらに伝えてくれ。あんたたちの金に興味はないって」

「本気ですか?」

「もちろん」

アラクィは俺の横を通り過ぎた。かつてこれほど驚いたことはないといった顔で。玄関で立ち止まると俺を見てかぶりを振った。そして努めて明るい口調で言った。「なるほど、よくわかりました。考えられる理由は一つ。あなたはとても変わり者だということです。それも筋金入りの」

「まあそんなところだ」

「ねえ、カーヴァーさん。あなたの性格についてとやかく言うつもりはありません。しかし、危険ですよ。あの人たちは――お察しのとおり、わたしは彼らの代理人を務めているのですが――あなたを丁重に扱うようにと言いました。あなたは頭がよくて、礼儀正しく、分別もある男性だからと。しかし、次はべつの手段を取るかもしれません。ひじょうに荒っぽい手段をですよ、カーヴァーさん」

「そいつらに頼まれてあんたがやるのかい?」

「報酬が貰えるなら、当然そうなるでしょうな。せっかく一五〇〇ポンドかギニーが手に入るチャンスなのに――初めてですよ、あなたのような分別のある方がこんな申し出を断るなんて。棚からぼたもちってことわざを知っているでしょう? 準備は整っていますから――つまり支払いのことですが――税金を払う必要もない」

「おやすみ、アラクィさん」

ドアを開けると、彼はしぶしぶ外に出た。玄関マットの上で立ち止まり、念入りに靴をこすりつけている。

「そういえば」と俺。「その友達の友達のそのまた友達とやらの仕事をしているときに、同郷のジョセフ・バヴァナっていう男に会わなかったか?」

「バヴァナ? そりゃあ会いましたよ。わたしの義理の夫ですから」

「義理の夫?」

「いえ、その言い方は適切ではないかも……つまり、彼はわたしの二番目の妻と結婚したんです。いまではもちろん未亡人ですがね。こうなったら、いっそのこと取り返すべきかもしれません」

「バヴァナが死んだことを知っているのか? やつはどうして死んだんだ?」

「そりゃあ知っていますとも。わたしはつねづね彼らに言ってきました。真っ先にああいう手段を取るのはよくないと。ジョセフはおっちょこちょいな男で。わたしはね、彼らの報告書を読んで、あなたにはべつの方法でアプローチすべきだと主張したんですよ。なのにジョセフの言い分が通ってしまった」

「それで、今度は連中にどんなアドバイスをするつもりだい?」

「わたしはあなたに好感を持っているんですよ、カーヴァーさん。偉ぶったところがないし、わたしを丁重に扱ってくれた。提示額を五〇〇〇ポンドに引き上げることを勧めるつもりです。そうすれば、あなたは今回の一件について二、三日考えることができる。彼らはきっとこう言うでしょう。『なんてやつだ、何もしないで五〇〇〇ポンドも手に入れるつもりか。二五〇〇で話をつけろ、なんならギニーでもいい』と。そしてわたしはいま一度あなたに会い、取り引きは無事成立――」アラクィは顔を輝かせた。「――めでたし、めでたし。明日またうかがいます。心配いりませんよ、カーヴァーさん」そう言うと、傘の柄で自分の胸をとんと叩いた。「わたしはやる気まんまんです。友達のためなら、いばらの道もなんのその」山高帽をひょいとつまみ、人情という目に見えない妄想を胸に抱いて帰って行った。

部屋に戻ると、キッチンから焦げた臭いが漂ってきた。

メルド夫人がドアを開ける音と、陽気に口ずさむビートルズの「イエロー・サブマリン」の音色で目を覚ました。夫人が少しずつ流行歌をレパートリーに加えていることに最近気がついた。

「おはよう、カーヴァーさん。パイはどうでした？」

「おいしかったよ」目をこすりながらつぶやいた。

「あなたには世話をしてくれる女性が必要ね。あなただって料理はできないわけじゃないけど、あれって大仕事なのよ。結構時間がかかるから、いつも主人に言っているように、どうしても面倒になっちゃうのよね。それにお洗濯もしなくちゃいけないし。あなたはそんなこと考えていないんでしょうけど。一生、独身でいるつもりなの？」

「勘弁してくれよ。半熟の目玉焼き二個とベーコンが食べたいな。カリカリに焼いたやつを」

「じゃあ、一〇分後に。夕食にはおいしいステーキとキドニーパイを用意しておくわね」

俺はベッドから起き上がった。「その必要はないよ。今夜はフランスで、とれたてのオンブルシャバリエ（アルプスイワナ）を食べる予定なんだ。オンブルって何か知っているかい？」

「そりゃあ、魚でないなら、なんのことだかわかりません。でもひょっとして、通りの向こう側にいる男性と関係があるのかしら。主人が七時に家を出たときにはもういたのよ。本当にフランスへ行くの？　いつもの悪い冗談じゃないでしょうね。あなたはいい人生を送っているわ、カーヴァーさん。でも、それを分かち合える素敵な女性を見つけなくちゃ」

俺はガウンを着て、居間に行った。

メルド夫人がキッチンから言う。「郵便ポストの隣に停めたミニに乗っているわよ」

窓から見えるのは、その男のごく一部だった。ハンドルの前の体と、ハンドルに載せた茶色い両手。わが友ジンボよりもかなり体格がよさそうだ。しかし、二人は関係があるにちがいない。ジンボ・アラクィが新しい提示額の件で雇い主と交渉している間、仲間が俺を見張っているのだろう。

九時半、俺はバスルームの窓からアパートの裏手にスーツケースを落とした。メルド夫人が庭の茂みからそれを運び出し、その後、俺は夫人の家のキッチンに移動した。彼女が夫を口説き落として買った新しい皿洗い機をしばし褒めたあと、室内を横切ってべつの通りに面した裏口から外に出た。過去に何度も使ったことのある抜け道だ。余りにも頻繁に使っているので、そろそろ永年の通行許可証が発行されるかもしれない。

タクシーでミグスを訪ね、従業員の一人に航空券とパスポートを事務所に取りに行かせた。

アパートを見張っているとすれば、事務所も見張られている可能性が高い。ウィルキンスに電話をかけ、事情を説明した。そして、サマセットハウスの役所に誰かを行かせて、アテナ・ホールディングス株式会社についての情報をできるだけ集めるよう頼んだ。ウィルキンスはいくらか機嫌を直したらしい。忘れものがないかどうか確かめるために、俺に荷物の中身を暗唱させた。

最後に彼女は言った。「銃は?」

「いや、持って行かないよ。どうして? あったほうがいいと思うか?」

「いいえ、思わないわ。あなたは下手だから役に立たないもの」

たぶん彼女は正しい。だが、銃を持っているだけで気持ちが落ちつくこともある。

スコットランドヤードのガフィーに電話をかけ、ジンボ・アラクィ・エスクワイアーのことを話して聞かせた。その時点では、隠しごとをしないほうが得策だと思っていた。

「その男や雇い主について何かわかったら教えてほしいんだ。恩に切るよ。ウィルキンスに伝えてくれ」

考えておく、とガフィーは言った。

午後二時、ジュネーブについた。空港では赤のメルセデス二五〇SLが待っていた。億万長者に雇われて仕事をするのはいいものだ。彼の名前でつけにすれば、いっさい金を払わなくてすむのだから。

幻の翼を持つ赤い稲妻のごとく、南に向かって車を走らせた。俺は魚釣り用の湖と、雷鳥が舞い降りる湿地を複数所有している。都心の屋敷以外に田舎に別荘もある。ホテルのスイートをつねに借りていて、夜の八時以降は誰にも邪魔されない時間を過ごすことにしている。ヨットと車も数台持っているが、なかでもこの赤のメルセデスが一番のお気に入りだ――そんな妄想にふけりながら、アヌシーを過ぎ、エクス・レ・バンへと向かった。そのへんの道はよく知っている。俺の手は億万長者のように、大きくて重厚感のあるハンドルをしっかりと握っている。独立型リアサスペンションと、ロービボット・シングルジョイント式スウィングアクセルを搭載したメルセデスは、スピードを上げても路面に吸いつくように走り、ディスク・ブレーキに足を載せると速やかに減速する。車の専門用語ならお手のもの。いまの稼業に移る前、一年間車のセールスをしていたことがある。セールス先のトラブルを始末しているうちに、そっちが本業になってしまったのだ。

エクス・レ・バンを南下し、湖を通過したところで道を折れ、湖の西岸に向かう。オンブレモン・ホテルは湖に臨む丘の中腹に建っていた。そこから対岸のエクス・レ・バンの街を見渡すことができる。俺は湖側の広々とした明るい部屋に入った。電話でウィスキーとペリエを注文すると、五分もしないうちに届いた。こいつは記録的な早さだ。どうやら俺は記録的なラッキーボーイになりそうだ。二時間ほどの聞き込みで確信した。ゼリアは記憶喪失などではない。失った記憶の量でいえば、むしろ俺のほうが多いだろう――べつに忘れてしまいたい過去ばかりじゃないが。それでも過去は残る。自分の身に起きたことや、自分がしでかしたことが消えてなくなることはない。

夕食の少し前に、受付に行ってトラベラーズチェックを現金にかえた。ジュネーブで下ろしたばかりだから、金が必要だったわけではない。受付嬢に話しかけるきっかけを作り、俺の温厚で人なつこくて魅力的な人柄を数分間アピールするためだ。そのあとで第二の人格が姿を現し、ちょっとした嘘を交えつつ曖昧な質問をするという段取りだ。

受付嬢は二〇歳そこそこ。口の右端に小さなほくろがあって、聡明そうな黒い瞳がときどきいたずらっぽく光る。夕方到着する客の波が途絶え、時間を持て余しているらしい。彼女の英語は俺のフランス語よりも遥かに上手だった。俺はお世辞を言い、どこで習ったのかと尋ねた。むろん作戦は成功。それで失敗したためしはない。外国語が上手だと言われて喜ばないやつはいない。フランスへは休暇できたのか、それとも仕事かと尋ねられるまでにそう時間はかからなかった。仕事でと俺は答えた。そしてカヴァン・オドウダ氏の秘書になりすました。説明するまでもなく、彼女はオドウダのことを知っていた。ホテル業界で働く者は世界中の億万長者を知っているのかもしれない。とりわけフランス人は生まれつき金を重んじ、世界中の億万長者に精通しているのだろう。同じアングロサクソンでありながら、イギリス人がサッカー選手にやたらと詳しいように。

俺はフランス紙幣をゆっくりと財布にしまいながら、オドウダの義理の娘ゼリア・ヤング・ブラウン嬢について少々調べているのだとくだけた口調で言った。お嬢様は数週間前にこのホテルを発った直後に記憶を失い、いまも困っていると。一瞬、受付嬢の黒い瞳が悲しそうに曇った。億万長者の娘がそんな目に遭うなんて、と思っているのだろう。黄金色に輝く満ち足りた記憶ばかりのはずなのに。それを失うとはなんてお気の毒に！

あいづちを打ち、ゼリアが宿泊した際の領収書が残っていないか尋ねた。俺は人間の性《さが》について考え、そこから一つの筋書きを導き出していた。それを裏づける証拠や、ゼリアが真っすぐカンヌに向かわなかった理由を説明する手がかりが見つかるとは思っていなかった。それでも確認しておいて損はない。受付嬢はファイルからカーボンで書き写した書類を取り出した。部屋は一五号室。ゼリアは宿泊代と朝食代を支払っていた。夕食は含まれていない。そうなると外で食べたということか。領収書を受付嬢に返そうとして、そこに記載されているべきものが抜け落ちていることに気づいた。

「ゼリアお嬢様はこのホテルに滞在中に、イギリスのお父様に電話をかけたんですよ。夜の九時ごろに。でも請求には含まれていませんね」

確かにそのような請求がないことを受付嬢は確認した。

「通話記録は残っているかな？」

「客室からかけた有料の電話でしたら」

「あの晩、長距離電話をかけた客がいないか調べてもらえないかな。ほかの客室を含めて」

「そうすると、あの夜宿泊されたお客様全員の領収書を調べなくてはなりませんね」彼女の黒い瞳にはもはや悲しみの影はなく、利発そうな輝きを放っていた。億万長者が娘のことで胸を痛めていて、彼の右腕である秘書はなんとかしたいと思っている。彼女にとっては余分な仕事が増えることになるが。

「少しでも時間を割いてもらえるのなら、もちろんムッシュー・オドウダはお札を差し上げたいと言うでしょう」財布を取り出し、一〇〇フラン札を一枚差し出した。

彼女はそれを素早く受け取り、わけ知り顔でうなずいた。フランスのホテル従業員ほど金に敏感な連中はいない。

「夕食のあとにもう一度お越しいただけますか、ムッシュー?」彼女は言った。

ムッシューは夕食に向かった。残念ながらオンブルシャバリエはメニューになかった。鴨のテリーヌ・トリュフ添えと若鶏のモリーユきのこ添えに、シャトー・ラヤのワイン一本でがまんすることにした。

ディナーのあと、期待通りの情報を手に入れた。あの夜、このホテルからイギリスにかけた電話は一本のみ。九時少し前に一六号室からかけられていた。その部屋に泊まっていたのはマックス・アンセルモスという男で、翌朝ホテルを発ったという。俺は単刀直入に訊いた。「一五号室と一六号室のドアはつながっているかい?」

「ええ、ムッシュー。普段は鍵がかかっていますが、客室係に頼めば開けられます」

「アンセルモスさんが書き残した住所は?」

受付嬢は答えを用意していた。コルナヴァン二二、ジュネーブホテル・ベルニーナ。そこにマックス・アンセルモスを訪ねても無駄だろうと直感した。

受付嬢は思いつめた面持ちで言った。「わたしがお話ししたことで、ゼリアお嬢様がお困りになったりしなければいいのですが」

「困るなんてとんでもない。記憶を取り戻す手助けになると思いますよ。彼女の父上はきみに心から感謝するでしょう」

「お役に立てて光栄ですわ、ムッシュー。もしかすると、そのお客様を覚えている従業員がいるかもしれません。必要でしたら、明日の朝までに調べておきますが」

どんなささいな情報でもありがたい、と俺は言った。そのための手間賃に糸目はつけないとも。そして部屋に戻り、小さなバルコニーに座って湖の対岸に連なるエクス・レ・バンの街の灯を眺めながら煙草を吸った。

たぶんゼリアはこのホテルでマックス・アンセルモスと会っている。彼の部屋から電話をかけたのは軽率だったが、そのときのゼリアは注意を払う必要があるとは思わなかったのだろう。ホテルを発ったあと、彼女の記憶を曇らせるような出来事が起きたのだ。ホテルからカンヌに向かう途中で彼女は持ちものを失った。車、荷物、記憶、そしてほかにも失ったものがあるかもしれない……おそらくマックス・アンセルモスなら知っているだろう。ゼリアがいまその男をどう思っているのか知りたいし、そいつが赤のメルセデスをどこへやったのかはもっと知りたい。

部屋に戻って受話器を取り、パリ四〇八‐八二三〇につなぐよう交換手に頼んだ。二〇分後にようやく電話がつながり、当直の警官が応対に出た。ここから数キロ離れたパリのサンクルー市アーネンガード通り二六番のオフィスで、退屈そうに座っている姿が目に浮かぶ。警官はひどく警戒していた。自分の身元はマジオル警視か、ジェラルド・アルスター・フォリー警視正が保証してくれると俺は言った。とにかくマックス・アンセルモスの記録がインターポールにあれば教えてほしい。明日の朝九時までならこのホテルへ、それ以降ならロンドンのオフィスに電話をするように頼んだ。警官は善処しますとしぶしぶ言って電話を切った。いまごろフランスで人気の写真週刊誌『パリ・マッチ』の続きを読んでいるにちがいない。

結局、翌朝の九時までに電話はこなかったが、さらに二〇フランを使ってアンセルモスの容貌を知ることができた。荷物を運ぶボーイがよく覚えていた。長身で、黒髪、年齢は三〇から四〇歳。赤のメルセデスに乗った若い娘といっしょに到着し、翌朝、彼女の車でいっしょに出発した。白いプードルを連れた人当たりのいい陽気な紳士で、フランス人だと思うが、むろんスイス人の可能性もあるという。

彼にチップを渡して礼を言ったあと、ナポレオン街道を目指して南下した。

カンヌについたのは夜だった。途中で寄り道をしてランチをゆっくり楽しみ、その後ウィルキンスに電話をかけたら通じるのに三〇分もかかり、すっかり遅くなってしまった。

ウィルキンスのもとには、スコットランドヤードのガフィーからの伝言が一件届いていた。「マックス・アンセルモスという名前は記録にないが、名前を変えるのは難しいことではない。できればその男の詳しい人相や手がかりになりそうな情報を提供してもらいたい」というのがメッセージの内容だった。俺はウィルキンスを通して、マックス・アンセルモスの容貌と、ジュネーブのホテル、そして白いプードルを連れているらしいことをガフィーに伝えることにした。

「それとジュリア・ヤング・ブラウンさんから電話があったわ。お父様の代理とかで、カンヌでの宿泊先を知りたいそうよ。わかりしだい連絡することになっているの」

「マジェスティックだと伝えてくれ。部屋を取れたらの話だけど、三〇〇ポンドも払うんだからむげに断りはしないだろう。アテナ・ホールディングスについて何かわかったか？」

「そのことで今日、人と会うことになっているわ」

「そうか。じゃあ明日また連絡する」

俺が電話を切ってからカンヌに到着するまでの間に、あちこちに電話をかけている人物がいたことをあとで知った。

ホテルの部屋は難なく取れ、車はサーベス通りを曲がったところにある駐車場に停めた。酒を二杯飲み、夕食をすませて、クロワゼット通り沿いをぶらぶら歩き、潮の香りを胸に吸い込んでから部屋に戻った。港のどこかにオドウダのヨット、フェロックス号が係留されているはずだ。ヨットの名前はスコットランドの湖に棲む大型マスから取ったと聞いても俺は驚かない。彼が無類の釣り好きであることは知っているし、いまでは本性もわかっている。あの男は、小さな餌にも大きな餌にも食いつく、貪欲な肉食性のフェロックスそのものだ。

部屋の椅子に腰を下ろし寝る前の一服に火をつけて、ゼリアとマックス・アンセルモスに思いをめぐらせた。とりわけ彼女が経験したことと、それに伴う気持ちの変化について。二人がオンブレモン・ホテルでロマンチックな一夜を過ごしたことは間違いない。ところがその熱も冷めやらぬうちに、ゼリアはその日から二日間の記憶をメルセデスごと消してしまおうと決めた。そこに至るまでのある時点で、誰かが心変わりをしたのだ。電話が鳴り、そこで思考はさえぎられた。

電話の向こうの受付係は、アラクィという男性が俺を訪ねてきていると言った。まもなく一一時。とっさに、追い返してくれと言いそうになった。だが、どうやって居所を突きとめたのか興味が湧き、部屋に通すことにした。

今日のアラクィはカンヌの気候に合わせて、薄手でベージュの亜麻のスーツを着ていた。満面に笑みを浮かべ、しわを寄せた丸い鼻は干しプラムのようだ。オレンジと銀のリボンを巻いたパナマ帽。黄色い蹄鉄と鞭《むち》の模様を散りばめた水色のネクタイ。明るい黄色のストライプが入った鮮やかな緑のワイシャツ。しょうが色のスウェードの靴だけは昨夜と同じだ。アラクィは俺の手を握り名刺を差し出した。

「堅苦しい挨拶は一度で充分だよ、ミスター・ジンボ・アラクィ・エスクワイアー」

彼はかぶりを振って、口が裂けそうなくらいにんまりと笑った。「わたしはジンボではありません、カーヴァーさん。ジンボはわたしの兄弟です」

慌てて名刺に視線を落とした。確かに彼の言うとおりだ。男の名前はミスター・ナジブ・アラクィ・エスクワイアー、肩書きは同じだが、住所はカンヌのミモン通りになっている。俺の記憶では、その通りは駅の裏手だったはずだ。名刺をひっくり返し、そこにフランス語で書かれた格言を読んだ。「まさかのときこそ真の友」なるほどそのとおりだ。

名刺を返した。「双子なのか？」

「そうですよ、カーヴァーさん」

「どうやって見分けるんだい？」

「簡単です。わたしはいつもフランスにいて、ジンボはいつもイギリスにいます」

しょうが色の靴のことを訊いてみようかと思ったがやめた。そんなことといくらでも説明がつく。

「どうやって俺の居場所を？」

「それも答えは簡単。ジンボが電話で教えてくれたんですよ」

「じゃあ、彼はどうやって知ったんだ？」

「それはわかりません。われわれは普段べつの仕事をしているんです。あなたの場合のように、カーヴァーさん、長距離を移動する方が相手でないかぎりは。実を言うと、あなたには感服いたしております。なんとまあ、仕事の速いお方だ」

急にどっと疲れを感じ、椅子に腰を下ろした。ジンボとナジブは見た目も身振りもそっくりの道化師のようだ。しかしそれだけでないことは間違いない。笑顔を作るよりももっと得意なことがあるはずだ。その証拠にナジブはポケットから拳銃を出した。

「そんなものを使う必要があるのか？」

ナジブが答える。「わたしだって使いたくありませんよ。なにしろ射撃は大の苦手でして」

振り返って肩越しに叫んだ。「パンダ！」

寝室のドアの前の狭い廊下から若い女が入ってきた。「入ってきた」という言い方は正しくない。彼女はつむじ風のように部屋に現れた。ナジブの背中を平手でぴしゃりと叩き、踊るような足取りで俺に迫ってきた。きつい香水のにおいを雲のように身にまとい、指で俺の髪をなでて、右の耳たぶをぐいと引っぱった。「ウホ、ウホ！　お近づきになれて嬉しいわ、レキシー・ボーイ」

うんざりしてナジブに言った。「彼女はロボットか何かか？」

パンダはにっこり笑った。「見りゃわかるでしょ。このおっぱいもお尻も筋肉も、どこもかしこも本物よ。こんなにぴちぴちしてるんだから」

身長は一八〇センチ以上。目のやり場に困るほど短いスカートを履き、金ラメのブラウスを着ている。外見は決して悪くない。大きくて潤んだ茶色の瞳、笑うとこぼれる歯ははっとするほど美しい。けれど、どれも過剰に思えた。実際、彼女のすべてが過剰だった。脚も腕も異様に長く、俺の前で回転したとき、強力な発電機か何かでまわっているような、ブンブンという音が聞こえた。肌は艶やかなカフェオレ色で、豊かな黒髪にはきついカールがかかっている。耳に下げた金色のイヤリングは、絞首台に吊り下げられた人間をかたどったものだ。

ナジブが言った。「アシスタントのミス・パンダ・ブバカルです。彼女のことはお気になさらずに。今夜は元気があり余っていまして」

「パンダ、おなか空いた。パンダ、男欲しい」

「部屋のなかを探せ」ナジブは手を精いっぱい伸ばし、彼女の尻をぴしゃり叩いた。

「好きにすればいいさ」俺は言った。「だけど、彼女は男以外にいったい何を探すんだ」

「あなたはイギリスで」ナジブは俺に銃を向けたまま言った。「オドウダとの契約を破棄するだけで謝礼を支払うという、またとない条件の申し出を受けましたね。あれは無効になりました。われわれは目的の品を回収するだけです」

背後でパンダが寝具をひっくり返している。「あらまあ、豪勢なパジャマね。アイロンをかけてほしくなったら、レキシー、いつでもあたしを呼んでちょうだい」

首の後ろを優しく噛まれ、思わず飛び上がった。

「カーヴァーさんにちょっかいを出すな。自分の仕事をしろ」ナジブが言う。

俺は首をさすりながら、パンダを振り返った。彼女はウィンクをして家捜しに戻った。手際よく室内を調べるその腕前は、惚れ惚れするほどではないにせよ、明らかに素人ではない。トイレや浴室を調べながらいちいち論評を加えている。牧師館のガーデンパーティに招かれたら、ひんしゅくを買いそうな発言ばかりだ。それでも意気込みの強さと、溢れんばかりの明るさは否定できない。離れて見ると彼女は――いったんその長さに慣れてしまえば――かなりの美貌の持ち主だ。とはいえ、男を誘う妖しい眼差しは信用できない。彼女は交尾のあとに相手を食べてしまう雌のカマキリなのだ。

彼女は浴室から出てきて言った。「なんにもないわ、ナジブ。彼には新しい歯ブラシが必要なことと、睡眠薬が残り少ないことがわかっただけ。あなたは寝つきが悪いの、ハニー?」長い脚を高く蹴り上げた。「ウホ、ウホ! ママがねんねさせてあげるわよ」

「電話番号を教えてくれ。今度不眠症に悩まされたら連絡するよ。さあ、二人ともさっさと出てってくれないか」

「ここでないとしたら車にちがいない。キーを貸していただけますかな」ナジブは手を差し出した。

パンダはベッドに上がり、後ろから俺の首に腕を巻きつけた。「キーを渡してちょうだい、ハニー」

俺はじわじわと首を絞められながら言った。「たかが車一台のことで、なんだってこんな大騒ぎをするんだ」

ナジブは言った。「あなたは車を見つけた。今夜はずっとここであなたを待っていたんですよ。でも、車を駐車場に停めるところまでは確認できなかった」

パンダの片手がジャケットの内側に滑り込み、車のキーを引っぱり出した。そして俺の横をすり抜け、ナジブに渡した。

「わかったよ」俺は観念した。「通りの少し先にあるルノー駐車場だ。アンティーブ通りの裏手の。気がすんだらキーはポーターに渡してくれ。俺はもう寝るから」われながら最後の一言は余計だった。

パンダは二度雄叫びを上げ、ハイキックを決めた。「ママはここに残ってレキシーを寝かしつけてあげる」

「このカマキリ女も連れてってってくれ」

ナジブは手のひらのキーを見やり、困惑した視線を俺に向けた。

「あれはお目当ての車じゃないよ。ジュネーブで借りたレンタカーさ。俺がホテルに到着したときにナンバーを確認しなかったのか？」

「ナンバーなんていくらでも変えられるわ、ハニー」パンダが口を挟む。「確かめてきてちょうだい、ナジブ」

「二人で行って調べるといい。探している車かどうか確認する方法が一つだけある。秘密の収納場所だ。あんたはそのありかを知っているんだろう？」

ナジブはにやりとした。「知っていますとも、カーヴァーさん。だが、あなたはご存じない。オドウダは教えてくれなかった。そうでしょう？」

「もちろん知らないわ」とパンダ。「坊やの目を見れば、ママにはなんでもわかるのよ」彼女は浴室に向かった。

「出口はそっちじゃない」俺は慌てて言った。

「わかってるわ、そんなこと。お風呂のしたくをするのよ。きれいに洗ってあげるから待っててね」丈夫そうな歯を見せてにっこり笑い、目玉をくるりとまわした。

「おまえもいっしょにくるんだ、パンダ」ナジブが言った。それから俺に向かって続けた。「調べおわったらキーはお返しします。いつか日を改めて、カーヴァーさん、あなたがゼリアさんに会ったあとに腹を割って話しましょう。あなたの利益になることですから」彼はパンダの腕をつかみ、ドアに向かってひっぱった。

「ママは残る」彼女は叫んだ。

「ママは帰ってくれ」一瞬心が揺れたが、断固として踏みとどまった。俺は彼女と同じ部類の人間じゃない。

戸口でナジブが言った。「この街で何か困ったことがあったら気軽にご連絡ください」

「あたしも待ってるわ」パンダが言う。

「なんだかんだ言っても」彼女を無視して、ナジブは語を継いだ。「同業者なんですから仲よくするに越したことはありません。不都合が生じないかぎりは」

「いい心がけだ」俺は言った。

「ゆっくりお休みください、カーヴァーさん」

「あなたを一人ぼっちにするなんて耐えられないわ、かわいい坊や」とパンダ。

「心配いらないよ」

「ねえ、レキシー」パンダは目を大きく見開き、思案顔で言った。「肌の色が気に入らないわけじゃないわよね?」

俺はかぶりを振った。「きみの肌の色は好きだよ。でも体をうんと鍛えなきゃ、きみの相手は務まりそうにない。おやすみ」

彼らは出て行き、俺はベッドに入った。芝居がかった態度を取っていたが、二人とも本当の馬鹿ではない。それにしても、マジェスティックに泊まることをどうやって知ったのだろう。俺がウィルキンスに言い、彼女がサセックスのオドウダの屋敷に連絡するまで誰も知りえなかったことだ。ところがその三、四時間後に、ナジブは俺の居所を突きとめ、尾行を開始した。

オドウダの身内に内通者がいるということだ。オドウダの身近にいて、メルセデスを取り戻すことを望んでいない人物。おのずと該当者は限られてくる。ダーンフォードが怪しい。オドウダの下で働いているうちに嫌いになったとしても不思議はない。にしても、ただ嫌いなだけではないはずだ。密告は重大な背信行為だ。オドウダがらみで、ダーンフォードの怒りに火をつけるような出来事があったのだろう。アメリカの作家チャンドラーは「炎を隠せたところで、どうやって煙を隠すのか」と言った。しかし、ダーンフォードは明らかに隠そうとしていない。オドウダがその煙に気づいたら厄介なことになるだろう。

第4章

運命がまだ若い彼の命を刈り取ってしまった
それが定めだとしても、余りにも短い人生ではないか！
ウィリアム・バーンズ・ローデス

暖かくて穏やかな九月の終わり。朝日が水面に反射してまばゆい光を放ち、あたりを黄金色に染めている。

フェロックス号は港のすぐ外に停泊していた。波間に浮かぶその船は舳先にパイピングを施した真っ白なメレンゲ菓子のようだ。一〇フランという法外な料金で、一五歳くらいの少年が平底の手漕ぎボートに乗せてくれた。上半身裸で、日に焼けた筋肉質の体には余分な脂肪がまったくない。それを見て俺は、早朝のエクササイズを再開しようかと考えた。

デッキに続くタラップを上ると、白と金に塗られた船体や、ぴかぴかに磨き込まれた真鍮とクロムのまぶしさに目がくらんだ。そして、オドウダが一年間に支払っているこの船の維持費を想像して思わず身震いした。一人の女性がデッキチェアで『ヴォーグ』を読んでいた。紫がかった銀色の髪、赤のショートパンツに赤のブラウス。年齢は三〇歳そこそこ。童顔で、ぽってりした唇をすぼめ、細い葉巻を吸っている。

俺は声をかけた。「ゼリア・ヤング・ブラウンさんに会いにきたのですが。カーヴァーと言います」

彼女はけだるそうに『ヴォーグ』をデッキに置き、俺を値踏みしてからアメリカ人っぽい話し方で言った。「会いにきたって、ご用件は？ 個人的に会いたいのか、医者として会いたいのか。何かの専門家か、あるいは宗教団体とか？」

「個人的な用件です」

「あらそう、精神分析医だの、ソーシャルなんとかっていう役立たずじゃないのね」彼女はほっそりした腕を持ち上げて、金色の小さな腕時計を見た。「あの子は上のサンルームでジグソーパズルをしているわ」俺に顔を近づけて言った。「ノックはしないで。そのまま入るのよ。機嫌がよければ追い出されないかもしれない。その前にこっちへきて一杯やりましょう。サインをしてあげるから」

「高く売れるんですか？」

「お金にしか興味がないのね。あたしのサインは小切手の上に書いても価値はゼロ。写真の上に書けば、雀の涙程度の価値はあるかしら。いいからいっしょに飲みましょう。あたしはこのお役目に死ぬほど退屈しているのよ」

彼女は葉巻をくわえたまま煙を吐き出し、雑誌を拾い上げた。そして俺にウィンクすると、ふたたびページに目を落とした。

ブリッジの下を通り、ちり一つないデッキを歩いて行くと、右側にサンルームの窓が見えた。たくさんの窓がデッキ前方の大きな半円形の部屋を取り囲んでいる。一羽のカモメが暖かい空気を切り裂くように舞い下り、俺に向かってフランス語で何やら叫んだ。ブリッジの手すりにもたれていた青いジャージ姿の男が、下にいる俺に気づいて会釈をした。一隻のモーターボートが速度を上げ、海面にダチョウの羽のような波紋を残して遠ざかって行く。

ドアの窓からサンルームをのぞき込み、記憶を失った娘、ゼリア・ヤング・ブラウンの姿を初めて見た。テーブルの上の大きなトレーに身を乗り出して、巨大なジグソーパズルを組み立てている。右側にはピースの山。最初に見えたのは、流れ落ちる黒髪と、広い額、日に焼けた腕、それに肉屋のエプロンを思わせる、シンプルな青と白の縞模様の洋服だけだった。気がついてくれることを願ってしばし見つめていた。だが、どうやらその窓ガラスは、磁石のように人を引きつける俺の魅力を通さないらしい。諦めてドアを開けると、ゼリアは小さく舌打ちをしてトレーからピースを一つ取り除き、隣の山を物色しはじめた。礼儀知らずなのかパズルに没頭しているのか、完全に俺を無視している。

部屋を横切って、青い革張りの椅子の肘かけに腰を下ろした。奥にカウンターがあって、たくさんのグラスや色とりどりのボトルが、クロムメッキの柵の向こうにずらりと並んでいる。カウンターの片側には古い帆船の絵が二枚。壁に飾られたガラスケース入りのメカジキの剝製が歯をむいて笑っている。

「完成したら何ができるんだい？　イギリスの国会議事堂とか、ジョージ五世の戴冠式とか、それとも昔の狩猟風景とか？　赤い上着を着てポートワインを飲む貴族。そのかたわらで彼らの靴を脱がせる狩のお供や、猪の頭や体長一メートルもあるポーチドサーモンをテーブルに並べる召使い。古きよき時代だ。馬や馬車が通りを行き交い、車の排気ガスで汚れた道路なんてどこにもなかった。ところで車と言えば——俺の名前はカーヴァー。親父さんに頼まれて、きみが置き忘れた車を探すことになった」

できるだけ淡々と、穏やかな口調で言った。妙な下心などないことを示すために、なれなれしくならないよう注意した。話している途中で彼女が顔を上げ、俺は平静を保つのに苦労した。これまで見たなかで最高の部類に入る美しい娘だった。艶やかな黒髪、澄んだ青い瞳、非の打ちどころのない正統派の美人だ。と同時に、氷のように冷たく、近寄りがたかった。まるで氷の国からやってきた氷の女王だ。どことなくジュリアに似ているが、姉妹だとわかる程度でしかない。ゼリアは背筋を伸ばして俺をじっと見た。背が高く、堂々としていて、雄牛のように落ちつき払っている。羽のついたヘルメットをかぶり、盾を持ってロングボートに乗り込めばバイキングになれそうだ。無法者のエリック・ザ・レッドなら一目惚れするだろう。しかし俺の場合は、彼女と目が合ったとたん、心のどこかが縮み上がり、すっかり萎えてしまった。

冷蔵庫から取り出したばかりの冷えた鋼《はがね》を思わせる声で、彼女は言った。「あたし、あなたみたいなタイプが一番嫌いなの、カーヴァーさん。それにあの車について知っていることは全部話しましたから」

緊迫した空気を少しでも和らげようと、俺はとびきりの笑顔を作った。彼女に対する評価は低すぎたかもしれないとも思っていた。実際、彼女の美しさは再考に値するものだった。こうなると、俺の推理が間違っていた可能性もある。

「つまり」俺は言った。「力にはなれないと言うんだね」

「そういうことよ、カーヴァーさん」

彼女は前かがみになってパズルを物色しはじめた。

俺が立ち上がると、少しだけ顔を上げた。

「無駄足になったことは気の毒に思っているわ。だけど義父には言ったのよ。きてもらう必要はないって」

彼女の横を通ってバーカウンターに近づき、ハインのブランデーを物欲しそうに眺めて言った。「一つだけはっきりさせておきたいんだが」

彼女は俺を見るために体を少しひねった。その動きが肩や体の線の美しさを際立たせた。

「どうぞ」

「俺は仕事を引き受けた。いったん始めたことは最後までやり遂げる、それが俺の性分なんだ。くだらないプライドとかプロ意識とか、なんとでも言ってくれ。だが、目的は車だけだということは覚えておいてほしい。俺は車を見つけ出してきみの親父さんに引き渡す。と言っても、調べたことを逐一報告する必要はない。捜索の途中で誰かの秘密を知ったとしても、その方針に変わりはない。わかったかい？」

「とてもよくわかったわ。でも、あたしは力になれない」

彼女は背を向けて、パズルをいじりはじめた。俺は彼女の後ろをまわり、青い革張りの椅子に戻った。腰を下ろすと、彼女がちらりと視線を上げた。

「帰ってもらえないかしら、カーヴァーさん」

「帰るよ」俺は言った。「経費に見合う収穫が得られさえすれば。なんらかの理由で、きみの親父さんはその車にひどくこだわっている。きみは娘として——」

「義理の娘よ」氷柱《つらら》をへし折るように、俺をさえぎった。

「——役に立ちたいと思っているはずだと、当然考えたわけだ」

彼女は冷ややかな目で俺を見た。「あの男を嫌う理由はごまんとあるわ」

「そんなことを言えた義理じゃないだろう。彼が与えてくれる贅沢な暮らしをこうして享受しているんだから。本気でそう思うならとっくにここを出ているはずさ。それで、いったい車はどうなったんだ?」

たたみかけるように尋ねた。彼女の気持ちが少しでも揺らぐことを期待したが、そう簡単にはいかなかった。

彼女は立ち上がり、つかつかとバーに歩み寄った。木製のカウンターの隅に呼び鈴がある。氷のように冷たく美しく勝気な娘の歩く姿に目を奪われて、危うくベルを押させてしまうところだった。

「わかったよ。手出しは無用だときみが言うなら、余計なことはしない。ただ、ほんの数分だけ俺の話に耳を傾けてくれても害はないだろう。そのあときみが望むなら、ベルを押せばいい」

彼女はしばし考えてから言った。「続けて」

俺は立ち上がり、煙草に火をつけた。背の高い彼女に見下ろされるのはどうにも居心地が悪い。

「率直に言おう。きみは記憶を失っているのか、いないのか。個人的には、失っていないと思っている。だが、人には言えない理由やのっぴきならない事情があって、周囲にそう思わせておきたいのなら、俺はべつにかまわない。しかし一つだけ確かなことがある。オンブレモン・ホテルに宿泊したときのことを、きみは正直に話していない。そのホテルを出たあとに何が起きるか知っていれば、もちろんもっときみは……なんと言うか、慎重に行動したはずだ」

「なんのことだかさっぱり――」

「いや、きみは知っている。一六号室の話をしよう」

「あたしが泊まった部屋は一五号室よ」

「なのに、きみは一六号室からイギリスのダーンフォードに電話をかけた」

「そんなはずないわ」彼女は背が高く、氷のように冷淡に見える。しかし、心に問題を抱えていることは、特別な訓練を受けていなくてもわかる。たぶん俺を怒鳴りつけたいはずだ。とっと出て行け、地獄に落ちろと。そんな彼女の気持ちがわかってもいい気分はしない。それどころか、なんだか気の毒に思えてきた。

俺はかぶりを振った。「きみの宿泊料金には電話代が含まれていない。一方、一六号室の料金には含まれていた。その部屋に宿泊した客――ある男性――は、文句も言わずにその代金を支払っている。そこからどんな答えが導き出されると思う？」

彼女はテーブルに戻り、俺と向き合った。

「何も導き出されないわ、カーヴァーさん。一六号室のことなんて知らない。ホテルの受付係が伝票を書き間違えて、誰かがあたしの電話代を払ってくれたのよ。急いで出発したから気づかなかったのかも。どっちにしろ、あたしには関係ないことだけど。そんなことより、早くここから出て行ってあたしを一人にして。義父のところに戻って、あの車のことは忘れるように言ってちょうだい」彼女は口を閉じた。必死に感情を押し殺しているが、全身が小刻みに震えている。あともう一押し。アンセルモスの名前を出すか、白いプードルや、あの朝ホテルを発つときの彼女の様子を――楽しそうに笑い、幸せそうだったことを――引き合いに出せば、彼女を崖から突き落とすことができる。俺はこれまで大勢の人間に対して、喜んで「最後の一押し」を実行してきた。でも、彼女にはできない。べつにジュリアとの約束を守ったわけではないが、ゼリアから聞き出そうと思っていた情報は、べつの方法で手に入れればいい。

今回の仕事は複雑で、登場人物はみんなジグソーパズルのピースのようだ。全体像を見るには小さな断片を一つずつはめ込んでいくしかない。パズルが完成したとき、そこに現れるのは薄汚い邪悪な絵柄だとしても。だが、これ以上ゼリアを責めるのはやめよう。彼女は上背があって、陰気で、氷山のように取りつくしまがない。それが暖流に乗って南まで流され、いまにも沈んでしまいそうだ。彼女に「最後の一押し」を加える人物が俺である必要はない。その代わりアンセルモスを見つけ出す。いったいどんな男なのか、ぜひともお目にかかりたいものだ。

俺は出口に向かった。

「わかった。俺がきたことは忘れてくれ」妹を励ます兄のように笑ってみせた。「でも、誰かの肩で泣きたくなったり、話し相手が欲しくなったら――いつでも連絡するといい」

彼女は片手でパズルをつまみ、俺を見ずに言った。「ありがとう、カーヴァーさん」

ノブに手を置いて言った。「礼には及ばないよ。だけど、俺の肩が案外がっしりしていることは忘れないでくれ」実際には、俺たちの肩幅はたいして変わらないのだが。ロバート・バーンズの詩の一節「罪の分け前もそれを隠す危険もごめんこうむる。さすれば心のすべてが堅く閉ざされ、感情は石と化す」を思い出しながらサンルームを出た。ジュリアが心を閉ざしたのはオンブレモン・ホテルを出たあとだ。俺はその理由を突きとめるつもりだ。


しかしその前に、紫がかった銀色の髪の、赤いショートパンツを履いた女を片づけなくてはならない。ところが意外にもそこで大きな収穫があった。ゼリアには手こずらされたが、ミラベル・ハイゼンバチャー、旧姓ミラベル・ライト、芸名ミラベル・ランダースは扱いやすい女性だった。年齢は三八歳。気さくで、暇を持て余していた。夫のハイゼンバチャー氏――彼女の言葉を借りれば、はげでろくでなしの靴製造メーカー社長――と離婚し、まもなくオドウダと結婚することになっている。

タラップの近くでボートの少年を探していると、彼女が近づいてきた。緑のシルクの水着を着て、片手に葉巻をくゆらせ、もう一方の手を俺の腕に伸ばした。「一杯つき合わないと泳いで帰ることになるわよ。こっちにきて」

彼女は俺を船尾に連れて行った。天幕の下に椅子とテーブルと飲みものが用意されている。彼女は子犬のように人なつこくて、落ちつきがなかった。

「ゼリアから何か聞き出せたの?」

「いや——氷みたいに冷たい殻に閉じこもって出てこようとしない」

「どうしてカヴァンはあんな車のことで、いつまでもあの子を責めるのかしら。お金は腐るほどあるんだから、一台くらいどうってことないのに」

「彼は娘さんにつらく当たっているんですか?」

「出会ったときからね。あの人、頭に血が昇りやすいのよ。あたしも不安を覚えたことがあるわ。そういう性格なのね。それでも、結局は結婚することにしたんだけど。あたし思ったのよ、どうってことないじゃないって。男はみんな似たり寄ったりだし、彼はほかの男と違って億万長者なんだから、それくらいで恋の花をしおれされることはない。それにしても、どうしてあの車に執着しているの?」

「こっちが訊きたいくらいだ。彼とは長いつき合いなんですか?」

「三、四年になるわ。いい人よ——あの車が消えてからの態度は好きになれないけど。単なる車の問題じゃないわね。あたしの考えを聞きたい?」

「ぜひ」

「ゼリアが車をなくしたのは、彼を困らせるためじゃないかって思うことがあるの。あの車には、単なる車以上の価値があることを知っていて。恨みを晴らすためにどこかへ置き去りにした。八つ当たりみたいなものね」

「精神分析医に相談したんですか？」

「あたしはしてないわ。ソファーでくつろぐのが好きだったのにすっかり苦痛になっちゃった。ここのところカヴァン・オドウダの娘につきっきりなんだもの」

「車を取り戻したら、彼はいまよりも優しくなると思いますか？」

「もちろんよ。それに、あたしはゼリアの見張り役から解放される。船は嫌いなのよ。彼女もここから出たいはずだわ。もう数週間もヨットから降りていないんだもの。それで、あなたの望みは何？」

「俺の？」

「とぼけないで。あたし知っているのよ。男が頼みごとをするときどんな顔をするか。いまのあなたはそういう顔をしている。折り入って何か頼みたいことがあるんでしょ。それならお世辞の一つも言ってくれたらいいのに」

「俺はオドウダを満足させたいだけですよ」

「あら、そうなの？」

「このフェロックス号から電話をかけに行くための船は出ているんですか？」

「いいえ」

「手紙は？　たとえば、あなたがオドウダに手紙を書いたとしたら？」

「ようやく本題に入ったわね。はっきり言ったらどう？　ゼリアに会って、誰かに電話をかけたがっているように見えたの？」

ミラベルが作ってくれたジントニック。その大きなグラス越しに彼女を見た。自分の行き先や扱い方を心得ている女。オドウダと結婚しようとしている女。彼女は男を知り尽くしている。知らないことを全部かき集めても、分厚い回想録のあとがきに、月並みな文章を二行つけ加える程度にしかならないだろう。彼女はそういう女だ。肝心なことは何一つ言っていないのに、すでに俺の考えを見抜いている。俺は彼女にウィンクした。彼女は葉巻の吸殻を海に放り投げ、ウィンクを返した。

「率直さ《レベル》とミラベルはきっと役に立つわよ。オドウダを喜ばせ、ゼリアをふさぎの虫から救い出すためなら」

「ゼリアに鎌をかけたんだ。だから誰かに手紙を書きたくなるかもしれない。これから二四時間以内に彼女が手紙を書いた相手の名前と住所がわかれば、重要な手がかりになる。難しいかな？」

「全然。この船から出す手紙は全部、広間の郵便箱に入れられて、午後遅くに客室係が岸に運ぶのよ。とくにどんな名前や住所が知りたいの？」

「特定はできない」

「嘘つきね。今夜はどこに泊まるつもり？」

「マジェスティックだ」

「いまの仕事は楽しい？」

「あちこち旅をしていろんな人に会い、こうして誰かの手助けができる」

「神様にお願いするわ。あなたがゼリアを氷河のなかから救い出せますようにって。そうじゃないと、さらに数週間この船で過ごすことになるもの。これ以上楽しみを奪われるのはごめんだわ。それでもちろん男なんでしょう、あの子の手紙の相手は」

「賭けはしないよ」

「あら、お金を稼ぐせっかくのチャンスなのに。どっちみちそうに決まってるわ。女は誰だって男を必要としているし、それはあの子も同じ。生まれて初めて夢のなかの王子様にめぐり合ったと思いきや、実はろくでなしだった。男はみんなそう。どんなに見栄えがよくても。でも、箱入り娘のあの子にはショックから立ち直るすべがなかった。どこか間違ってるかしら？」

「あなたは最高の継母になるだろうな」

「興味があるのは妻の座だけよ。ハイゼンバチャーの妻として生きて行くつもりだったのに、あの男、下品な癖があって、それを指摘したら黙って目をそらすのよ。そのあと日本の象牙の彫刻、確か根付とかっていう名前のガラクタ集めに凝り出して。それで見切りをつけたってわけ。よかったらランチをごいっしょしない？」

俺はさも残念そうにその誘いを断り、三〇分後にようやく解放された。ボートで岸にたどりつくと、埠頭でミスター・ナジブ・アラクィが待っていた。

俺の隣を歩きながら車のキーを差し出した。「あなたの言うとおり、カーヴァーさん、違う車でした。ゼリアさんから何か聞き出せましたか?」

「いや。だけど、どうしてあんたに調査の進捗状況を知らせなきゃいけないんだ?」

「三〇〇〇ポンドですよ、カーヴァーさん。なんとも太っ腹な提案じゃないですか。今朝、ジンボから電報が届きました。オドウダとの契約を破棄すれば三〇〇〇ポンド差し上げます。四〇〇〇ポンドに増やすこともできますよ。車を探し出し、そのままの状態でわれわれに渡してくだされば」

俺はかぶりを振った。

ジンボそっくりに、ナジブが目玉をくるりとまわした。

「本気で断るつもりですか、カーヴァーさん?」

「もちろん」

彼は悲しそうに大きく息をついた。「そうなると、あなたがどんな目に遭うかお話しするしかありませんね。おそらく――」

「荒っぽい手段に出るのか?」

「ご名答」


ホテルでランチを食べ、部屋に戻ってベッドに寝転がり天井を見上げた。ずっと眺めているには退屈な天井だ。ひびやしみが一つもない。じきに俺は深い思考の渦に呑み込まれた。どんな連中があの双子のアラクィを雇ったのか。オドウダでないことは確かだ。アフリカの現地社員としてなら考えられなくもないが。あんな派手な格好をしていても、アクラの市場じゃ目立たないだろう。ヨーロッパではあの二人はとにかく人目を引きすぎる。おそらく彼らの雇い主、もしくは雇い主たちはそれを気にしていないのだろう。アラクィ兄弟はメルセデスに何が隠してあるか知っているし、自分たちがそれを欲していることをオドウダが知っていることも承知している。そして九分九厘、オドウダはアラクィ兄弟の雇い主を知っている。

次にゼリアのことを考えた。彼女の記憶喪失の根っこにあるものがわかりかけてきた。マックス・アンセルモスを見つけ出せば、空白の時間を埋めることができるはずだ。

四時に電話が鳴った。ウィルキンスだった。アテナ・ホールディングス傘下の親会社、子会社、代理店、不動産などの長いリストを用意していた。その情報の大部分はサマセットハウスの役所ではなく、ミンシング通りやフリート街周辺の酒場に集まるやり手の実業家から得られるたぐいのものだった。俺がメモしおわると、ウィルキンスが言った。「とくに興味のあるものは?」

「というと?」

「例のひき逃げされたジョセフ・バナナと、ジンボ・アラクィと名乗る男の存在からして――その人、今朝、突然事務所に現れておしゃべりしていったのよ。わたしが思うに――」

「やつとどんな話をしたんだ?」

「新品の電動タイプライターを半額で提供できますよって言われたわ。ユナイテッド・アフリカ・エンタープライズ社についてもうちょっと調べてみましょうか」

そうしてくれと俺は言った。その会社は、彼女が読み上げたリストのなかにあった。三〇分後、今度はダーンフォードから電話がかかってきた。オドウダが調査の進捗状況を知りたがっているという。とくにゼリアを訪ねたときのことを。俺がすでに彼女に会ったことを知っているらしい。

「話はしたけど何も聞き出せなかった」

「一つも？」

「そう、収穫はゼロ。でも、べつの線を追っているところだ。そこから何か得られるかもしれない」

「新しい手がかりが見つかったと聞けば、オドウダ様もお喜びになる。見込みはあるのですか？」

「もちろん。じきに詳しい報告をするよ」

「ということはつまり、実質的な進展はないということですね」ダーンフォードが瑪瑙のように冷たい瞳を瞬《しばた》かせる様子が目に浮かんだ。

「まあ、簡単に言えばそういうことになる。でも心配はいらないよ。俺はくじけちゃいない。悲しく歩けば疲れるが、楽しく歩けば身も軽いってやつだ」

「なんですって？」

「なんでもないよ。ところであんたに頼みたいことがあるんだ。ゼリアお嬢さんがメルセデスで出発した日から二週間さかのぼって、エヴィアンの城館に滞在した客、友人や家族を含めて、一人残らず記録した一覧表が欲しい。用意できるかい?」

少し長めの沈黙のあと、ダーンフォードは答えた。「はい、できると思います」

「いますぐ?」

「いえ、調べなくてはなりませんから」

「わかった。明日か明後日また電話する。そうだ、オドウダさんに伝えてくれ。ジンボ・アラクィなる人物に――そいつの住所は俺の秘書に訊いてもらえばわかる――この一件から手を引けば三〇〇〇ポンド出すと言われたんだ。びっくりするだろう?」

「むろん断ったんでしょうね」

「誘惑を振り切るのが大変だったよ」

六時をまわっても俺はまだベッドに横になっていた。階下のバーで一杯やる前にシャワーを浴びようかと考えていると電話が鳴った。ジュリア・ヤング・ブラウンが受付にきているという。戸口で待っていると、穏やかな、しかし目のくらむような笑顔でジュリアが現れた。ジョリーマダムの香水をほのかに漂わせ、片腕に銀のミンクのマントを下げている。俺は長いこと寝室の天井をにらんでいたせいで、視線がなかなか定まらなかった。彼女は寝室の椅子に腰を下ろし、すらりと長い脚を組んで黒いドレスの裾をなでながら言った。「ずいぶんぼんやりした目をしているのね。昼間から飲んでいるの?」

「昼寝をしたせいだ。ウィスキーを二、三杯引っかければしゃきっとするよ。二人で夕食に出かけるならどこがいいかな」

「あなたとは行かないわ。諦めの悪い人ね」

「俺は好みじゃないってわけだ」

「まだ検討中よ。それで、ゼリアから何を聞き出したの？」

「妹さんはなかなか気難しい性格だな。しばらくジグソーパズルを取り上げたらまともに話せるかもしれない」

ジュリアは冷淡な目つきで俺をじっと見ていた。検閲官の眼差しよりはいくらか温かみのようなものが感じられなくもない。彼女は表情を変えずにかすかに首を横に振った。黒髪の間から珊瑚《さんご》を思わせる薄いピンク色の耳たぶがちらりとのぞき、イソギンチャクのようにあっという間に姿を隠した。

「ゼリアはね」とジュリア。「あなたが帰ったあとずっと泣いていたのよ。妹のあんな姿を初めて見たわ。どんなひどいことを言ったの？」最後の問いを叩きつけるように言った。

「いつこっちにきたんだい？」

「今日のお昼よ。いったいゼリアに何をしたの？」

「ファセル・ヴェガを運転して？」

「そうよ。話をはぐらかさないで。妹の心をかき乱すことしかできないなら、もう近づかないでちょうだい」怒りに燃える眼差しで俺を見据えた。「あなたを大嫌いになりそうよ」

「そいつは残念だ。逆だったらいいのに。あんまりかっかするなよ。ゼリアと会って俺のなかの騎士道精神が目を覚ました。これから行動に移すところさ。背の高い美人は俺の好みだ。

でも凍ってるのは困る。温かくて弾力がなくっちゃ。さあ、おしゃべりはこのへんにして早くその封筒を渡してくれないか？」

ジュリアは自分の右手を見た。ハンドバッグから取り出したところを見つかって驚いているようだ。

「これ以上あなたに失望することにならなきゃいいけど」

「もう少し時間をくれ。じきに針の方向が定まって進むべき道がはっきりするから」

彼女は封筒を差し出した。

「ミラベルからよ。あなたに渡すように頼まれたの」

「まったくきみって人は、妹とはまるで対照的だな。鉄板で船首を補強した軍艦みたいに全速力で突き進む。どんなに巨大な氷山もきみの前では道を開けるだろう」俺は封筒をひっくり返した。彼女にしてみれば当然の行為なのだろうが、その封筒にはいったん開封し、糊づけした跡がくっきりと残っていた。彼女をちらりと見た。

「わたしが開けたのよ」悪びれた様子もなく言った。「想像できなかったんだもの。ミラベルがあなたに知らせたいことがあるなんて」

「いろいろ想像したんじゃないのかい？　たとえば、彼女の舌足らずな話を一生聞くかわりに、一〇〇万ポンドを手に入れるつもりだろうかとか。そんな申し出があったら喜んで引き受けるけどね。あの紫色の毛染めさえやめてくれれば」

半分に切った便箋にミラベルは次のように書いていた。

あなたが帰った一時間後に彼女は手紙を一通出しました。いまはベッドに入っています。手紙は五時のヨット便で運ばれて行きました。宛名はマックス・アンセルモス、オートザルプ、サン・ボネット、シャレー・バヤール。

あの子を傷つけるようなことはしないでね。

ミラベル

その手紙をポケットにしまった。ジュリアの眼差しは、魔法使いを見つめる子供のように期待に満ちている。俺は煙草を取り出して火をつけた。最初に吐き出した煙が宙に消えるのを彼女は見ていた。

「ありがとう、信じてくれて」俺は言った。

「どうしてそう思うの?」

「これさ」俺は手紙を指した。「信じていないなら、破り捨てていただろう」

「それで?」

「それでって何が?」

「マックス・アンセルモスって何者なの? ゼリアとどんな関係?」

「その名前に聞き覚えは?」

「ないわ」

「じゃあ、忘れてくれ。ゼリアのためを思うなら忘れたほうがいい。それから、フェロックス号に戻ったらミラベルに礼を言ってくれないか。そして彼女にも同じことを伝えてほしい。いいね?」

「つまり、あなたはその男に会いに行くのね」

「そうだ」

「いつ行くの? 明日?」

「ああ」

「送ってあげる」

「自分の車で行くよ。きみはここに残るんだ。マックス・アンセルモスのことは忘れろっていま言ったばかりじゃないか」

彼女は立ち上がって、つかつかと俺に近づいてきた。ミンクの毛皮が肩を滑り、腕時計に散りばめたダイヤモンドがきらりと光った。ミンクにダイヤモンド、ファセル・ヴェガにヨット、メルセデスにオートサヴォアの城館、フォアグラにキャビアにシャンパン——夢に出てきそうなものばかりだ。しかし、どんなに豪勢な暮らしをしようと人生という現実を避けて通ることはできない。だからこそ、ジュリアやゼリアやミラベルを含めて女たちは、男が生まれつき持っている、あるいはいつの間にか身につけた、愚かしい性質に悩まされることになる。どんなに自分を正当化しても所詮、男は狩人であり、女は獲物なのだ。俺だってそういう考え方を嫌い、反発したこともある。だけど無駄だとわかった。唯一の慰めは、たいていの男はしぶしぶながら狩猟法や禁猟期を守っていることだ。しかしなかには守らないやつもいる。マックス・アンセルモスはそういう不届き者の一人にちがいない。そしてカヴァン・オドウダも。いつか誰かがその二人を撃ち殺し、バーのカウンターの上に飾る剝製にするはずだ。

「どうしたっていうの？」彼女が言った。「誰かを殴り飛ばしそうな顔をしているわよ」

「この疲れた腫れぼったい目のせいで、そう見えるのさ」

彼女は俺ににじり寄った。「べつに腫れぼったいとは思わないけど。それに、あなたの目は本人が望むほど嘘が上手じゃないってわかってきたわ。わたし、今夜はディナーの約束があるんだけど断ったほうがいいかしら」

「俺が決めることじゃない。それに今夜は早く寝るつもりなんだ。明日から忙しくなる」

彼女はふざけているわけではない。彼女の考えていることが俺にはよくわかった。ヨットの上かどこかで手紙に湯気を当てて開封したあと、何を思いつづけていたか。

俺と同じくらい彼女はマックス・アンセルモスに会いたがっている。しかしそれは困る。彼女より前に二人きりで会わなければ。俺はすでにそう決意していた。

彼女は食い下がった。「明日、わたしも連れて行ってほしいの」

「俺は一人で行く。邪魔するならこの仕事は下りるよ。オドウダはすぐに代わりを見つけるだろう。もっと要領のいいやつをね。そいつはきっとスキャンダラスな物語をでっち上げて、この仕事が終わったあとあちこちの酒場で笑いの種にするだろう。それが嫌ならついてくるな」

話しているうちに気持ちが昂ぶり、心の奥が燃えるように熱くなった。そんな感情を抱くことはめったにないし、あまり頻繁にあっても困るが、いったんそういう感情が生まれたら従うしかない。誰かを殴り飛ばしそうな顔か……。確かに強烈な一発をお見舞いすることになるだろう。そいつの名前は俺の脳にくっきりと刻み込まれている。ジュリアにも気持ちが通じたらしい。手を伸ばし、俺のシャツの袖に軽く触れた。

「わかったわ」と彼女。「邪魔はしない。かわいそうなゼリア」そう言って出口に向かった。そして、ドアのノブに手をかけると振り返って言った。「お願いがあるの」

「どんな？」

「その男に会うとき、礼儀正しくふるまったりしないで」

彼女は部屋を出て行った。数分待って受付に電話をかけ、精算を頼んだ。夕食のあとすぐ出発するつもりでいた。ボーイに車のキーを渡し、メルセデスをホテルの前にまわしてもらう手はずも整えた。うまくいけばゼリアの手紙が届くころに、マックス・アンセルモスがいるシャレー・バヤールにたどりつけるかもしれない。そこで俺を待っているのは、最後の騎士と称えられたフランスの武将バヤールとは似ても似つかない男だ。


一〇時過ぎにホテルを発った。霧雨が降っていたせいで、外で見張っているであろうナジブ・アラクィの姿を確認することはできなかった。たとえ見張られていたとしてもどうってことはない。このメルセデスでならどんな尾行も振り切る自信がある。

シャレー・バヤールがあるサン・ボネットは、ガップから北へ二、三〇キロのところに位置する。きたときと同じ道を今度は南下し、カンヌからグルノーブルへ向かうことにした。地図によれば往復の走行距離は七五〇キロ余り。早く出発したから時間はたっぷりある。急がずのんびり行くことにした。

ガップの手前で一時間ほど仮眠を取った。それから早めの朝食にありつくためにガップに向かった。コニャックを入れたコーヒーを飲み、アプリコット・ジャムつきのカリっとしたクロワッサンを二つ食べた。エネルギーを補給した俺はガップを出発し、さらに車を走らせた。バヤール峠に入り、急な坂道を上りながら考えた。いくら波乱万丈な人生を送ることになったとしても、この峠で戦った武将バヤールにはとてもかなわない。彼の一族の長は二世紀にわたって戦場で命を落とし、彼自身もまた銃弾に倒れたのだ。峠のてっぺんからサン・ボネットまで坂道を一気に下り、そのままシャレー・バヤールを目指す。村の手前で大きくカーブした川沿いのでこぼこ道をしばらく進むと、松とオークの林に挟まれた曲がりくねった急な坂が現れた。ハンドルを操作するのに精いっぱいで、景色を眺める余裕はなかった。

ピンクとグリーンの雨戸に、同色の縞模様を施した屋根の破風《はふ》。まだ新しいその木造の山小屋は、テニスコートを二面作れそうなほど広い、緑なす斜面に建っていた。庭はなく、手入れされていない車まわしの両側に不揃いな木々が並び、似たような木立が建物を取り囲んでいる。屋敷前の開けた場所に車庫があり、扉はすべて閉まっていた。

建物の前面に設けられた広いベランダの手前に車を停め、階段を上った。ベランダの縁には、ペチュニアとゼラニウムの鉢がずらりと並べられている。正面のドアは開け放たれ、磨き込まれたパイン材の床に風変わりなマットを敷いた狭い玄関ホールが見えた。年代ものの古時計が時を刻む音がはっきりと聞こえた。時刻は午前九時五分をまわったところだ。

ドアの脇に鉄製の呼び鈴があった。それを二度引くと、室内にベルの音が響いた。死人でさえ目を覚ましそうな賑やかな音だ。しかし、目を覚ます者は誰もいなかった。もう一度鳴らしてみたがやはり応答はない。

室内に足を踏み入れた。玄関ホールの向こうには扉が二つあり、両方とも開けてみた。一つ目のドアの向こうはキッチンへ続く廊下だった。明るくて清潔なキッチン。テーブルには朝食を取った形跡があり、やなぎ細工の椅子の上で赤毛の猫が丸くなっていた。猫は俺を見るなり立ち上がり、こわばった四肢を広げて伸びをした。だがすぐにクッションの上に座り込み、俺のことなどおかまいなしにターバンのようにくるりと体を丸めた。

引き返してもう一つのドアを開けた。そこは屋敷の片側全面を使った広い居間だった。窓からアルプスの山々を見渡すことができる。遙か遠くの山頂や尾根にはすでにぽつぽつと雪が積もっていた。大きくて趣味のよい落ちついた部屋だ。磨き込んだパイン材の床、動物の皮の敷物。ゆったりとした長椅子が二つに、どっしりした肘かけ椅子が四つ。大きな円形のオーク材のテーブルには、色とりどりのダリアをいけた花瓶が飾られている。ジンボが見たら大喜びしそうだ。部屋の一角に机があり、後ろの壁はよく見ると扉になっていて、なかには本棚と、酒や葉巻や古新聞を収納する戸棚が隠れていた。さらにその裏に階段があって、階上には広い廊下と複数のドアが見える。

煙草に火をつけ、階段を上った。寝室が三つに——どのベッドもきれいに整えられていた——バスルームが一つ。浴槽の横に置いたスポンジはまだ濡れていて、歯ブラシとせっけんも同じ状態だった。居間に下りてさらに詳しく見てまわった。書棚は興味深かった。一つの書棚には見たことがないほど大量の料理本と、語学関連の本が数冊。マックスがプロの料理人だとしたら、様々な国籍の客を相手にするのだろう。残りの三つの書棚は、フランス、イギリス、アメリカ、ドイツのミステリー小説でぎっしり埋まっていた。マックスが複数の言語を操れるとわかってほっとした。これで意思の疎通を図るのに困ることはなさそうだ。

机は整理整頓されていて、引き出しは空っぽ同然だった。個人的な文書類をそのへんに置きっぱなしにするタイプではないらしい。支払いずみの小切手と領収書が数枚。どれも地元で使ったものだ。所有している株式と証券の一覧表。ほとんどがフランスの会社で、アメリカの会社が若干混じっている。ときおり買い足しているようだが、削除した形跡がないから売ったことはないのだろう。それらの総額は計算するまでもない。引き出しの一つに不動産会社のパンフレットが入っていた。パリからマルセイユまで、広範囲にわたる地域のレストランや喫茶店の物件を紹介したものばかりだった。べつの引き出しを開けると、九ミリの拳銃が現れた。ブローニングで弾倉は満杯だった。予備の弾薬と弾倉もある。俺はその銃をポケットにしまった。

窓に近づき雄大な景色を眺めた。マックスはいつ戻ってくるのか。たぶん朝の散歩に出かけたのだろう。几帳面で規則正しい生活を送るタイプにちがいない。出かける前にベッドを整え、部屋にはちり一つなく、灰皿の吸殻も捨ててある。こざっぱりとして適度に秩序だった暮らしぶり。レストランを経営しているか経営したいと考えるほどの料理好きで、動物をかわいがり(あの猫は満ち足りた顔をしていた)、花瓶のダリアをいける腕もなかなかのものだ。窓からダリアに目を移したとき、先ほど気がつかなかった何かが視界に入った。花瓶の手前にある封筒だった。

俺はそれを手に取った。封筒の端が破れていて、便箋はなかに戻されていた。マックス宛に、前日カンヌで投函されたものだった。あっぱれ郵便配達人。俺よりも五時間早く出発し、みごと勝利をおさめたというわけだ。

暖炉のそばの肘かけ椅子に腰を下ろした。余りにも大きくてゆったりしているせいで、一瞬、永遠に尻がつかないのではないかと心配になった。少しバウンドして無事に椅子に座り、封筒から便箋を取り出した。思ったとおりゼリアがマックスに宛てた手紙だった。しかし「ダーリンへ」とか「親愛なる誰それへ」とかいう甘い言葉はない。

あなたとは二度と関わりたくないと思っていました。でも、いまの状況を考えればやむをえません。ある事情からわたしの父はなくした車に固執し、ロンドンのレックス・カーヴァーという人物に捜索を依頼しました。今日その男が訪ねてきました。名前こそ口にしませんでしたが、明らかにあなたのことを知っています。ホテルでわたしたちの部屋が隣だったことも、わたしがそこから電話をかけたことも。もちろんすべて否定したし、今後も認めるつもりはありません。わたしの願いは何もかも忘れること。もしもこの男が現れたら、きっとあなたも同じように答えるでしょう。あなたとわたしは見知らぬ他人。あなたはわたしを裏切った。そのことを恨んでもいないし許してもいない。何もかも忘れました。この男やほかの誰かに対して、わたしを裏切るようなまねをしたら誓ってあなたを殺します。あなたはわたしの心を壊した。あの一件を口外したら今度はあなたを壊します。

ゼリア

手紙を封筒にしまい、ポケットに滑り込ませた。新しい情報は何もない。彼女の心情が痛いほど伝わってきて暗い気持ちになった。同情したって仕方ない。どんなに気の毒でも、俺は仕事をしなければならない。できることなら彼女をこれ以上傷つけることなく役目を終えたかった。彼女が消し去ろうとしている過去を、ほじくり返さなければならない。本来の目的である消えた車についての情報が得られたら、それ以外のことはすべて忘れよう。俺は椅子に座ったまま考えた。この手紙を読んだときマックス・アンセルモスはどう感じたのか。たいして興味を持たなかったのだろう。そうでなければテーブルの上に放置するはずはない。

そのとき背後のドアが開き、キャンキャンという鳴き声が響いた。白いものが磨き込んだ床の上を走り、椅子の横をまわって俺の膝に飛び乗ると顔をぺろぺろなめはじめた。小さな白いプードルだ。続いて戸口から息を切らせた声が聞こえてきた。フランス語だった。

「オットー！　まったく、まだあんな車を乗りまわしているのか。おまえがなんでも欲しがるから――」

男は口をつぐんだ。プードルを抱いて立ち上がった俺にようやく気づいたようだ。

「早とちりしないでくれよ、マックス。あれはオットーが持ち去った車じゃない。色は同じだがナンバーが違う」

床に下ろすと、プードルはサーカスの曲芸のように後ろ脚で歩きはじめた。

「かわいいな」俺は言った。「猟犬としての腕前はどうなんだい？」

彼は脇にショットガンを抱え、右手に鳩を二羽ぶらさげていた。

「誰なんだ、いったい。ここで何をしている？」ほとんど訛りのない英語で、しっかり感情をコントロールしている声だ。

「カーヴァーだよ」俺は答えた。「レックス・カーヴァー、ロンドンからきた。ゼリア・ヤング・ブラウンさんの手紙に書いてあっただろう」

マックスの反応は賞賛に値するものだった。卒倒もせず、動揺もせず、椅子に崩れ落ちもしない。そこに立ったまま、封筒が置いてあった大きな丸テーブルを一瞥しただけだった。俺よりも背が高くやせていて、脂肪の陰はどこにもない。日焼けしているのに、どことなく不健康そうな肌をしている。ファーつきのゆったりした上着、黒いひさしのある帽子、黒い乗馬ズボンを革のブーツに押し込んでいる。知性を感じさせる整った顔立ち、輝く白い歯。俺の好みではないが、薄明かりの下でシャンパン・グラスを二、三杯重ねれば、その顔がどう映るかは想像がつく。こいつを魅力的だと言う女もいるかもしれない。ゼリアもその一人だと考えるべきだろう。それも仕方のないことだ。女が防御を緩めようと決意したとき、それが吉と出るか凶と出るかは誰にもわからないのだから。

マックスは穏やかに言った。「なんのことだかさっぱりわかりません。どうぞお引き取りください」

マックスは椅子の上に鳩を置き、銃口を下に向けたままショットガンを両手で持ち直した。すっかり余裕を取り戻し、俺を品定めしている。銃を持っている相手にいったい何ができる？とりあえず、どこまで知らん顔をする気か試してみることにした。

俺は肩をすくめた。「しらを切るつもりならどうぞご勝手に。そんなことをしても無駄だけどね——またくる」

ドアに向かって歩き出した。マックスは少しだけ振り返って、俺の一挙一動を注意深く見守っている。俺が横に並びかけたとき、彼は口を開いた。「出て行く前に、テーブルに置いてあった手紙を返してください」

俺は足を止め、異議を込めた眼差しを向けた。ダブルバレルのショットガンを抱えている男に楯突くつもりはなかったが。それからもう一度肩をすくめ、ポケットの手紙を差し出した。

マックスは白い歯をちらりとのぞかせて微笑み、かぶりを振った。

「その椅子の上に置いて」

椅子に近づき、手紙を置いた。と同時に、力いっぱい椅子を押しやった。椅子はパイン材の床を勢いよく滑り、片方の肘かけがマックスの太ももにぶつかった。バランスを崩し、体勢を立て直そうとする隙に、俺はすかさず飛びかかった。ミグスなら俺の動きを遅いと言うだろうが、マックス・アンセルモスには充分早かった。手首を叩いて銃を落とし、べつの手でそれを奪い取るや、銃口を向けた。そこでやめてもよかった。しかし優しい気持ちはちっとも湧いてこないし、力でねじ伏せるまたとないチャンスだ。ショットガンの台尻で彼の腹部を強く突き、苦しげに頭を持ち上げた首を手刀で叩いた。もんどりうって倒れ込む主人の横で馬鹿なプードルが飛び跳ね、嬉しそうにキャンキャン吠えている。

マックスは負けん気が強かった。二度もつかみかかってきて、そのたびに俺に組み敷かれた。クイーンズベリー・ルール（イギリスのクイーンズベリー侯爵が決めたボクシングのルール。現在の基礎になっている）など知ったことか。ミグスの台詞を思い出した。「手加減なんかするな、やるときはとことんやれ。ただし相手がしゃべれる程度でやめること」

マックスが這うようにして椅子に近づくのを黙って見ていた。どさりと腰を下ろし、殺意に満ちた眼差しを俺に向けた。口の片端から血が滴り落ちている。俺はテーブルの縁に腰かけ、彼と向き合った。

「質問を始める前に一つはっきりさせておきたい。おまえがゼリアについて話した内容は誰にも口外しない。ここは告解室だと思ってくれ。俺が聞くだけでそれ以上は広まらない。わかったか?」

マックスは理解できない言葉で悪態をついた。頭を冷やさせるためにショットガンの台尻で膝頭を叩いた。骨が折れない程度の力で。マックスは痛みにあえぎ、体を折り曲げた。プードルが懸命に飛び跳ね、主人の顔をなめようとする。彼はそれを乱暴に振り払い、椅子にもたれた。

「くそったれ」

「おまえに好かれたいとは思っていないんでね。そういう態度を続けるつもりならこっちも考えがある。素直に質問に答えるか、体中の骨をへし折られるかだ。覚悟はいいか？」

返事がないので承知したと判断した。

「オーケー」俺は言った。「手近なところから始めよう。そうすれば真ん中の汚い部分を省けるかもしれない。オットーっていうのは誰だ？」

マックスは考えている。必死に頭を働かせている。その表情や体勢を立て直そうする緩慢な動きを見て、俺にはわかった。マックスは従うことに決めたのだ。協力的な態度を示すことで俺を喜ばせ、一瞬の隙ができることを期待している。

「オットー・リブシュ、ぼくの友人だ」

「年齢、国籍、人相、住所、職業を教えてくれ」

「三〇過ぎ、オーストリア人、長身でどちらかというと大柄、金髪で、生え際が後退しはじめている。歩くときに片足を引きずり、左の耳たぶがない」

ぺらぺらしゃべりすぎるし、口調が速すぎる。俺は銃の台尻で、やつ右の手の甲を叩いた。マックスは悲鳴を上げ悪態をついた。

「もう一度」俺は言った。「最初からだ」

マックスは手の甲ににじんだ血を吸い、怒りを含んだ眼差しで俺を見た。仕返しをする場面を想像して自分を慰めているのだろう。そして口を開いた。

「二五歳、フランス人、背は低くて、髪は黒。やせていてひ弱な感じ。どこに住んで何をしているのかは誰も知らない。いつもふらりと現れるんでね」

「その程度の説明じゃ納得できないな。連絡を取りたいときはどうする?」

マックスはためらった。ちらりと銃を見て、もう少し質問に答えることに決めたらしい。

「ガールフレンドのミミ・プロブストに電話をする。番号はトリノ五六四五七八。住所はヴィア・カレタ一七」

マックスを見据えまま戸棚まで後退し、電話をつかんだ。そして彼の手が届く床の上に置いた。

「案内にかけて、トリノのヴィア・カレタ一七に住んでいるプロブストの電話番号を尋ねろ。そしたら受話器を俺に渡せ」

マックスは受話器を取り、番号を押した。「嘘なんかついていないのに」

「どんな真実も確かめることにしているんだ」

電話がつながるのを待った。その短い時間に、俺は片手に銃を握ったまま反対の手で煙草に火をつけた。

マックスは住所と名前を告げて番号を尋ねたあと、俺に向かってうなずき、外した受話器といっしょに電話を床に置いた。俺はやつから目をそらさずにそれを持ち上げた。やがて受話器の向こうから若い女の声が聞こえてきた。俺のフランス語でもその程度は理解できる。どうやら嘘ではないようだ。

電話をテーブルの奥に押しやった。「おまえがゼリアとこの家にいるとき、オットーもいたんだな？」

「ああ」

「やつが車を盗んだのか？」

「そう」

「彼女の荷物や、そこらへんに置いてあった時計や貴金属もいっしょに？」

「そうだ」

「たいした野郎だな。おまえは責任を感じなかったのか？」

「べつに」マックスは唇を歪めて小さく笑った。その顔をぶん殴ってやりたという衝動に駆られた。

「そいつはあの車を狙っていたのか、それとも乗り逃げできそうな車があったから盗んだだけなのか？」

「オットーはなんでも盗む。友人だし愉快なやつだけど生まれながらの盗人だ」

この男は立ち直りが速いと俺は思った。

「ゼリアとはここへくる前からの知り合いなのか？」

「結構前からときどき連絡を取っていた」

「どこで会っていたんだ？」

「ジュネーブで。彼女が親父さんの城館に滞在しているときはいつも」

「彼女の手紙をちゃんと読んだのか?」椅子の脇に落ちている封筒を顎でしゃくった。

「ああ」

「じゃあ言うとおりにしろ。彼女はここで過ごした時間を消したがっている。そのうち心の傷も癒えるだろう。邪魔するようなまねをしたら鞭で叩いて追い払ってやる。わかったか?」

「ここで何があったか知りたくないのか?」

「ああ、全然知りたくないね。俺は車のことしか興味がないんだ」

マックスはにやりとした。俺は頭に血が昇りはじめていた。

「彼女がどんなふうだったか知りたくないのかい? あの美しい氷のような娘が初めて男に抱かれて、熱くなっていく様子を。最初のうちは——」

俺はそこを動かず、安全な距離からやつの頭を銃で吹き飛ばすべきだった。わざと俺を怒らせて、隙を狙っていたことに気づくべきだった。当然、気づくべきだったのに、すっかりわれを忘れていた。汚らしい言葉を吐きつづける口をふさごうと、俺はやつに突進した。マックスは俺と同じ手を使った。突然、椅子が床の上を回転しながら飛んできて、肘かけが俺の腰に激突した。次の瞬間、マックスが椅子の後ろから飛び出し、俺に脚払いを食わせた。

ひっくり返って床の上を滑り、ようやく体が止まったとき、すでにやつは銃の狙いを定めていた。

「動くな」マックスが言った。「ちょっとでも動いたら、あんたが思っているより少し早く、頭を吹き飛ばすぞ」

俺はそこに寝そべったまま黙っていた。こういうときは何もせず、何も言わないのが得策だ。やつは引き金にかけた指に力を込め、親指で安全装置を外した。

「ぼくは撃ってもかまわないけどね」マックスは淡々と言う。「あんたはぼくを困らせ、暴力を振るい、招かれてもいないのに勝手に家に上がり込んだ。警察にはこう説明すればいいんだ。帰宅したら空き巣がいて、いきなり襲いかかってきたので発砲したって。警察はちっとも怪しまないだろう」

「怪しむ人もいるかもしれない」なんとかして言いくるめなければ。

「いないさ。お気に入りのミス・ゼリアに期待しても無駄だよ。彼女の父親もね。彼女が俺のことを一言だって口にするはずがない」マックスは満足そうな悪意のこもった笑みを浮かべた。「彼女は記憶から抹消したいんだ。ぼくのことも、オットーのことも。当然あんたは知っているんだろうね、彼女はオットーのこともよく知っているんだよ。知らなかったのかい？ なら教えてやろう。撃ち殺す前に全部聞かせてやるよ。ジュネーブで会ったとき彼女は悶々としていた。欲求不満でいまにも爆発しそうだった。それで二、三杯飲んだあとこの部屋でやったのさ。彼女は野獣みたいに激しかったよ。最後は全員でやったんだ。上の部屋の広いベッドで――オットーと、かわいいゼリアと、ぼくの三人で」

「黙れ、この薄汚い野郎が！」

「動いてみろよ――そしたら撃ってやるから。いまこの瞬間だってかまわないんだぜ。まったく彼女は激しかったよ。突然目覚めて、人生を楽しみはじめたんだ。この一〇年間に逃したものを二日間で取り返そうとするみたいに」マックスは目を輝かせ、すっかり自分に酔いしれている。「オットーとぼくでは手に負えないと思うことさえあった。でも、ロケットみたいに急上昇すれば――おい、ちゃんと聞いているのか――いつかは燃え尽きて地に落ちる。そうなる前にオットーは出て行ったよ。彼女の車や荷物なんかといっしょにね。それをどう処分したかは知らない。ゼリアがこの山小屋で迎える最後の朝、確か六時ごろに、オットーは三人のベッドから姿を消した……だめだよ、最後まで聞かなくちゃ。ぼくが一言発するたびに、あんたの顔が憎々しげに歪むのを見るのは愉快だな。オットーは去り、ゼリアは現実に戻った。ぼくと知り合う前の彼女に戻っていた。そして彼女も出て行った。何も言わずに。ぼくはなんとも思わなかった。ただ、乱れれば乱れるほど、彼女が退屈な女になることは残念だったけど」

「おまえを殺せたら愉快だろうな」

「幸いそんな機会はないよ。いいか、ぼくはあんたの誤ったゼリア像を正したいんだ。すべて本当のことだ。ジュネーブにいる間の出来事は、ほんのウォーミングアップみたいなものだった。ここにきてからは……そうだな、酒を飲んだだけじゃ、あれほど激しく乱れなかっただろう。ああ、そうさ、オットーとぼくが飲みものに薬を入れたんだ。ある意味、それは思いやりから出た行為で、彼女を癒すための治療の一種と言ってもいい。彼女が帰ったあとずっと考えていたんだ。彼女が本来の自分を見つける手助けをしただけで満足しようか、それとも治療費を請求しようかって。あんたならそれを脅迫と呼ぶんだろうけど。そうすべきだと思うかい？」

俺は考えた。鼻先から数十センチのところにある二つの銃口と、いまにも爆発しそうな怒りの板挟みになっていた。じきに我慢の限界に達し、体を起こしてしまいそうだ。そしたら、マックスは平気で俺を撃ち殺すだろう。

マックスは言った。「あんたの意見を訊いているんだよ。以前、ほかの女にも同じ治療をしてやったんだ。もちろん商売を始めるまでだけどね。そのあとは、ゼリアのように冷たくて欲求不満な女たちを無償で救ってやることにした。でも、せっかく億万長者の娘を助けたんだから、料金を請求しない手はない」

次の瞬間、プードルをマックスめがけて投げつけた。主人が弁舌を振るっている間、犬は後ろ足で立って俺の耳をなめ、やがて左手にじゃれつきはじめた。俺はこのときとばかり、犬の骨ばった腰をひっつかんで投げた。マックスが後ずさりしてテーブルに倒れ込んだ隙に、横に転がって勢いよく立ち上がった。それでも、やつを取り押さえられるほど俺の動きは早くなかった。目の前に銃口を突きつけられた。

「いい根性だな、ムッシュー」とマックス。「今度こそ殺してやる。だが、その前にぼくの決意を教えてやるよ。ゼリアお嬢様に脅迫状を送る。そうさ、料金を払ってもらうのさ。そして請求されるたびに、彼女は金を自分でここに運ばなきゃならない。どういう意味かわかるか？一つは金を支払うために、もう一つは——」

俺はマックスに飛びかかった。ポケットの拳銃を取り出す余裕も作戦を練る間もなく、ただやみくもに突進した。全身の筋肉がこわばり、胃がぎゅっと締めつけられる。と同時に、何かが肩先をかすめた。コガネムシの羽音のような不気味な音を立てて。

強烈なアッパーカットを食らったみたいにマックスの頭がのけぞった。あっけにとられた顔で俺を見つめ、だらりと口を開けたまま後ろに倒れて行く。鼻の二・五センチほど上、黒い眉のど真んなかにドリルで開けたような小さな穴が見える。

聞き覚えのある声が背後から言った。「正当防衛だから責任なんて感じなくていいのよ。そうよね、カーヴァーさん、自業自得よ」

俺は肘かけ椅子に崩れ落ちた。高熱でもあるみたいに体が震えている。しばらくして右手にグラスが触れ、パンダの長い指が肩を叩いた。

「さあ、いい子ね、これを飲めばその青白いほっぺがばら色に戻るわよ」

グラスを口に運ぶのに、片手で手首を押さえなければならなかった。グラスの中身はコニャックだった。溶岩を飲み込んだみたいに喉がかっと熱くなり、体の震えが止まった。

ミスター・ナジブ・アラクィ・エスクワイアーが後ろにさがりながら言った。「利口そうな子犬ですが、死んだ主人の顔をなめるのはいただけませんね」

パンダはプードルを抱き上げて部屋を出て行った。空色のスキーパンツに丈の短い真っ赤なジャケット。前回会ったときよりもさらに脚が長くなったようだ。

ナジブはテーブルの端に腰をかけて片足をぶらぶらさせた。しょうが色のスウェード靴とズボンの間から鮮やかな紫色の靴下がのぞいている。

コニャックを飲み干しグラスを置いた。「ありがとう、ナジブ」ファースト・ネームで呼び合う仲に昇格すべき人物がいるとすれば、彼をおいてほかにいない。

ナジブは輝くばかりの笑顔を見せた。「そう、わたしはあなたの命を救った。実にいい気分ですな。よい行ないをする機会などめったにありませんから。しかし残念でもある」ナジブはマックスを見下ろした。「死体はなんの役にも立たない。有益な情報を得られましたか?」

「どうやってこの男のことを知ったんだ?」

パンダが部屋に戻ってきた。「あたしが探り出したのよ、坊や。フェロックス号には、ママに気がある客室係がいるの。彼はママのことが好きで、ママも彼が好き。そしてママは、ゼリアが手紙を送った人たち全員の名前と住所を知りたがっていた。でもって、二人の望みが合致したってわけ。近いうちに、あなたの望みもかなえてあげるわ」俺が座っている椅子の肘かけにもたれ、長い腕を俺の首にまわした。

ナジブが言う。「と言っても、あなたが訪ねていくまで、ゼリアさんは一通も手紙を書いていません。この殿方に宛てた手紙が投函され、あなたはホテルから姿を消した。だからここへ訪ねてきたのです。すごい車に乗ってきたんですよ。アメリカ製のサンダーバード。むろん借りものですが。そんな高級な車を所有する余裕はありませんからね。コニャックのお代わりは?」

「いや、もういい」

パンダは俺の頬をぱちぱち叩いた。「よかった。すっかり元気になったわね」彼女はナジブを見た。「彼を寝室に連れて行ってかわいがってあげるわ。そしたらマックスのことを全部話してくれるでしょ」

俺は慌てて言った。「まだそれほど回復したわけじゃない」

「いずれにしても」とナジブ。「命を助けた見返りに、この男が例のメルセデスに関して語ったことを教えてもらいますよ。ゼリアさんの身に起きた詳しい出来事についてては――彼を撃ち殺す前にちらりと聞こえましたが――興味はありません。彼女が車の行方をしゃべらない理由はなんとなくわかります。しかし、あなたが得た情報をわたしに明かすのは、道理にかなっているでしょう。違いますか？」

もちろんナジブの言い分はまったくもって正しい。恩に報いるには、彼が求める情報を提供するしかない。だが危機を脱した大半の人間がそうであるように、ひとたびショックから立ち直ると、俺は現実に返った。この先も、以前と変わらぬ、浅はかで裏切りに満ちた人生を歩まねばならない。いくら感謝の念を抱こうとわが家にベーコンを持ち帰ることはできない。感傷的な気持ちは、クリスマスや誕生日やお見舞いのカードを書くときまで取っておけばいい。ナジブは敵なのだ。協力したいのは山々だが、報酬とボーナスを得るために仕事をやり遂げなくては。一瞬たりともその決意が揺らぐことはなかった。

「たいした収穫はなかったし、それが真実かどうかもわからない。素直に白状させるにはもう二、三時間は必要だった。あんたが知っているやり方を使っても」

パンダが立ち上がり、マックスの死体をまたいで戸棚の箱から煙草を取り出した。そして振り返って俺にウィンクした。「思い出して、ハニー。その男がついた嘘を洗いざらい吐き出すのよ。あたしたちがそれを選別するから。それともママがベッドに運んで白状する気にさせてあげましょうか？　ウホ、ウホ！」そう言って二度ハイキックを決めた。

「車はここで盗まれた。犯人はマックスの友人で、名前はオットー・リブシュ。かなりの悪党らしい。警察の資料を当たれば何がしかの記録が見つかるだろう。この家でゼリアの身に起きたことを考えれば、車を持ち去っても訴えられる心配はないと考えたのさ。だが、オットーは知らなかった――そしてマックスも――その車に何かが隠されていることを」

「その男、オットー――とかいう人物の居場所は？」ナジブが尋ねた。話が佳境に入ると、言葉に訛りが出ることに気づいた。

「聞いていない」俺はもったいつけることにした。苦労して聞き出せば、嘘だと思わないだろう。

ナジブは指でネクタイに触れ、パナマ帽を脱いでテーブルの花瓶の横に置いた。

「みごとなダリアですな」とナジブ。「わたしは花が大好きなんですよ」

「血筋かな」

「かもしれないわね」パンダが口を挟んだ。「彼の頭で花瓶を割ったらどうかしら？　ねぇ、ハニー？」ふたたび俺の肘かけに腰を下ろす。

ナジブは首を横に振り、俺に向かって微笑んだ。黒い瞳は思いやりに満ちている。「当然ながらカーヴァーさん、あなたはジレンマに陥っている。違いますかな？　話してくださって感謝しています。あなたの心はもっと話したいと思っている。でもあなたの脳はプロの脳だ。何も言うなと命じるでしょう」

「あんたが俺の立場だったらどうする?」

「同じようにふるまうでしょうな」

「打つ手なしってことか」

「本当はオットー・リブシュの居所を知っているんでしょう?」

「そりゃあまあ……手がかりになりそうな住所は知っているが、マックスのでっちあげかもしれない」

「われわれが確かめましょう。その住所を教えてください、カーヴァーさん」

ナジブはポケットから拳銃を取り出し、パンダにうなずいてみせた。彼女は長い腕を滑らせて、俺のポケットからマックスのブローニングを抜き取り、ついでに左耳にキスをした。

「ポケットが膨らんでいたわよ」とパンダ。「その死んだ男に使えばよかったのに」

「機会がなかったのさ」

ナジブが言った。「そしていまもない。この際、私情は捨てましょう。住所を教えてください」

「もし断ったら?」

ナジブがパンダに目配せした瞬間、それは起きた。彼女は俺の手首をつかむや、鮮やかな背負い投げを決めた。一回転して宙を舞い、顔から床に叩きつけられた。さらに彼女は俺の背中にどすんと座り、長い両脚を首に巻きつけた。いまにも窒息しそうだった。

「お気に入りの相手にはね、ハニー」パンダが言う。「優しい前戯から始めるのよ」右腕を強くひねられ、俺は悲鳴を上げた。

「立たせろ」ナジブが言った。そこには本来の彼の姿があった。手際よく物事を処理し、冷酷で自信に満ち溢れ、淀みなく英語を話す。

パンダは俺を立ち上がらせた。ナジブは俺と向かい合い、だんごっぱなにしわを寄せた。パンダが俺のネクタイを直した。

「友達のミグスを紹介するよ」俺は彼女に言った。「きみたちには共通点がたくさんある」それから腹立ちまぎれに後ろから脚払いを食わせると、彼女は派手な音を立てて床に尻もちをついた。一瞬、啞然として俺を見上げ、そして笑い出した。「まあ、レキシー坊やったら」嬉しそうに言った。「あなたを見くびっていたわ。意外とやるじゃない」

ナジブは拳銃を持った手を苛立たしげに動かした。

「住所を教えろ。嫌だと言うなら撃ち殺すしかあるまい。きみがその情報を利用できないように。そうなれば住所を知ることはできないが、きみはもう死んでいる。苦労して聞き出さなくてもほかの方法を見つけるさ」

「ここに二つの死体が転がるわけか。大騒ぎになるだろうな」

「わたしのような黒い肌で白人の世界に入れば、カーヴァーさん、この世は妙なことばかりだとわかる。その多くは二つの死体なんかよりもずっと厄介だ。さあ、住所を教えるか、あの世に行くか」

ナジブは拳銃を小刻みに揺らし、パンダは立ち上がった。

「言うことを聞いてちょうだい、坊や」彼女が言う。「そうしないと、楽しいことも素敵なことも何もかも失ってしまうのよ。お酒も二度と飲めないし、ベッドで愛する人の腕に抱かれることも、二日酔いの朝の最初の一服を味わうこともない。ねえ、耐えられないのよ。あなたみたいな有望な人材が消えて行くのを見るのは」

もちろん彼女の言うことは正しい。それにこれ以上引き延ばすのは無理そうだ。俺は手をひらひらさせて肩の力を抜いた。

「わかったよ。天国の門の前でマックス・アンセルモスと並ぶのはごめんだからな」

「よかった」ナジブがにっこり笑った。どうやら俺たちは友達に戻ったらしい。

「オットー・リブシュは」俺は言った。「ジュネーブのベルニーナホテルにいる。コルナヴァン地区の」

ナジブはさらに相好を崩した。「ありがとう、カーヴァーさん。当然ながらこのマックスなる男が嘘をついた可能性もある。それは仕方ない。しかし、もしあなたが嘘をついたとわかったら即座に消えてもらいますよ。では後ろを向いてください」

「どうして?」

「言うとおりにして」とパンダ。

俺は後ろを向いた。

ナジブは俺の後頭部を拳銃で殴った。その場に倒れ、意識を失った。

気がつくと、クッションを枕にして床に横たわっていた。顔とシャツの前がびっしょり濡れている。ジュリアが水の入ったガラス容器を抱えて近くの椅子に座っていた。まぶしさに瞬きしている俺の顔に残りの半分を浴びせかけた。

「本気で助けたいと思うなら、この次は水よりも強いやつにしてくれ」女とコニャック、これほど俺にふさわしい朝はない。彼女がその場を離れると、体を起こして周囲を見まわした。

「死体はどこだ？」

彼女は肩越しに振り返った。「死体って、誰の？」

俺は答えなかった。ナジブは本当に親切な男だ。面倒に巻き込まれないよう死体を片づけてくれたのだ。嘘をついたことを心から申し訳なく思った。しかし次回会うとき、彼は別人になっているだろう。そして俺の大切なものを何もかも奪い取ろうとするはずだ。

第5章

われわれは馬に乗り、わたしは彼女の揺れる胸元を見た
ロバート・ブラウニング

そこにはいかにも幸せそうな家族の光景があった。日曜日の午前一〇時、開け放ったキッチンの窓から響く教会の鐘の音。コーヒーメーカーから漂うこうばしい香り。窓のひもに干したベビー服。生乾きの洗濯物が放つ、湿っぽい甘いにおいが部屋に充満している。

男は壊れかけた籐製の椅子にゆったりと腰を下ろし、腕に抱えた赤ん坊にミルクを与えていた。赤ん坊が男か女か俺にはわからないし、尋ねもしなかった。真っ赤な顔は歯のない年寄りみたいにしわくちゃで、頭を覆っている黒い産毛は、ブラッシングしたときに抜け落ちた犬の毛のようだ。使い古した哺乳瓶の先に吸いつき、ときおり口を離してはミルク臭いげっぷをした。

男はシャツのポケットから片手で煙草を取り出し、サンダルの底でマッチをすって火をつけた。「オットーとの一件のあと、ミミは母乳が出なくなったんだ。ずいぶんショックを受けていたからね——でもいまはすっかり立ち直って、何もかもうまくいってる」

ミミ・プロブスト（俺が訪ねたとき戸口に現れて、自分がミミ・プロブストだと名乗ったから間違いないはずだ）はキッチンのテーブルでアイロンをかけていた。だぼだぼのエプロンのような服を着て、むき出しの足には何も履いていない。ぼさぼさの赤毛、おとなしそうな青い瞳。ほっそりとした顔は頬骨が高く、顎がとがっている。一八歳くらいにしか見えないが、おそらくもう少し上なのだろう。「何もかもうまくいってる」と言う男に熱っぽい眼差しを向けてにっこり微笑み、無言のまま唇をキスの形にすぼめた。幸せそうな満ち足りたカップル。珍しいくらい手間のかからない赤ん坊。彼らはまさに絵に描いたような日曜日を、穏やかな安息日を過ごしていた。

ミミは小さなダイヤモンドを散りばめた腕時計をしていた。彼女の服装には余りにも不釣合いだし、ジュリアがはめていたものとそっくりだった。今度ジュリアに会ったとき、ゼリアが同じ時計を持っていたか確かめるまでもない。おそらくカヴァン・オドウダが思わぬ大儲けをした記念に、娘たちに揃いの腕時計を買い与えたのだろう。

「俺は自己紹介したし、彼女がミミだということもわかった。それできみはいったい誰なんだ？　俺はオットーを探している。理由はさっき言ったとおり」

男が座っている椅子の端に俺の名刺が置いてある。依頼人のメルセデスを取り戻すためにオットーを探していることはすでに話していた。それ以上の説明はせず、オットーを突きとめた経緯も言わなかった。最初から二人の態度に戸惑いを覚えていた。日曜の午前中に押しかけてきた俺に、迷惑そうな顔一つしない。そして俺がオットーの名前を口にするたびに、顔を見合わせてくすくす笑うのだ。

ミミはアイロンに唾をかけて温度を確かめ、コーヒーメーカーの横の台の上に戻した。彼女は振り返り、腰に手を置いて俺を見た。美しく着飾れば人込みのなかでも目を引く娘になるだろう。

彼女は男にウィンクした。「どう思う?」

男の英語は流暢なのに、彼女のほうは驚くほど訛りが強かった。まるで大きな飴をほおばったまましゃべっているみたいだ。

男はうなずき、穏やかな目で俺を見た。赤ん坊の口から哺乳瓶を抜き取り、肩にもたせかけるようにして抱きかかえると、げっぷをさせるためにショールの上から優しく背中をさすった。

「やつはある仕事をしている」彼は誰に言うともなく切り出した。「気さくで要領がよくて、その上気前がいい。仕事柄そうでなくちゃいけないんだろう」それから俺に向かって言った。「ぼくはトニー・コラード。ミミの苗字はもうプロブストじゃない。ぼくら先週結婚したんです。ぼくの英語が流暢だから不思議なんでしょう? うまくて当然。親父はカナダ人なんだ。第二次世界大戦が始まるころに志願して英国砲兵隊に入隊し、フランスに渡った。ところが、しばらくすると戦争に嫌気が差して軍を脱走。フランスに住みついて結婚し、ぼくが生まれた。親父が死んだのは二年前。大して儲からないガソリンスタンド兼修理工場をぼくが引き継いだってわけ」

「そういう昔話は省いてくれ。さっきから関係のない話ばかりじゃないか。俺の目当てはオットーだ。やつはいまどこを根城にしているんだ？」

それを聞くと二人とも甲高い声で笑い出した。ひとしきり笑ったあとトニーが言った。「コーヒーでもどうです？」

「結構」

トニーは赤ん坊の背中をなでてもう一度げっぷをさせたあと、口に哺乳瓶を押し込んだ。優しくて肩に力の入っていない自信に満ちた手つきだ。それでも、微笑みを絶やさぬ気さくな態度や、意味不明な大笑いの裏に、何か隠されているような気がしてならなかった。トニーの年齢は二〇歳くらい。肉づきはよいががっしりしていて、顔は若き日のピクウィック氏（ディケンズの小説『ピクウィック・クラブ』の主人公。はげ頭に丸眼鏡をかけている）を思わせる。銀縁眼鏡のせいでなおさらそう見えるのだ。白っぽいブロンドの髪はすでに薄く、この分では三〇を前にしてはげ上がることだろう。

「その車がどうしたって？」トニーが言った。

「俺の雇い主が取り戻したがっている。彼は億万長者でね。金持ちっていうのは自分の財産に敏感なものだ。俺たちがはした金に頭を悩ませているのに対し、連中はすべての金の出入りに目を光らせている。だからこそ億万長者なのさ。実は最近ある人物から話を聞いて、ミミはオットーの女なんだと思っていた」

ミミはアイロンを手に取り、山積みになっているベビー服やおしめのところへ戻った。「女だったのよ。その子は彼の赤ちゃん。そのことでずいぶんつらい目に遭ったわ」

「あいつは自分のことしか考えていないからな」トニーは誇らしげな口調で言った。心の傷を見せてやれと言い出しかねない勢いだ。彼が愛情に満ちた眼差しを送ると、ミミは唇をすぼめて無言の投げキスを返した。家庭の幸せを嫌というほど見せつけられて、俺は自分が場違いに思えてきた。

「オットーとつき合っていたこと、トニーはちっとも気にしていないのよ」ミミが言った。「べつに捨てられたものを拾ったわけじゃない」とトニー。「オットーが現れる前から、彼女が好きだった。昔からの熱狂的なファンさ」彼はくすくす笑った。「若い女は誰しも一度は馬鹿げた恋愛をするものだ。それを言えば男も同じだけどね。たぶん一度じゃすまない。そうだろう？」

トニーはミミにウィンクをした。彼女はわざとらしくアイロンを振り上げて怒ったようににらみつけた。俺はからかわれているような気がしてきた。あるいは、穏やかで幸せな日曜日の朝、赤ん坊をベッドに寝かせたあと、二人で小さなイタリアンレストランに出かけ、スパゲティミラネーゼとキャンティワインを二、三杯楽しむ前の、ちょっとした気晴らしにされているのかもしれない。

俺は冷蔵庫の上にリラ紙幣を置いて言った。「気を悪くしないでくれよ。役に立つ情報――とくに悪い連中に関する情報――には金を払う価値がある。どうせ俺の懐から出るわけじゃないし。オットーのことを聞かせてくれ。人相とか暮らしぶりとか現在の居所とか」

二人はまたしても腹を抱えて笑い出し、ようやくそれがおさまるとどことなく得意そうな顔をしていた。

「ぼくら金なんか欲しくないんです」とトニー。「主義として突き返しはしませんけど。金は必要なくても受け取らなくちゃいけない。親父がよく言ってました。金は音楽みたいなものだって。出所がどこであろうと、どこの国のものだろうと、ありがたく頂戴しなきゃいけない。金は国や文化の壁を越える。喜んで受け取れないやつは悲しい人間だ。親父によれば――」

「お父さんの話はやめて」ミミが口を挟んだ。トニーに向かって首を横に振り、母親のようににっこり笑ってお決まりの無言のキスで締めくくった。

トニーは早口のイタリア語で何やら言った。ミミは赤毛の根元から生意気そうな顎に向かって髪にブラシをかけながら、イタリア語で言い返した。トニーは椅子の上で甘えるように身をよじり、眼鏡の奥の瞳をくるりとまわす。ぞっとする光景だった。赤ん坊がげっぷをした拍子に口から哺乳瓶の乳首が離れ、よだれかけにミルクを吐き出した。トニーはすかさずハンカチを取り出すと、献身的な義父ぶりを発揮してかいがいしく汚物をぬぐってやった。トニーとミミは何かを隠している。二人は腹の皮がよじれるほど俺を笑っている。うわべだけではなく心の底から湧き上がる、悪意すら感じさせる笑いだった。とてつもなく趣味の悪い抱腹絶倒のジョークが続いている、そんな気がした。きっと俺が帰ったら、床に倒れて笑い転げるのだろう。

トニーは椅子から立ち上がると、サイドテーブルの上の揺りかごに赤ん坊を運んだ。いかにも父親らしい甘い声であやしながら赤ん坊を下ろし、振り向かずに言った。「探しているのはどんな車でしたっけ?」

「さっきも言ったとおり、赤のメルセデス二五〇ＳＬ。ナンバーは八二八‐Ｚ‐九六二六。

六六年型だ」

彼は振り返り、笑顔でうなずいた。

「そうそうその車だ。一カ月ほど前に、オットーが持ち込んだ車を塗装し直してやったんですよ。変えたのは外装だけで、エンジンナンバーなんかには触らなかった。色を塗りかえて新しいナンバープレートを取りつけた。ちょっと待って」トニーは目を細めて天井を見上げ、考え込んだ。椅子に座っていたときよりもかなり体格がよく見える。「そうだ」彼は現実の世界に戻ってきた。記憶をたどりながら、先ほどまで座っていた椅子のほうへ戻って行く。通りすがりにミミの胸に触れ、やなぎ細工の椅子にどさりと腰を下ろす。強風で倒壊寸前の建物みたいに椅子が甲高い悲鳴を上げた。「思い出した。ぼくはその車をクリーム色に塗り直して新しいナンバープレートをつけた。番号は確か三二四三‐P‐三八、もしかすると三四二三だったかもしれない。でも、Pと三八だけは間違いない。ナンバーの最後の二桁は、知ってのとおりどの地域で車を登録したかを示しているからね。あいつの希望でグルノーブルを含むイゼール県の番号にしたんですよ」

「そんなやばい話を俺にもらして平気なのか？」

「もちろん平気ですよ。たとえ訴えられたとしても――あなたがそんなことをするとは思わないけど――否定すればすむことだ。普段は真っ当な商売をしているんですから。同業者に負けないくらい」トニーは含み笑いをしてミミにウィンクをした。ありがたいことに彼女は無言のキスを省いてくれた。

「やつはその車をどうするつもりだったんだ？　売り飛ばすのか？」

「オットーのことだからなんだってやりかねない。二四時間耐久レースのル・マンに参戦したのかもしれないし、年老いたお袋さんにプレゼントしたのかもしれない。まあ、自分の母親が誰かわかっていればの話だけど」

「オットーの外見は？」

トニーはすぐには答えず、ミミをちらりと見た。悪ふざけが大好きで俺をからかいたくてうずうずしているらしい。二人の瞳がいたずらっ子のようにきらりと光った。

「身長は一二〇センチそこそこで、類人猿みたいながっしりした体格。髪は茶色で、長髪が目にかかるたびに、こうしてせわしなくかき上げる。服装には結構気を使っていて、年齢は三五歳くらい。ダンスが上手だ。なぜか女にもてるが長続きはしない。自分勝手だし金にだらしがないからね。あの車を塗り直した代金もまだ貰っていないんですよ」

「それだけか？」

「まだ足りないんですか？」

「頭が二つあるのよ」ミミが言った。

二人は狂ったように笑い出し、俺はため息をついた。実際、俺は苛々していた。本当におもしろい冗談ならいっしょに笑えるのだが。

気を取り直して尋ねた。「それ以外に目立った特徴は？」

ミミはまじめな顔で言った。「左の太ももの内側に、生まれつきあざがあるわ。ロレーヌの十字架みたいな形の」

またもや爆笑の渦。涙が枯れるまでひとしきり笑ったあとトニーが言った。「本気にしちゃだめですよ。単なる冗談だから。彼女は笑わせるのが得意なんだ」

「どうしてオットーは黙っていたんだ？　きみが二人の間に割り込んでミミを奪い取ったというのに」

「ぼくの決意が固いことを知っていたからですよ。喧嘩になったらかなわないこともわかっていたし。塗り直した車を持ち去った一週間後に、あいつから電話があって。どこか遠くにいるらしく、ミミとはもう縁を切ったと言ってました。そうだろう、ハニー？」

「そのとおりよ」ミミはアイロンをかけた洗濯物を片づけはじめた。「電話一本で、はい、さようならだもの。予想はしていたけど。赤ん坊を産んだのは間違いだった。あいつはこの子を愛していないし、赤ん坊を欲しがったこともなかった。わかっていたけどやっぱり落ち込んだわ。トニーが現れてプロポーズしてくれるまでは。トニーはいい人なのよ」

「最高に、だろう？」トニーが口を挟んだ。「真実の愛は勝つ。赤ん坊がもう少し大きくなったら、ぼくらどうすると思います？　工場を売ってオーストラリアに移住する。修理工場はもうたくさん。ぼくは農場をやりたい。動物といっしょにいられたら幸せだ。家族と暮らすみたいに」通りがかったミミに手を伸ばし、エプロンの下の左膝をつかんだ。俺の存在を無視して二人は無言のキスを送り合った。トニーが手を放すと彼女は赤ん坊に歩み寄った。

俺は言った。「オットーの居場所に心当たりは？」

トニーは息が詰まるほど大笑いし、唇をとがらせて呼吸を整えるとやっとのことで口を開いた。「どこかでのんびり休んでいますよ。世のなかのことなんか気にもとめずに」

彼の言わんとすることが理解できなかった。トニーの背後の壁にかけた鏡に、揺りかごの赤ん坊をのぞき込むミミの背中が映っている。その肩や頭がひきつけを起こしたみたいに小刻みに震えていた。腹を抱えて笑いたいのを必死でこらえているのだ。

俺はその家を出られて、幸せいっぱいの愛の巣から逃れられて、心底ほっとした。その足で近くの酒場に駆け込んだ。二人はいまごろ、真っ赤な溶岩みたいに噴き出す笑いに身を任せていることだろう。彼らから聞いたオットーに関する情報を、俺はいっさい信用していなかった。しかし三人の間に何があったにせよ、俺がオットーを気の毒に思うことはない。やつが世間のことなどおかまいなしにどこかでのんびり休んでいようと、シャレー・バヤールの山小屋でゼリアの身に起きたことを俺は決して忘れない。

ビールを飲んだあと、タクシーを拾ってサッキ通りのパレス・ホテルに部屋を取った。ベッドに寝転がり、パリのインターポールに電話をかけた。当直の職員は身元や用件をしつこく尋ねたのち、マジオル警視はいま席を外していると抜かした。たまりかねた俺はガフィーの名前を出し、声を荒げた。「前にも俺の身元をガフィーに照会したはずだ。いったい何が問題だっていうんだ？　あんたらは犯罪を未然に防ぐことにも、ヨーロッパの悪党どもを取り締まることにも興味はないのか？」するとその職員は、パリは素晴らしい天気だ、できるだけ簡潔に説明してほしいと言った。そこで俺は要点を話した。

調べてもらいたい男の名前は、オットー・リブシュ、もしくはオットー・プロブスト。その男の容貌は、身長一二〇センチ、類人猿のようながっしりした体つき、髪は長め。あるいは身長一八〇センチ、温厚そうな丸顔に銀縁眼鏡をかけ、髪の毛が薄くなりかけている。マックス・アンセルモス——こいつのことはすでに照会ずみだ——と親交があり、クリーム色のメルセデス二五〇SLを乗りまわしている可能性がある。ナンバーは三二四三か、三二三四か、三四二三-P-三八。いずれも先ほど仕入れたばかりの情報で、信憑性は低い。車の色はクリームではなく、緑か青か黒か茶かもしれない。だがメルセデスであることは間違いない。

説明している途中で、ミミ・プロブストとトニー・コラードの名前が何度か出かかったが言わないことにした。彼らのことは秘密にしておきたかった。オットーの正体が明らかになるまでは。

一通り説明を終えたとき、ジュリアがノックもせずに現れてベッドの端に腰を下ろした。クリーム色のシルクのドレスを着て、襟元に赤いスカーフをのぞかせている。唇を固く引き結んだ表情からして、何かを聞き出そうと心に決めているらしい。彼女の腕時計を見て、ミミの腕時計を思い返した。間違いなく同じものだ。オットーがあの家を出て行く前に、あるいはトニーが引っ越してくる前に、ミミにプレゼントしたのだろう。

俺が受話器を置くとジュリアは言った。「わたしがここまで連れてきてあげたのよ。いつになったら事情を説明してくれるの?」

実を言うと、俺の車はナジブに持ち去られてしまった。マックスの家の丸テーブルにメモが残っていた。車はパンダが乗って行き、ジュネーブで回収できるように駐車場の名称を教えておくという。俺より先にオットーを見つけ出すためにそうしたのだ。ナジブはいまごろ怒り狂っていることだろう。俺を友達だと信じていたのだから。

それでジュリアは事情も知らされぬまま、トリノまで俺を送るはめになった。それからずっとこの瞬間を待っていたのだ。ベッドに足を投げ出す彼女のしぐさは決意に満ちていた。

「きみは何も知る必要はない。きみはゼリアを守ろうとしている。それは俺も同じだ。だから俺に任せてくれ」

「そのマックス・アンセルモスって何者なの?」

「やつは死んだよ。当然の報いさ。俺の友達みたいな男が、俺の命を救うために撃ち殺した。その友達は気をきかせて死体を運び去ってくれた――俺の車を使って。俺に言えるのは、ゼリアがマックスの屋敷で二晩過ごしたってことだけだ。わかったかい?」

彼女は首を傾げて俺を見つめ、それからゆっくりとうなずいた。

「わかったわ。じゃあどうしてここにきたの?」

「俺には仕事があるんだ。覚えているだろう? きみの親父さんの車を探し出さなきゃならない」

「わたしに手伝えることはないの?」

「ここまで俺を送り届けてくれた。でも手伝えるのはそこまでだ。いいか、きみが気がかりなのはゼリアのことだ。俺はきみに約束した。ゼリアを貶めるような情報はオドウダには伝えないって。だが、まだ車は見つかっていないし、それを探し出すのが俺の仕事だ。これは遊びじゃない。俺はこうして頭に瘤を作ったり、とんでもない危険を冒して報酬を手に入れる。そんな物騒な商売で身を立てるしかないへそ曲がりの変わり者なのさ。きみを連れて歩く余裕はないし、いつ誰に襲われるともかぎらない。きみを傷ものにしたら親父さんからボーナスを貰えなくなってしまう。俺は金のために仕事をしているんだ。おもしろ半分に首を突っ込まれても迷惑なんだよ。とにかくこの仕事を片づけさせてくれ。そのあとで仲よくなりたいっていうなら、一生忘れられない二週間をプレゼントするよ」

「まったく、あなたって最低ね」

彼女の胸がみるみるうちに膨らんでいく。俺は思わず息を呑んだ。彼女の体は怒りの余り、いまにも破裂しそうだ。

「あなたなんて大嫌い」彼女は言った。「口ではとても言い表せないわ」

「一番上のボタンが外れかけてるぞ」と言った瞬間、ボタンが外れた。

ジュリアはベッドから飛び下り、ドアに向かって歩きながらボタンを止めた。そして振り向いた。

「そういえば、あなたが留守の間に父に電話をかけたの。いますぐ会いたいって。あれは命令ね」

「親父さんはいまどこにいるんだい?」

「エヴィアンの城館よ」

俺は彼女に満面の笑みを向けた。

「ジュネーブまで連れて行ってくれないかな?」

「お断りよ。さっき言ったばかりじゃない。わたしの助けは必要ないって」

「わかったよ」

彼女はふたたび歩き出し、ドアの前で立ち止まった。「一つだけ教えて——単なる好奇心で訊くわけじゃないのよ。そのマックスという男はゼリアと知り合ったきっかけを話したの?」

「いや。ジュネーブとエヴィアンで会ったということしか聞いていない」

「こっそり?」

「たぶんね」

「かわいそうなゼリア」

「それでも、これ以上マックスのことで気を揉む必要はなくなった。もう一匹の悪党を捕まえたら、そいつにもなんらかの手を打つつもりだ」

「もう一匹の?」

「そうだ。それくらい知っておいてもかまわないだろう。あの山小屋にはもう一人男がいた。そいつが車を盗んだんだ。この街で見つけ出せると思ったんだが、当てが外れた」

「その男の名前は?」

「オットー・リブシュ」

しばしの沈黙ののち、ジュリアは部屋を出て行った。

俺はその間《ま》が気に入らなかった。不自然なほど長い沈黙。その数秒間、彼女は迷っていた。このまま部屋を出て行くべきか、あるいは俺に話すべきか。

一〇分後、彼女から電話がかかってきたとき俺は驚かなかった。気が変わったからジュネーブまで乗せて行ってくれるという。彼女の心変わりの裏には、オットー・リブシュという名前があることは間違いない。

それから数分後にまた電話が鳴った。パリのインターポールからで、今度の職員はやけにきびきびした口調の男だった。生気に満ちていて、頭の回転がよく、どことなく押しつけがましい。誰かが俺の身元を保証しただけでなく、俺から何かを聞き出したいらしい。どこへ行けば二四時間以内に会えるかと尋ねられ、今夜のうちにジュネーブに出発するつもりだと答えた。リオタード通りのセルヴェッテ駐車場で車を引き取ったあと、エヴィアンにあるカヴァン・オドウダの城館に向かう予定だった。それにしてもオドウダの緊急の要件とはなんだろう。パリの天気は相変わらず快晴だ、道中気をつけて、そう言って相手は電話を切った。

翌朝九時、ジュリアはリオタード通りで俺を降ろした。夜のドライブはジェット貨物機の機内に密封されているような不思議な気分だった。俺はかすれた声で礼を言い、こわばった足でよろよろと通りを歩いた。目は寝不足でしょぼしょぼするし、煙草の吸いすぎで口のなかが乾き切っている。彼女は俺の横で車に揺られながら、微笑みを浮かべて眠っていた。その顔は朝露に濡れたバラのように瑞々しかった。

駐車場の入り口で古い友人と出くわした。相変わらずくたびれた風体で、陽射しに目がくらんだ梟みたいな顔をしている。壁にもたれて口の端に煙草をくわえていた。着古した茶色のスーツに、茶色のシャツ、ネクタイは締めていない。先がそり返った大きな茶色の靴、白茶けた髭。彼は嬉しそうに俺を見上げて瞬きした。アリスティド・マーキッシー・ラ・ドールは身長が一五〇センチかそこらしかない。彼は腕時計をちらりと見て言った。「ちょうどよかった。ファセル・ヴェガに乗ってきたんだってな。三〇分ほど時間をくれ」

「スイスでいったい何をしているんだ?」

最後に会ったとき、彼はフランス国家警察の中央麻薬局に所属していた。その前は公安警察だった。

「出世したのさ。何もいいことはないけどな。朝飯を食いに行こう」

彼は角を曲がってケーキ屋に入った。そこで、大きなガトー・ガリシアのスライスを皿に取り、アプリコット・ジャムを山のように載せ、ピスタチオをたっぷりと振りかけた。それからホット・チョコレートのビッグサイズを注文し、持参したフラスクのコニャックを垂らした。口髭にバタークリームをつけたまま彼は尋ねた。「元気にやってるのか?」

俺は胃のむかつきをこらえて答えた。「元気だよ。あんたは?」

「すこぶる快調、食欲旺盛だ。多少寝不足だけどな。でも睡眠ってのは体が弱い連中のためにあるものだ。ところでおれたちはまたしても、おまえさんとトラブっているらしいな」

「そうだ」

「おれがどうして会いにきたかわかるか?」

「いや」

彼はケーキを腹に詰め込みながら語を継いだ。「ガリシアに目がなくてね。こいつはパリのパティスリー・フラスカティで初めて作られた。悲しいことにその店はもう残っていない。リシュリー通りの角にあった。その昔、パリ有数の賭博場が建っていた場所だよ」彼はため息をつき、瞬きをして先を続けた。「おれはパリの国家警察に戻りたいんだ。インターナショナルってやつはどうも好きじゃない。頭に『インター』ってつくところはもうたくさんだ。ド・ゴール将軍がなんと言おうとヨーロッパ共同市場には賛成できん。おれは偏屈で心が狭い男なのさ。おまえさんのことは嫌いじゃないが仕事では余り会いたくない。どうせ前みたいに厄介なことに巻き込むつもりだろう」

散々てこずらされた過去の事件を思い出しているのか、彼はしばし黙り込んだ。俺は煙草に火をつけて彼のフラスクに手を伸ばし、残っていたコニャックをコーヒーにそそいだ。

彼は口を開いた。「おたがいの手札を見せ合おうじゃないか。おれは腹を割って話す覚悟ができている」

「俺もだよ」

「ある程度までは、だろう?」

「職業倫理や個人の利益等々に抵触しない程度までだ。それで?」

「インターポールにマックス・アンセルモスという男の情報はなかった」

俺は鷹揚に言った。「そいつのことは忘れてくれ。死者よ安らかに眠れだ」

彼は俺を一瞥し、先を続けた。「事件が露見しないかぎりおれたちは動かない。そいつの死体も犯罪が行なわれた証拠も残っていないってわけだ。違うか？」

「まあ、そんなところだ」

「本題に入る前に」と彼が言った。「聞いておきたいことがある。おまえさんはべつの仕事を——副業として——請け負っているのか？　オドウダがらみで」

「べつの仕事？」

「おそらく依頼者は彼の身内だ」

「メルセデスを追いかけるので手いっぱいだよ。一度に一つのことしかできないんだ。それでも持て余しそうになることがよくある」

彼が満足そうにうなずいたので、俺は先を促した。「オットー・リブシュのことを話してくれ」

「いいとも。年齢は三五歳、生まれはオーストリアのリンツだ。ちまたではフランス人として通っているけどな。身長一七八センチ、黒髪で、がっしりした体格。複数の実刑判決を受けていて、複数の名前を持っているが、やることはいつも同じ——武装強盗だ。目撃者の証言と犯行の手口から、いまは給与強盗の容疑がかけられている。仲間と二人で二週間ほど前にやったんだ。場所はフランスで、盗まれた金はイギリス紙幣。被害額はおよそ……」口髭のクリームをひとなめして続けた。「一万ポンド」

「事件が発生した場所を正確に教えてくれ、それから手口も」

「現段階ではそこまで腹を割ることはできない」

「いつになったら話せる?」

「さてね。ああそうだ。その強盗には車が使われた。黒のメルセデス二五〇SL。ナンバーは――おまえさんが言っていたのとは全然違う」

「ありそうなことだ。その車は見つかったのか?」

「いや、オットーの居場所もわからん」

「そして共犯者も?」

「ああ。そいつは一八〇センチを越える長身で、がたいがよく、肉づきのいい丸顔をしている。銀縁眼鏡をかけ、髪は薄い。該当する前科者はなし。だからこそ期待しているんだ。この人相書きとぴったり一致する、おまえさんの知り合いについて有力な情報が得られるんじゃないかって」

俺は返事をせずに、この場をのがれるすべを考え出そうとした。トニー・コラードという最高の切り札はまだ出したくない。アリスティドは立ち上がってカウンターに向かった。そして、俺が決して口にしたいと思わない食いものを持って戻ってきた。

俺の表情を見て、彼は嬉しそうに言った。「サントノーレだ。知ってのとおり彼はアミアンの司教で、お菓子の守護聖人でもある。どうしてそう呼ばれるようになったのかは定かじゃないがね。そんなことより図体も顔もでかくて、安物の眼鏡をかけた男に話を戻そう。トリノで似たやつに会ったんだろう?」

「いや違う。俺はマックス・アンセルモスからオットーのことを聞いた。トリノの住所も教えられたが、そいつはでたらめだった。オットーの居場所は誰も知らない」

アリスティドは含み笑いをした。「おまえさんは車を探し、おれたちはオットーとその仲間を探している。誰かの利益を損なうことなく腹を割って話す方法を見つけてくれないか」

「ベストを尽くすよ」

彼はうなずいた。「その言葉に偽りはない。だが、おまえさんの場合、ときどきベストのレベルが著しく低下するのが問題だ。おれなんか、ほら、こうしていつも友達のために全力を尽くしてるっていうのに。おまえさんの車は駐車場から出してある。雇い主が血眼になって探している車と同じ車種だな。運転する前は、必ずボンネットを開けて点検したほうがいいぞ。待っている間に調べてやったよ。車のエンジンに興味があるんでね――純粋にそれだけの理由だぞ。ちょっとした好奇心が大惨事を未然に防ぐことも少なくない」

俺は席を立った。「一人で静かにそのサントノーレとやらを楽しみたいんだろう。何はともあれ、いろいろとありがとう」

「礼には及ばんさ。車に名刺を置いてきた。その気になったら電話してくれ」砂糖をまぶした巨大な丸いシュークリームを口に運び、がぶりとかじりついた。それを頬ばったまま言った。「そういえば、一つ言い忘れたことがある」

「親切に最後まで取っておいたんだろう。つまり、そいつが本題ってわけだ」

「かもな。お目当ての車を見つけたらすぐに知らせてくれ。おれがいいと言うまで雇い主には報告するな」

「その言いつけを守らなかったら?」

彼は輝くような笑顔を俺に向けた。唇の間から食べかすがのぞいている。

「もし守らなかったら――上役連中が激怒するだろうな。当局のお偉方が、おまえさんの人生を狂わすことのできる権力者たちが、怒り狂うにちがいない」

「俺の人生はとっくに狂ってるよ」

彼はサントノーレをもう一口かじってウィンクをした。口のなかは菓子でいっぱいで、言葉を発することはできなかった。


俺は車を取りに行き、彼のアドバイスにしたがって、走り出す前にエンジンの点検をした。長く仕事を続けていく上で、職業上の秘密を守ることは重要だ。しかし、長い人生において友情より大切なものはない。

ラ・フォルクラの城館は、エヴィアンの中心から南方へ一六キロほどのところにある。アボンダンスと呼ばれる場所に向かう途中で道を折れると、見上げるような高さの鉄条網と、見慣れた立て看板――フランス語で書かれた狩猟禁止、立入禁止、私有地等々――が並ぶ道路が一・五キロ余り続く。やがて、一軒のバンガローと、門が現れた。道路の反対側には牛の放牧場がどこまでも広がっている。松林に挟まれた私道を八〇〇メートルほど走った。曲がりくねった起伏のある道沿いには、またもや看板が立っていた。カーブではスピードを落とし、時速三〇キロ以下で走れという。金持ちというのは、あらゆる禁止事項を見つけ出して、知らしめるのが大好きな人種なのだ。そのくせ自分たちはその規則を守らないんだから妙な話だ。

城館の間口は、バッキンガム宮殿と同じくらいの距離があった。これだけ広ければ、いくら億万長者でも窮屈に感じないだろう。上品な灰黄色の石の壁に、青いスレート石の屋根。建物の角や屋根の上に、いくつもの円柱の塔が建ち並び、空に向かってそびえている。建物の前面には広いテラスが設けられていて、片端に幅の広い階段が延びている。テラスの真んなかに据えられた青銅の噴水。そこから噴き出す水は、高さ六メートルはあるだろう。噴水の中央には、男女の人魚とイルカが船乗りたちのお祭りに参加している銅像が立っている。そして、ここはオドウダの屋敷だから、勢いよく流れる噴水の水槽のなかにいるのは、金魚ではなくブラウントラウトだけだ。

屋敷の裏手のルマン湖を望む塔の一室を与えられた。小さめの客用のダイニングで、ダーンフォードとともにランチを食べた。相変わらずせわしなく瞬きをし、親しく話しかけてくることもない。オドウダはいまこの屋敷にいて、ランチのあと案内してくれるという。

「ゼリアお嬢さんが出発したとき、この城館に滞在していた連中のリストはできたかい?」

「いま作っている最中です」

そんなに手間のかかる仕事じゃないだろうと思いつつ、あえて口に出さなかった。ダーンフォードは批判を受け入れる気分ではなさそうだった。

のんびりコーヒーを飲んでいると、ダーンフォードはそそくさと席を立ってドアに向かった。

そして、ウィルキンスがよくやるように戸口で立ち止まり、振り返って言った。「あらかじめ申し上げておきますが、今日のオドウダ様はいつもと違いますよ」

俺はうたぐるように彼を見た。

「もっと詳しく説明してくれないか?」

「お断りします」彼はドアを開けた。「一応注意しておこうと思っただけで。使用人は慣れていますが、知らないと面食らうことがありますからね」彼は部屋を出ていった。

そこに座ったまま、ふと思った。そういえば、今日のダーンフォードは表情も口調も以前ほど無愛想ではなかった。俺を嫌っているとしたら、不機嫌なオドウダに会わせられることを喜んでいるはずだ。

一時間後、使用人がオドウダのもとへ案内してくれた。銀のボタンがついた緑の制服を着て、陰気な葬儀屋みたいな顔をした男だった。四〇〇メートルはありそうな長い廊下を歩き、絵画を飾ったホールを通って階段を上ると、ようやく背の高い両開きのドアの前にたどりついた。真紅の革張りで、銅の飾り鋲が打ちつけてある。

使用人はドアの横の壁のへこみからハンドマイクを引っぱり出し、「旦那様、カーヴァー様をお連れしました」と告げた。

すぐに両開きのドアが内側に向かって開いた。使用人はうなずき、なかに入るように促した。いまにも鎮魂歌を口ずさみそうな悲しげな顔で。

戸口を抜けると、背後で扉の閉まるかすかな音が聞こえた。そこは、大勢の人々が集う大広間だった。だが、誰一人として俺に気づいた様子はない。
巨大な部屋だった。もとは舞踏会や、仮面劇、集会、大規模な戴冠式、あるいは室内での馬上槍試合などに使うつもりで造られたのだろう。片側の壁には背の高い窓が並び、分厚い赤のカーテンが下っている。アーチ型の天井にはヴェネチアンガラスのシャンデリアが三つ。床は磨き上げられたカララ大理石で、窓と反対側の壁には、一七世紀を代表するスペインの宮廷画家、ベラスケスが描いた肖像画が四枚飾られている。

室内は人で溢れているのに、話し声は聞こえない。全部で五〇人くらいいるだろうか。女よりも男のほうが多く、黒人もいるがほとんどが白人で、東洋人も二、三人混じっている。イブニングドレスにティアラをつけている者から、民族衣装に身を包んでいる者まで様々だ。宮中礼服や、着古した事務服、シャツとジーンズ、なかには軍服も見える。立っている者、座っている者、片膝をついて敬礼する者。誰もが一様に部屋の一方を向いている。彼らが身じろぎ一つしないのは、すべて蠟《ろう》で作られているからだった。一番近くの、丈の短いイブニングドレスを着た女の肩にほこりが積もっていた。

部屋の奥に半月型の舞台があって、凝った飾り穴を施した大理石の手すりが両脇に設けられている。低い階段を三段上がった最上壇には、金色の化粧漆喰で彩られた巨大な王座が据えられ、頭上の天蓋から銀と金の布が垂れかかっている。王座の片側には、七つに枝分かれした燭台が一対。すべてのキャンドルに火がついていた。王座に座っている人形は、実物の倍の大きさのオドウダだった。大きな頭に月桂樹の冠を載せ、恰幅のいい体に紫色のトーガ（古代ローマ人が着用した半楕円形の大きな布を体に巻く形状の外衣）をまとい、黄金のサンダルを履いている。肉づきのよい手の片方に銀のゴブレットを、もう一方に羊皮紙の巻きものを持っている。羊皮紙の代わりに竪琴を持たせれば、シーザーとかネロとか、気分しだいでいろいろと言いかえることができそうだ。

マダム・タッソー蠟人形館に迷い込んだような驚きから立ち直ると、舞台の端に座っている人物が目に入った。蠟人形の足元に腰を下ろしたオドウダは、今日は誰の気分なのだろう。普段ならそんなこと考えもしない。シーザーか、ネロか、ヒトラーか、ナポレオンか、カール・マルクスか、サミュエル・ゴールドウィンか、はたまたフルシチョフか。しかし、今日のオドウダはそのどれでもなかった。ウィンストン・チャーチルがよく着ていたサイレンスーツを身につけ、太い葉巻を口にくわえて険悪な目つきをしている。右手に持ったよくしなる短い鞭で、自分の右足を緩慢に叩いている。

オドウダは一〇〇メートルほど先から俺を見据え、何か言うのを待っているように見えた。しかし、俺は身のほどをわきまえていた。特権階級の連中と話すときはこちらから口を開いてはいけないのだ。ほかにも知っていることがある。この蠟人形部屋がどんなに常軌を逸していようと、彼は頭がいかれているわけではないし、変わり者ですらない。彼の行動にはすべて理由がある。冷酷で、実際的な、金勘定の絡んだ理由が存在するのだ。

彼は立ち上がり、こちらに近づいてきた。ロンドンの警察官の人形の隣でいったん立ち止まり、台座の青い布地を鞭でぴしゃりと叩いた。

それからふたたび歩を進め、険悪な表情を崩さずに言った。「あの人形を叩いた理由がわかるか、カーヴァー」

「その昔、夜まわり中に、近所の雑貨屋から出てきたあなたを捕まえたからじゃないですか。そしてあなたのポケットを探ると、レジの中身が出てきた」

オドウダはにやりとしたものの、目つきの鋭さに変わりはない。

「つまらん憶測だな。確かにまだガキだったころ、金庫の一つや二つ盗んだこともある。何かを始める元手を手に入れるには、それしか方法がないだろう。だが、人形を叩いた理由は違う。二二歳のとき、飲酒運転であいつに捕まったのさ。半年間の免停を食らった。そのせいでトラックを運転できなくなって商売上がったりだ。この部屋の人形にはすべてそういう因縁があるのさ」

オドウダは周囲の人形に鞭を振るった。

「あなたの人生を邪魔した連中の話を聞かせるために、こんなところまで呼び出したんですか？」

「理由はじきにわかるだろう。実際、おまえの言うとおり、彼らは私の人生を妨害したか、妨害しようとした連中だ。ときどきここにきて彼らと話をするのが好きでね。いまの私の立場を教えてやるのさ。この人形一つにいくらかかると思う？」

「さあ」

「カーモードが作っているんだ。まったく器用な男だよ、カーモードは。タッソーの蠟人形館で働いていたことがあるんだ。一体につき二〇〇ポンド払ってる」

「ミニチュアにすれば安上がりだし、ガラスのケースに入るからほこりがつかないのに」王冠をかぶった女の人形の、なまめかしい背中を指でなぞり、指先をオドウダに見せた。「いいかげんに、自慢話はやめてもらえませんか」

「おまえはクビだ」

「それは驚いた」

「おまえは私を裏切ろうとした」

「それなら放っておけばよかったのに。そしたら、この部屋に俺の人形を加えられる。本物らしく仕上げるために、着古したスーツを送ってあげますよ」

「生意気な口を叩くな。おまえはただの雇われ探偵に過ぎんのだ」

「たったいまクビだと言ったばかりじゃないか。そうでしょう？　雇われていようとクビだろうと、言いたいことを言わせてもらうけどね。はったりをきかせるのはやめろ、オドウダ」

オドウダは束の間、俺を叩こうかどうか迷っていた。その場に仁王立ちになって大きな顔を膨らませ、小さな青い瞳でうんざりしたように俺を見ている。午後の陽射しを受けて、短く刈り上げた赤銅色の襟足がきらきら輝き、口にくわえた葉巻の火が停止信号のように赤く光った。

オドウダはくるりと踵を返し、黒人の人形に近づいた。頭にターバンを巻き、丈の長いマンチエスター製の白い綿のローブを身に着けている。オドウダはそのターバンを鞭でぴしゃりと叩いた。

「そいつは何をしでかしたんです？」俺は尋ねた。「偽造したポルノ写真を大量に売りつけたとか？」

「戦時中に、工業用ダイヤモンドの模造品を大量に売りつけたのさ。結果的にはそれを後悔することになったがね。断っておくが自慢話をしたいわけじゃない。これは一種の心理療法みたいなものだ。私はことあるごとに彼らのことを思い出して話しかける。そうすると心のなかが洗い清められて、赤ん坊みたいに汚れのないピンク色になるんだ。私がここにいないときも、彼らは私と顔を合わせなければならないしね」オドウダは舞台の上の巨大なシーザー像を顎で示した。

「一般に公開すればいいのに。二、三年でもとを取れますよ。カーモードがテラスでホットドッグやアイスクリームを売ってもいい」

オドウダは俺をにらんだ。

「おまえはクビだ」

俺は踵を返して出口に向かった。ドアに達したとき、彼が言った。「理由を聞かないのか？」

肩越しに彼を見た。「あなたが話したいのなら聞きますよ。でも、その前に飲みものと煙草が欲しいな」ふところから煙草を取り出した。「飲みものはお任せします」

オドウダはにやりとした。

「まったく口の減らないやつだ。だが、そういう態度は改めたほうがいいぞ。どのみちクビであることに変わりはないが」

オドウダは蠟人形の尻や肩を鞭で叩きながら、部屋の反対端に向かい、飾り棚――フランス国王ルイ何世の持ちものとか、そういった類のもの——の前で立ち止まり、ブランデーとグラスを取り出した。またしても、彼は自分のグラスに多めに酒をそそいだ。俺は近づいて肘かけ椅子に腰を下ろした。宮廷礼服を着た外交官タイプの老人（オドウダが爵位を授かるとき、異を唱えたとかそんなところだろう）が、澄ました顔で椅子の背に肘を置いている。

ブランデーの芳香を吸い込み、口に含んだ。生姜と炎を混ぜたような刺激が口いっぱいに広がった。飲み下すと、火山が爆発したみたいにはらわたがかっと熱くなった。

俺は顔をしかめて言った。「こいつはひどい」

「とっておきのブランデーをクビにしたばかりの男にふるまうと思うか？」

「どうして俺をクビに？」

「なぜなら、私は誰かを雇うとき、私の金に対して一〇〇パーセント忠実であることを要求するからだ。雇われた人間は、私に忠誠を誓う必要はないが、報酬に見合う仕事をしなければならない」

「ホテルの宿泊代をちょろまかす時間さえなかったのに。でも、今度雇われることがあったら、使った金は書きとめるようにしますよ」

オドウダの鞭が荒々しく空《くう》を切った。「おのれ《ビジェイザス》、どこまで愚弄するつもりだ！」

「初めてですよ。劇場以外の場所で、アイルランド人が『ビジェイザス』って言うのを聞いたのは。それなら、俺が不正を働いたと言う根拠を聞かせてもらいましょうか」

「二日前、アラクィと名乗る男が私を訪ねてきた」

「イギリスの？　それともフランスの？」

「なぜ？」

「その男がジンボ・アラクィか、それともナジブ・アラクィかわかるからですよ」

「ロンドンだ」

「気のいいジンボのほうか、諦めの悪い男だ。説明は不要ですよ。彼がどんな話をしたかは想像がつく。俺が買収されたって言ったんでしょう。それも三〇〇〇ポンドじゃなく、三〇〇〇ギニーで。あなたを裏切り、もしメルセデスを見つけたら、あなたより先に彼に教えるという約束をして」

「まあそんなところだ。ずいぶん素直じゃないか」

「洗いざらい話しますよ。ジンボは二人兄弟の、正確に言えば、双子の片割れだ。彼が何者で、誰に雇われているかはまったくわからない。もっとも、彼もわかっていなかったけどね。俺をたぶらかして裏切らせるには、一万ポンドくらい用意しないとだめだって。俺はこの仕事を楽しんでいるんですよ。生活環境ががらりと変わったし、資金は潤沢にあるし、新しい出会いもある――美しい女性たちも含めて。そして、危うく命を落としかけたこともあった。いまじゃあ、俺と契約してくれる保険会社はいないでしょう。こいつを見てください」

ポケットに手を突っ込み、彼に向かってそれを放った。大きさと形はグレープフルーツを半分に割った感じだが、ずしりと重い。

オドウダはゴリラのような手でそれを受け取った。「なんだこれは？」

「マグネット式の吸着爆弾ですよ。熱に反応にするタイプの。横に小さな針がついているでしょう。それで温度を設定する。温度の測定は、華氏、摂氏、列氏のいずれでも可能。実に精巧に作られている。取りつけも簡単だ。そいつがジュネーブで車のエンジンの脇に仕かけられていた。二、三キロ走ったら、俺が車もろとも吹き飛ぶように」

「そいつはたいした代物だ」

「差し上げますよ。しかし、あなたを裏切ったんだとしたら、連中が俺を吹き飛ばす理由はないでしょう？　そんなの金の無駄だ。やつらが困っているのは俺が拒否したからですよ。たぶんあなたは、ジンボを寝返らせるために金を払ったんでしょうね。彼の黒幕が誰だろうとおかまいなしに」

「ああ、そうさ」

俺はかぶりを振った。「ジンボはすっかり頭が混乱しているはずだ。彼はひそかに雇い主を裏切るようなタイプじゃない。ところでクビは取り消しですか？」

オドウダは手を伸ばして、背後の飾り棚の上に爆弾を置いた。それから大きな頭をまわして振り返った。闘牛士のカマーバンドを狙う雄牛さながらに、上目遣いに俺をにらみ、鼻から息を大きく吐き出した。

「いったいどういうことだ」とオドウダ。「私は車を取り戻したいだけなのに」

「車は戻ってきますよ。盗んだのはオットー・リブシュっていう悪党です」俺は一呼吸置いて、その名前を聞いた瞬間のオドウダの反応を観察した。ジュリアは間違いなくその名前について何か知っている。彼もなんらかの反応を示すかもしれない。しかし、オドウダはたとえ知っていたとしても、表情には出さなかった。先を続けた。「そいつは車を改装し、数週間前にフランスのある場所で強奪した金の運搬に使った。その後、車ごと行方をくらましている。だが、あと数日あればその車を見つけ出してみせますよ。賭けてもいい。フランじゃなくてポンドで。この勝負乗りますか？」

「やめておく」

「信用していただいて光栄ですよ。じゃあ、クビは取り消しってことで」

「当面はな。でも一歩道を誤れば――」

「早とちりをしたのはあなたのほうだ」俺は言った。「もう一度俺を雇いたいなら、こっちにも条件が一つ、いや二つある」

「私に条件を出すなんて生意気な」道路を舗装する蒸気ローラーみたいなどら声で、オドウダは吠えた。蒸気ローラーと言い争うほど馬鹿じゃないから、俺は席を立った。

オドウダが手を振ってそれを制した。「その条件とやらを聞こうじゃないか」

俺は椅子に腰を下ろした。「一つは、オットーと車の行方を探し出す方法を詮索しないこと。ついでに言うと、これ以上ゼリアお嬢さんを問いただすつもりはない。彼女は本当に何も覚えていないんですよ。もう一つは、車に何を隠しているか教えること。それに、ナジブとジンボを雇った人物のことも知りたい。自分の身を守るために最低限知っておくべきことだ。あなたの答えは？」

オドウダはゆっくりと立ち上がり、穏やかに微笑んだ。信じられないかもしれないが、野獣のような大きな顔が一瞬にして変わった。そこにいるのは、熊のように力強くて優しい父親にほかならなかった。慈愛に満ちた笑顔で両腕を広げ、世界中の心を病んだ人々や、帰る家さえない貧しく虐げられた人々を抱きしめ、慰めようとしている。でも、俺は驚かなかった。オドウダは彼らに手を差し伸べ、そこから何がしかの利益を得るつもりなのだ。

「どうやらきみを見損なっていたようだな、カーヴァーくん。仕事を続けてくれたまえ。きみのことを一〇〇パーセント信用する、そしてゼリアには二度と車のことを聞くまい」

「よかった」

彼はかぶりを振った。「実に不思議なことだ。きみほどの度胸の持ち主が、いまだに巨万の富を手に入れていないなんて」

「二つ目の条件に対する返事がまだですよ。車に何を隠しているのか、それを欲しがっているのは何者なのか」

「ああ、そうだった。簡単には答えられない問題を含んでいるんでね。実にデリケートな問題だ」

「話してください」

オドウダはしばらくの間、葉巻の端をかじっていた。俺につく嘘を懸命に考えながら。ひとしきり褒めたあとだから、うまく騙せることを知っていて。オドウダは短時間でそれだけのことをやってのけた。

「車のなかには」彼は口を開いた。「ひじょうに重要な債権の包みが入っている。金貨債権だ。厳密に言えば、日本帝国政府が一九三〇年に発行した外債で、年利三・一パーセントの減債基金だ。最後の償還は一九七五年五月に行なわれる。しかし車のなかの債権は来年一月に償還を受けるために引き出したものだ。当然、その日以降、利子はつかないが、それでも償還額は二万ポンドを超える。あるサービスを請けた返礼として友人に譲るつもりでいた。ここまでは理解できたかね？」

「ええ。もちろん、そのような債権が実在するか確認するつもりですが」

「ぜひそうしてくれ。本当に用心深い男だな」オドウダはにやりとした。

「それで、その友人とは？」

「アフリカの新興国の一つで、いまは野党勢力に属する重要人物だ。一時期与党だったこともある。しかし、時代は変わる。現政権がその債権の引き渡しを求めたせいで、もめているんだ。私が世話になったのはその友人が政権を握っているときだが、彼個人というわけではない」

「どっちの主張が正しいと思っているんです？」

「どっちだってかまわん。私は約束どおりその債権を彼に譲るつもりだし、彼はそれを受け取るつもりでいる。おまえさんが知りうる情報はそれだけだ」

「ところで、その債権はどこに行けば償還を受けられるんです？」とっさに思いついた質問だが、オドウダは予測していたのだろう。答えは滑らかに返ってきた。

「ニューヨークのブロードウェイ一〇〇にある、東京信託銀行だ。むろん、その点も抜かりなく確認するんだろうな。言っておくが、それを調べるときは、私の金じゃなくて自分の金を使うんだぞ。さあ、さっさと腰を上げて早いとこメルセデスを取り戻してくれ」

俺は立ち上がった。「それで、その包みは車のどこに隠してあるんです?」

オドウダは頰を膨らませ――その顔は不気味なケルビム（旧約聖書で神殿に使える天使）といったところだ――ゆっくりと息を吐き出した。「きみが知る必要はない。現時点では合格点を与えているが、二万ポンドの債権を委ねるほど信用しちゃいない」

俺は残念そうな顔をしてみせたが、それは上面だけで、そそくさと出口に向かった。飲酒運転でオドウダを逮捕した警官。ダイヤモンドと偽って石を売りつけたシリアの商人。南アメリカ人とおぼしき狡猾そうな顔の男は、オドウダを騙して見込みのない金鉱を売りつけたのだろう。オドウダの人生に一瞬足を踏み入れて、金を巻き上げたり、奪い取ったりした男や女。おそらく、彼らはそのことを悔やみながら死んだか、いまも生きている。俺は彼の話をまったく信じなかった。車に隠してあるものは債権だという。確かに日本帝国発行の債権は存在する。オドウダは俺を納得させるためにその事実を利用し、俺はそれを受け入れた。べつにかまわないと思っていた。仕事は仕事だ。依頼人は大金持ちだし、車さえ取り戻せば――誰から取り戻すのかは定かじゃないが――そこに何が隠されていようと、多額の報酬を受け取れるのだから。

俺は自室に戻った。小塔のらせん階段を息を切らせて一気に駆け上がる。一刻も早く荷造りをして出発したかった。部屋で俺を待っていたのはゼリア・ヤング・ブラウンだった。

彼女は窓際の椅子に座っていた。フードのついた厚手の青いジャケットに青いスカート、がっしりしたウォーキング・シューズを履いている。松林を通る長いハイキングから戻ってきたばかりのような格好だ。

「ようやく船を降りる気になったのかい？」

「ええ」彼女は片手を上げて黒髪をなで、かすかに眉根を寄せた。笑顔はないものの、先日会ったときの、氷みたいに冷ややかで頑なな表情はいくぶん和らいだようだ。

俺がスーツケースをベッドの上に置き、使用人がすでに用意していたパジャマをしまいはじめると、彼女は立ち上がった。

「マックス・アンセルモスに手紙を書いたのは、馬鹿だったわ。まんまとあなたの術中にはまってしまって。さぞかし愉快だったでしょうね」

「ここだけの話だがマックスは死んだよ」

「死んだ？」

「そうだ。悲しそうな顔をしてほしいかい？」

「じゃあ、あなたが――」

「いや、やったのは俺じゃない。でも、マックスが死んだのは事実だし、自業自得だと思っている。俺が知りたいのは車の行方だけだ。きみの親父さんと同じように」

「義父と同じ？」

「まあ、どうしても詳しく知りたいっていうなら答えるさ。きみの親父さんは何も知らない。というか、俺以外は誰も何も知らない。そして俺も全部忘れた。だから自分の殻に閉じこもるのはやめるんだ。何もかも忘れて真っさらな気持ちで歩き出せばいい」

「誰にも何も言っていないの？」

「そうだ」

体は大きくても彼女はまだ子供だった。俺の返事を聞いたとたんすっかり狼狽し、どうふるまっていいのかわからない様子だ。一瞬、抱きつかれるんじゃないかと心配になった。その美しくて長くて力強い腕で抱きしめられたら、押し潰されてしまう。だが、彼女は徐々に平静を取り戻し、ゆっくりと手を差し出した。

「感謝してるわ、言葉では言えないくらい」

彼女に手を包まれて、今度は俺が狼狽する番だった。

「忘れることだ」

俺は手を引っ込めた。彼女は重い足取りでドアに向かい、戸口で立ち止まった。

「あたしがどんなに感謝しているか、あなたに見せられたらいいのに」

「じゃあ、笑ってみせてくれ。コツさえつかめば簡単なはずだ」

「この家で笑うのは簡単なことじゃない。いろんな思い出がありすぎて……あたしの母の思い出が。ここを出て働く決心をしたの」

「俺はいつも働いてばかりさ。笑顔があれば新しい生活もうまくいく。さあ、試してごらん」

それは簡単なことだった。彼女はゆっくりとぎこちない笑みを浮かべ、それから頭を軽く振り、声を立てて笑った。そして部屋を出て行った。

俺はスーツケースのふたを勢いよく閉めた。マックスが死んでよかった。

部屋を出て、どこまでも続く白と緑の大理石の廊下を進むと、ダーンフォードが待っていた。大理石の床を歩き慣れた者特有の、滑るような足取りで近づいてきた。「ご出発ですか?」

「ほっとしたよ」俺は言った。「蠟人形の館になんか長居したくないからね。俺がクビをまぬがれたことは、ご主人様から聞いたんだろう?」

「ええ」

「ということは、ゼリアお嬢さんがメルセデスで発つ前に、この城館にいた面々の名簿を渡して貰えるんだろうね」

彼は一枚の紙を差し出した。「あらかじめ申し上げておきますが、オドウダ様からは、来客者の名簿を誰にも渡してはならないと固く命じられています」

「じゃあ、どうして俺に?」

「その質問にお答えすることはできません」

その紙をポケットに滑り込ませ、心得顔で彼を見た。

「ご主人様が嫌いなんだな」

「彼はわたしの雇い主です」

「あいつが大失態を演じるのを見たいんだろう。足元をすくわれて面目を失うところを」

ダーンフォードは薄い笑みを浮かべた。「わたしの望みはそんな程度じゃない。長い間、待ち続けてきたんですよ。意外かもしれないが、わたしはあなたに悪意などこれっぽっちも抱いていない。あなたがデウス・エクス・マキナ（劇の終盤に現れて、強引に問題を解決する人物や事件のこと）になってくれるのではないかと期待しているんですよ」

「つまり車を見つけたら、そこに隠してあるものを持って姿をくらますか、第三者に渡してほしいと思っているってことか？」

「かもしれません」

「彼のことを心底憎んでいるんだな。ひょっとして、インターポールやスコットランドヤード宛に、オドウダにまつわる匿名の手紙を送ったことがあるんじゃないか？」

「どうしてわたしがそんなことを？」彼は落ちつき払っていた。

「ちょっと思いついただけさ。とにかく、何を企んでいるにせよ、危険なことに変わりはない。ほかの連中といっしょに蠟人形部屋に入れられたくなかったら、用心することだ」

スーツケースを持って屋敷を出た。すると、俺の車の横にジュリアが立っていた。

「何もかも順調みたいね」

「おかげさまで。きみの親父さんは、俺のことを九割がた信じてくれたようだし、ゼリアには感謝され、ダーンフォードは有望な手がかりを与えてくれた。きみはどうやって俺を悦ばせてくれるんだい？」

「どうしてわたしと話すときは、そうやって皮肉を言ったり、下品な言葉を使ったりするの？」

「きみがそうさせるのさ。仲よくしたいのに、いつも見当違いのドアを叩いてしまう」

俺がスーツケースを車に積み込む間に、彼女は煙草に火をつけた。

俺はドアの前で立ち止まった。「跡をつけるとか、馬鹿なまねをするんじゃないぞ」

「考えもしなかったわ、そんなこと。ところで、これからどこに行くの？」

「オットー・リブシュを探しに行く。何か伝えることはあるかい？」

彼女は怯えた顔で俺を一瞥した。「伝えることなんてあるわけないでしょう」

「きみが何か知っているような気がするんだ。彼本人か、あるいは彼に関することで」

「どうしてそんなふうに思うのか見当もつかないわ」

「そうかい？　じゃあ、教えてやろう。あの夜、俺の部屋に忍び込んできたとき、きみの心のなかには、ゼリアを守ること以上に気がかりなことがあった。トリノで彼の名前を聞いたとき、きみは驚かなかった。そしていまも彼を知らないとは言わない。心配はいらないよ。きみから無理やり何かを聞き出そうとは思っていない。俺はただ車を見つけ出したいだけだ。それが仕事だからね」

「ゼリアに彼のことを話したの？」

「いや、連中の話はしないほうがいい。きみの親父さんには、オットーのことを言ったけどね。予想どおり、あの福々しいでかい顔はぴくりとも動かなかった。それで、きみはオットーのことを話したいのかい？　それとも俺は出発したほうがいいのか？」

彼女は瞬きをして下唇を噛んだ。それから首を横に振り、口を開いた。「話しても無駄だもの。何の役にも立たない……事実を変えることはできないのよ」そこまで言うと、彼女は背筋をしゃんと伸ばした。「行ってちょうだい。行って車を探し出すの。それが重要なことだもの。お金と仕事。それこそが人生で重要なものなのよ」

彼女はふいに背を向けて、屋敷に向かって歩き出した。俺は車を発進させた。自己嫌悪にさいなまれながら。俺は彼女を傷つけた。彼女は助けを必要としていたのに。だが、いまはほかのことに関わっている余裕はない。車のことだけで手いっぱいだ。なにしろインターポールが首を突っ込んできたのだ。

第6章

そしてある者は腹を抱えて笑う
ジョン・ミルトン

俺はエヴィアン南部をとくに急ぐことなく車で走り抜けた。グルノーブルで郵便局に立ち寄り、ガップとサン・ボネット近辺の電話帳を見つけた。シャレー・バヤールのマックス・アンセルモスの番号を調べ、そこに電話をかけた。時刻は午後七時。一〇分間ベルを鳴らしたが応答はなかった。それで満足した。予想どおり、あの家には白いプードルしかいないようだ。いまごろひどく腹を空かせているにちがいない。

グルノーブルで手早く食事をすませ、サン・ボネットとガップを目指して国道三五線を南下した。無理をして目的地まで走り続けるつもりはなかった。路上で夜を越すのは二晩目だ。道路の段差を越えるたびに、まぶたが重いシャッターのように閉じていく。コープスと呼ばれる地域で車を停め、二時間ほど仮眠を取り、それからシャレー・バヤールに向かった。到着したのは明け方だった。木々の間にうっすらと霧が漂い、大気には鳥のさえずりが満ち溢れ、ここがいかに人里離れた場所かを示している。フランスではよほどの山奥でないかぎり、鳥の鳴き声が聞こえたら、たちまち猟師が現れて撃ち落としてしまうからだ。

正面玄関はいまも鍵がかかっておらず、俺が堂々と入って行くと、肘かけ椅子で丸まっていたプードルが出迎えてくれた。数日間食べものを与えられなかったせいで、すっかりおとなしくなっていた。体を震わせて俺に歩み寄り、飛び跳ねる力は残っていない。キッチンで水をやり——猫の姿は消えていたが、とくに驚かなかった。独立心と生存競争にかけては、犬よりも猫のほうがまさっているのだ——餌の入ったボウルを与えた。中身はレストランでかき集めてきた残りものだ。三〇分もすれば、人の顔をやたらとなめたがるやんちゃな子犬に戻るだろう。犬が食べている間に、二階に上がって風呂に入り、髭を剃った。それから一階に戻り、マックスのタイプライターや文房具類を丸テーブルの上に運び、オットー宛に手紙を書いた。俺のフランス語では、マックスからの手紙だとは誰にも信じてもらえないので、英語で書くことにした。たとえ英語で書かれていても、これを受け取る相手が怪しむことはない。マックスがオットーに手紙を出すとき、何語を使っていたかなんて、彼らは知らないはずだ。手紙の内容はこうだ。

親愛なるオットーへ

きみがメルセデスをあんなふうに持ち去ったせいで、ぼくはとんでもないトラブルに巻き込まれた。まったく、腹が立って仕方ないよ。

今後はきみとの関わりをいっさい絶とうと心に決めた。でも、昨日アリスティドから話を聞いて気が変わった。彼のことは覚えているだろう。世のなかの動きに通じているあの男だ（こう書いておけば、ミミとトニーがこれを読んだとき、アリスティドがオットーとマックスの双方に通じている内通者だと信じ、慌てて身を隠したりしないだろう）。きみがあの車を使って、例の手口で一稼ぎしていたなんて知らなかった。いっしょにやった仲間は、以前おまえが話していた、トリノに住んでいるトニー・コラードによく似た男みたいだな。アリスティドが人相を教えてくれた。知ってのとおり彼の情報は信用できる。とりわけ警察の捜査情報に関しては。車を塗装し直したのも、おそらくトニーなんだろう。

そこでだ、親愛なるオットー、あの車は実質的にぼくが用意したようなものだし、景気はちっともよくならない。だから、ぼくは自分の分け前を要求することにした。異論はないはずだ。

ぼくはあと二日ここにとどまり、きみを待つ。もし現れなかったらアリスティドに教えてやるつもりだ。彼にはいつも世話になっているからね。きみとトニー・コラードに関する詳しい情報と、きみの居場所を――ところで、ミミによろしく伝えてくれ。きみが赤ん坊の世話をしているなんて信じられない。まったく、らしくないな。アリスティドはぼくの情報の買い手を即座に見つけてくれるだろう。だから、ぼくを落胆させないでくれ。法外な分け前を要求するつもりはない。でも、きみたち二人が持ち去った金の額をぼくが知らないとは思わないでくれ。

引き出しのなかに支払い済み小切手の束を見つけ、その署名をまねて手紙に「マックス」と手早くサインをした。宛名にオットー・リブシュとミミのアパートの住所を書き、車でガップまで行って速達で送った。山小屋に戻ると、すっかり元気を取り戻したプードルが歓迎してくれた。松林を散歩させたあと、そいつをキッチンに閉じ込めた。

居間に戻り、マックスのブランデーをそそいだ大きなグラスを手に腰を落ちつけ、ダーンフォードから渡された紙を取り出した。すでにざっと目を通していたので、それが熟考を要するものだということはわかっていた。それに取りかかる前に、どこからともなく赤毛の猫が現れ、空っぽの暖炉に座って俺をじっと見た。何も言わずに新しい住人を受け入れたようだ。

滞在客のリストはダーンフォードの手書きだった。あの城館は丸五日間、客に開放されていた。ダーンフォードによれば（リストにはびっしりと短評が書き込まれていた。言いたいことは山ほどあるし、人をこきおろすのは大好きだが、反撃を食らうのは避けたい、というわけだ）オドウダはしばしば取り引き相手や友人にあの城館を使わせていたらしい。すべての客が五日間滞在したわけではない。主賓はセイフ・ゴンワラ将軍。彼が誰かを説明する必要はないとダーンフォードは書き添えていた。確かに説明するまでもない。将軍は完全なお忍びで滞在し、使用人は誰一人として彼の素性を知らされていなかった（俺の推測では、おそらくヨーロッパへもお忍びできたのだろう）。将軍は五日間のうち、二日目から四日間滞在した。初日の客は、抜かりなく準備が整っているか確かめにやってきた、将軍の腹心の部下一人だけだった。驚くなかれ、その腹心の部下の名前はナジブ・アラクィ大佐（俺は延々と続く夜道を走りながら、そのことをずっと考えていた。またもや俺の推測だが、ナジブはジキルとハイドのような二重人格者にちがいない。俺に取り引きを持ちかけたのはどちらの性格なのかはわからないが）といい、丸五日間城館に滞在した。もう一人の客は、二日目から四日目まで滞在したファリア・マクセ夫人（こちらもお忍び）。ダーンフォードの注釈によれば、彼女の夫はセイフ・ゴンワラ政権で農林大臣を務めているという。三日目にはパンダ・ブバカルも加わった。彼女の名前の横には一つもコメントがない。俺なら書きたいことがいくらでもあるのに。四日目にアレクシー・クカリンという男が現れ、そいつにも説明がなかった。客はそれで全部だ。
最後にダーンフォードのメッセージがついていた。

お察しのとおり、わたしがこの情報を提供したということは、自分の運命をあなたに託したも同然。人を見る目があると自負しているからこそ、あなたに託そうと決めた。メルセデスの秘密の隠し場所は、ダッシュボード右側の大きな通風孔の後ろで、逆時計まわりにひねるだけで簡単に外れる。当然ながらこの文書は破棄してください。マスコミ連中は、右記の人々が城館に宿泊したことを知りません。

俺はその紙に火をつけて、暖炉に放り込んだ。猫が退屈そうに眺めている。ダーンフォードの指示どおりにしたのは、彼の人を見る目に感じ入ったからではない。アラクィ兄弟やアリスティド、トニー・コラードのような連中を相手にする場合は、なるたけ慎重に行動したほうがいいと思ったからだ。

椅子に深くもたれ、ブランデーを見た。そして残りを飲みながらオドウダとセイフ・ゴンワラについて考えた。俺の推理が間違っていなければ、ゴンワラは某国の元首で、二万ポンドの債権は自分のものだと思っている人物だ。しかし、オドウダはそう思っていない。それなのに、五日間の会合のために将軍に快く城館を貸すなんて、実に奇妙な話だ。

後ろに手を伸ばして受話器を取り、ロンドンのウィルキンスに電話をかけた。つながるまでにずいぶん時間がかかった。

ウィルキンスが言った。「いまどこにいるの?」

「フランスだ」

「それは知ってるわ。フランスのどこ?」ウィルキンスは虫の居所が悪いらしく、いまいましそうに舌打ちをした。

「オートサヴォアの山小屋さ。すこぶる快適だよ。白いプードルとマーマレードみたいな赤毛の猫といっしょにいるんだ。女はいないよ――安心したかい?」

「死んだのかと思っていたのよ」

「どうして?」

「今朝、ジンボ・アラクィさんがやってきて、この会社の権利を買い取りたいって言ったから」彼女は思わせぶりに一呼吸置いた。「創意に富んだ効率的な経営で、見違えるような立派な会社にしてみせますって」

「彼は冗談が好きなのさ。本人が思っているほどおもしろくないけどね。とにかく、俺はこのとおりぴんぴんしている。セイフ・ゴンワラ将軍とファリア・マクセ夫人に関する新聞記事を集めてくれ。それから、こっちはあまり期待していないが、パンダ・ブバカルという女についても。とくに名誉毀損で訴えられそうなゴシップ記事が読みたい。『誰と誰はひじょうに親密な関係にある』とかなんとか、そういうやつだ。それと――いま言ったことは全部書きとめてあるんだろう?」

「もちろん全部テープに録音してあるわ」

「オドウダの会社、とりわけ、アフリカ関連の事業を展開している会社と、ゴンワラ政権との間で行なわれた取り引き、あるいはいざこざやトラブルを見つけたら、現在過去を問わず記録しておいてくれ。それからガフィーに電話をするか、コーヒーとデニッシュにでも誘い出して確かめてほしい。以前、と言ってもわりと最近だが、匿名の手紙を受け取ったことがないか。オドウダの身辺を捜査すれば思わぬ収穫があるはずだ、というような内容の。たとえば――」

「こまかい説明は必要ないわ。でも、フォーリー警視正がそんな話をわたしにするとは思えないけど」

「聞くだけ聞いてみてくれ。あいつはきみみたいな青い瞳と赤毛が好きなんだ。靴下を繕ってあげましょうかって言ってみるといい。あいつの踵はいつもすり切れているからさ」

「それで全部なの?」おなじみの冷たい返事が戻ってきた。

「まだある」俺は山小屋の電話番号を教えた。「ちょっとしたことで大騒ぎするんじゃないぞ。俺は元気に楽しくやっているし、寂しい思いもしていない。そうそう、もうじきおもしろい客がくる予定なんだ。ちょっと脅せばメルセデスのありかを白状するはずだ。どうだい、いい話だろう?」

「ずいぶんご機嫌ね。要するに、とんでもなく面倒なことに巻き込まれているんでしょう」

「だからどうだっていうんだ。それが人生ってもんさ。旧約聖書の研究者が言ってただろう。人生は短くトラブルは多しって」

「どっちにしろ飲んでいるんでしょ。もう切るわ」

もちろん彼女の言うことは正しい。不思議なことに、椅子に座って考えごとをしていると、知らぬ間にブランデーが減っているのだ。


ベッドの足元のプードルや、予備の枕の上の猫といっしょに、夢も見ずに一〇時間ぐっすりと眠った。眠りを破ったのは猫だった。俺の胸の上に前足を載せ、一心に揉みはじめたのだ。薄目を開けると、朝食を探しに行く時間だと目で訴えていた。近くの茂みから鳥のさえずりが聞こえる。プードルはまだ眠っていた。俺がキッチンに下りて、一人と一匹の餌の準備を始めるまで、先に起きても仕方ないことを知っているのだ。

朝食をすませ、思いつくかぎりの備えをしたら、あとはひたすら待つだけだった。俺の手紙がトリノに届いたら、ミミとトニーはその場で開封するにちがいない。トニーは大急ぎでここにやってくるはずだ。マックスが、アリスティドやほかの誰かに自分のことをもらしていないか確認するために。午前の便で手紙が届けば、トニーは日が暮れる前にこの山小屋に現れる。午後の便なら、到着は真夜中か明日の夜明け前になるだろう。いずれにしろ、俺は眠るわけにはいかないし、両手を広げて彼を歓迎するつもりもない。

午前中は、屋敷の周囲を調べて過ごした。最初に訪れたときには気づかなかったが、裏の松林のなかに木造の車庫があって、マックスの小型のフォルクスワーゲンが入っていた。その車を屋敷の正面に移動し、メルセデスがあった場所に停めた。俺のメルセデスが置いてあったら、トニーは不審に思うだろう。それからサン・ボネットまで日用品を買いに出かけたが、ついてきたがるプードルを車から降ろすのにえらく苦労した。その犬を知っている人間に会うと面倒だから、連れて行くわけにはいかないのだ。

買いものから戻ってみると電話が鳴っていた。しかし相手はウィルキンスではなく、マックスに用事があるというフランス人の女だった。マックスは土地を買うためにカンヌに出かけていて、俺は彼から屋敷を二、三日借りているということを理解してもらうのにかなりの時間を要した。

俺たち三人はいっしょにランチを食べ、コトー・デュ・レイヨンのロゼ以外はなんでも分け合った。そのあと長い昼寝をして、目が覚めるとジンとカンパリのカクテルを飲んだ。まもなく始まる仕事に支障が出ないように、一杯だけで我慢した。それから二匹をキッチンに閉じ込めたあと、マックスの暖かそうな狩猟用ジャケットを着込んだ。一二番のショットガンと、一握りの弾を拝借してメルセデスに乗り込み、屋敷に近づいてくるヘッドライトが見える場所に車を移動させた。トニーが現れたとき、室内にいたくなかった。客を迎えるホスト失格だが、あの男には礼儀作法を省略してもかまわないだろう。

真夜中まで何も起こらなかった。しかし、車内は思いのほか寒く、無性にブランデーを飲みたくなった。急げば取ってこられるんじゃないか。せいぜい数十メートルの距離だ。そう思えば思うほど、寒さが身にしみた。山小屋が建っている場所は標高一二〇〇メートル。九月末の夜ともなれば冷え込みは厳しい。俺は激しい誘惑に駆られた。山小屋までは五〇メートル足らず。しかし思いとどまってよかった。もし山小屋に戻っていたら、ブランデーのボトルに手をかけたところで、トニーと出くわすはめになっただろう。

トニーの現れ方には満点を与えねばなるまい。以前にもきたことがあるのか、あるいはミミから大まかな説明を受けたのか。かなり手前で車を降りて、歩いてきたにちがいない。最初に目に止まったのは、右側の松林の奥でせわしなく動く懐中電灯の光だった。その距離およそ一〇〇メートル。俺は目の端でそれをとらえた。俺の商売では目端がきくかどうかが重要なのだ。それからしばらくの間、あたりは暗闇に包まれ、梟の不気味な鳴き声や、飛行機が上空を飛ぶ轟音しか聞こえなかった。次に明かりが見えたのは、彼が道路に出たときだった。懐中電灯をつけたのはほんの一瞬だが、周囲の状況を把握するにはそれで充分だろう。

俺はメルセデスをそっと抜け出し、右側の松林のなかを用心深く歩いた。彼は山小屋を目指して、目の前のどこかを左に向かって進んでいるはずだ。かりに正面玄関を避けて、建物の側面や裏手から侵入するとしても。

ところが、トニーは正面玄関を選んだ。停めていたフォルクスワーゲンに俺が達したとき、明かりがともり、その光は一点を照らしていた。トニーは片手で懐中電灯を覆い、ドアを調べているところだった。ドアには鍵がかかっているし、鍵は俺のポケットに入っている。だが、トニーはちっとも困っていない。明かりが消えても、夜空を背景に彼の姿を見分けることはできる。トニーは鉄梃《かなてこ》を使って素早くドアをこじ開けた。木材と金具が壊れる音が一瞬響き、すぐに静かになった。トニーはそこに立ったまま、耳をそばだてて周囲をうかがっている。明らかに素人の仕事ではない。プードルが騒ぎ立てて、トニーを追い払ったりしないよう神に祈った。静寂が続いた。まだ腹がいっぱいだから目を覚まさないのだろう。

自分の仕事にすっかり満足し、トニーはドアを開け、室内に足を踏み入れた。俺は二、三分置いてからあとを追った。正面玄関を通り抜けると、すぐに懐中電灯の光芒が見えた。ドアを開け放したまま、居間の床をなめるように照らしている。

そっとドアに近づいた。照明をつけ、慌てて振り返った彼の頭に銃口を向けた。

「手を上げろ。俺の家じゃないから、絨毯が血で汚れたってかまいやしないが」

トニーは銀縁眼鏡の奥の目をぱちくりさせて俺を見た。そして、お得意の赤ん坊のような笑顔を作り、さも愉快そうに含み笑いをした。俺はごまかされなかった。この男はどんな気分のときも同じ表情をするのだ。

俺は彼に近づき、注意深くまわりを一周した。ゴム底のズック靴、黒のズボン、分厚い黒のセーター、白い軍手。左側のポケットから鉄梃が飛び出ている。背後から近づき、それを抜き取って、自分のジャケットのポケットにしまった。右手に構えた銃口を彼の背中に押しつけたまま、ズボンのポケットを左手で叩いて調べた。煙草の箱とライターよりも大きなものは入っていないようだ。

「鉄梃しか持ってないよ。でも、あんたは徹底的に調べないと気がすまないタイプだな。ぼくの親父そっくりだ。いったん捕まえたら決して逃がさない」

「親父さんの話はべつの機会にしてくれ。こっちを向くんだ」

トニーは振り返り、例のピクウィック・スマイルを俺に向けた。

「セーターをまくり上げろ。手を見せたままだぞ」

彼は言うとおりにした。セーターの下にジャージ素材のシャツを着て、革のベルトを締めている。

「どっちみち武器なんか持っていないよ」

俺はうなずいて、セーターを下ろさせた。「今度は床に座れ。あぐらをかいて、両手は頭の後ろ。窮屈な姿勢だが、さっさと質問に答えれば長いこと我慢する必要はない」この部屋の磨き込まれた床と、滑る椅子のことを俺は覚えていた。

トニーは床に座った。俺は三メートルほど離れたテーブルの端に腰かけ、銃口を彼に向けたまま、ショットガンを膝に置いた。そのとき、プードルがけたたましく吠えはじめた。彼らは実に時機をわきまえている。山場を越えたことを知っているのだ。

トニーは両手を後ろに置いた格好で言った。「犬だな」

「おかしな期待をするな。あの犬は何もしてくれやしない。さあ、例の給料強盗を働いたあと、メルセデスに乗り込んで、猛スピードで走り去ったところから話してもらおうか。当時のおまえの気持ちや、大筋とは関係のない情景描写は必要ない。事実をありのままに話せばいいんだ。俺はそのメルセデスとオットーの行方を知りたい。やつがどうなろうと知ったことじゃないけどな。俺の目的はあくまでも車だ。それでも、やつが死んだとしたら、これほど嬉しいことはない。心配するな、警察に通報するつもりはない。個人的な仕事の依頼を受けてその車を探しているんだ」

「なんだ、ぼくを騙したのか。あのマックスからの手紙もあんたの仕業だな」トニーは目をくるりとまわし、腹をよじって大笑いした。「まったく、あんたはたいした男だ」彼は真顔に戻った。「だけど、あの手紙を読んでミミはえらく取り乱したんだぞ。そんな手紙は無視すりゃいいって言ったら、かんかんに怒ってさ。真の幸せと明るい未来を手に入れるためには、この山小屋に行ってマックスをやっつけるしかないって言い張るんだ。結局、ぼくが折れるしかなかった」

「何をびびっているんだ。すでにオットーで練習ずみじゃないか。いいからさっさと説明してくれ」

「ぼくはオットーに何もしていないぞ。あいつが自分でやったんだ」トニーはくすくす笑い出した。「そうさ、あいつの一人芝居さ。あんなに笑ったのは生まれて初めてだよ。腹筋がつるかと思った。そりゃあ、ぼくにとっても好都合だった。オットーを厄介払いできたんだもの。なにしろミミとぼくは愛し合っていたからね。どっちみちオットーは出て行くつもりだったのさ。一番の原因は赤ん坊。とはいえ、こっちから出て行けと言えば一悶着あっただろう。でも、ぼくらは闘う覚悟をしていた。真実の愛を貫くために。二人は一心同体なんだ。うちの親父にそんな話をしたら、鼻で笑って相手にしないだろうけどね。ぼくもそういう男だと思っているんだろう？　結婚ってのは一つのベッドに四本の足を並べて寝る、ただそれだけのこと。そのうちの二本が自分で、もう二本がすらりとした形のいい足なら、どこで寝ようと誰と寝ようと同じことだって。誤解だよ。ぼくは誠実な男だから女は一人で充分なのさ」

「そいつはおめでとう。早いとこ本題に入ってくれないか」

「そうそう、すっかり忘れてた」彼は声を上げて笑い、目尻ににじんだ涙をぬぐった。どうやら涙は本物のようだ。いったい何がそんなにおかしいのか。理由も告げずに笑い転げる連中ほど、腹立たしいものはない。トニーは俺を見上げた。両手を頭の後ろで組み、ブッダのようにどっしりと座って、大きな頭を楽しそうに振った。「あいつは酔っ払っていた。泥酔ってほどじゃないけど。でもかなり酔っていた。だからあんなことになったんだ。仕事のあとのトニーはいつもそう。興奮して、すっかり舞い上がっちまう。いわゆる、地に足がついていないってやつだ。仕事を終えた開放感で、たがが外れちゃうんだろうな。ぼくはそんなに変わらない。せいぜい食べすぎて胸やけがするくらいなもので」

俺はきつい口調で言った。「いつまでも本題に入らないつもりなら――」

「わかった、わかった。そのときの状況を説明しておきたかっただけなんだ。実際、オットーはかなり酔っていた。だから運転なんかさせたくなかったけど、あいつはいつも言うことを聞かない。とにかく、ぼくらはあの車で現場を走り去った。一〇キロほど走ったら乗り捨てるつもりでいた。そうでないと危険だからね。山のなかにべつの車を用意していたんだ。そいつに乗りかえたら、メルセデスは捨てるつもりでいた。あのメルセデスをね！」またしてもトニーの頬が緩み、檻のなかで暴れる熊のような野太い声で笑い出した。俺は短気を起こさぬよう自分に言い聞かせ、じっと耐えていた。トニーはそんなふうにしか話せないんだし、俺にはどうすることもできない。絞首台の横で懺悔をするときも、トニーは平気で笑い続けるのだろう。業を煮やした司祭が彼を鞭で叩き、最後の祈りを省略したくなるまで。

彼は俺を見上げ、涙を浮かべて言った。「あれを見れば、あんただって笑い転げるさ」

「それはどうかな。実際に見ていないいんだから。いいから聞かせてくれ。はらわたがよじれるくらい笑わせてくれ」

「わかったよ……場所は森のなかだ。そこからさらに山道を上ると湖がある。その森にべつの車を用意していた。オットーのやつ、そこへたどりつくまで鳥みたいに歌い通しだった。そうさ、あいつは興奮していた。仕事をやり遂げたとき、セックスに似た快感を覚えるんじゃないかな。ミミにその話をしたら――」

「余計な話はいい」

彼はむっとして心底傷ついたような顔をした。わけもなく叱られた太っちょの無邪気な男の子みたいに。

「それで……車はそこにあった。盗んだ金を移したあと、オットーがメルセデスを運転して湖のほとりまで走った。そこは見通しのいい坂道で、崖の突端までの距離は一〇メートルほど。三メートル下には深い湖が広がっている。釣り人がたまにくるくらいで、訪れる人間はめったにいない。眺めは最高。日がな一日のんびり過ごすにはもってこいの場所だ」そこでトニーはまたもや吹き出した。「余生を送るのに、あれほどふさわしい場所はないだろうな」

そのあと一分余り、その湖で見かけたトラウトがいかに大きかったかという話が続いたので、俺はショットガンでやつの頭を叩いた。

俺の目を見て多少は反省したようだ。

「だから、あとはハンドブレーキを解除して、車を発進させればことはすむ。オットーはそれを一人でやろうとした。ドアを開け、ブレーキを解除した瞬間、メルセデスは坂道を転がりはじめた。まったく、あのときのオットーときたら滑稽なんてもんじゃないよ。準備ができる前に車が動き出してしまったんだ。あっという間の出来事だった。その勢いで閉まったドアが体にぶつかり、上着か何かが引っかかった。オットーはずるずると引きずられて行く――体の半分を車内に、もう半分を外に出した状態で。ぼくはなんとかして助けようとした。誓って嘘じゃないぞ。本能的に体が動くものさ。でも、災難に巻き込まれた人間に気づいて、慌てて救出に向かったときには、たいてい手遅れなんだ。あの酔っ払いはすっかり取り乱して、大声で喚きながら車に乗り込もうとした。たぶんブレーキを引こうとしたんだろう。ぼくが手をこまねいているうちに、盛大な水しぶきを上げて湖に落っこちてしまった」その喜劇のような出来事を話しおえたトニーは、顔を上げて、首を振ってみせた。肉づきのよい顔は輝き、眼鏡の奥の小さな瞳は喜びの涙で光っている。

「それから、どうしたんだ?」俺は立ち上がった。「湖の縁に突っ立って、水難者のために祈りでも捧げていたのか?」

「できることは何もなかった。ぼくは泳げないし。あの湖は岸辺でも水深が六メートル以上あるんだよ。とにかく、オットーが泳げることは知っていたから、上がってくるのを待つことにした。でも、だめだった。一五分待ってみたけど、あいつの姿はどこにもない……そんなとき、あんたならどうする? こんな状況でいったい何ができるって言うんだ。あいつはぼくの前から消えてくれた。もうミミのことで揉める心配もない。あいつは本当に赤ん坊を嫌っていたんだ。おまけに盗んだ金を独り占めできる。ぼくは車に飛び乗ってミミのもとに帰ったよ」

「道中、笑いが止まらなかっただろうな」

彼はにやりとした。「そりゃあ、ときどき頬が緩むこともあるさ。いまさら怒り出したりしないでくれよ。トニーが死ねばいいって最初に言ったのは、あんたなんだから」

「正直言って嬉しいよ。俺は頭の古い人間だから腹を抱えて笑ったりはしないが」

彼から目を離さずに、机に近づき紙と鉛筆を取った。

トニーは頭の回転が速い。

「地図を書いてほしいんだね?」

紙と鉛筆を彼の足元に落とした。

「そうだ。正確に書くんだぞ。細かいところで嘘をついたら、笑いながら手近な公衆電話に駆け込んで、インターポールの知り合いに連絡をする。素直に協力することだ。そうすればここから解放し、会ったことも忘れてやる。驚くほど簡単なことだ」

「嘘なんかつかないよ。いまはミミと赤ん坊のことを第一に考えなきゃいけないし」

彼は床に伏せて、詳細な地図と湖までの行き方を書きはじめた。絶え間なくしゃべりながら鉛筆を動かし、俺はそれを後ろから眺めていた。

彼は一度顔を上げて言った。「ところで、たかが車一台のことで、どうしてこんな大騒ぎをするんだい?」

「客がその車を取り戻したがっているのさ」

彼は肩をすくめた。「どうしてさ? オドウダのことだ、どうせ保険会社からたんまりと金が出るんだろう」

俺は素知らぬふりで尋ねた。「どうして俺の客がオドウダだと知っているんだ?」

「もちろんオットーから聞いたのさ。それに、ぼくがあの車を塗装し直したとき、書類やなんかが全部残っていたからね」

「オットーはオドウダを知っていたのか?」

トニーは落胆したように首を振った。「だめだよ、もっと予習をしなくちゃ。二年前までオットーは、エヴィアンの近くのオドウダの屋敷で運転手をしていたんだ。主に奥さんを乗せていたらしい。知らなかったのかい?」

もちろん初耳だった。その事実を知ってくすぶっていた多くの謎が一気に解けた。

「地図を見せろ」

トニーは肩越しに紙を差し出し、俺は背後からそれを受け取った。

「ほかにすることは?」彼が言った。

「帰ってくれ」俺は言った。「ベッドを余分に汚したくないし、二人で朝食を取るつもりもない。ほら、立つんだ」

玄関まで彼を送り、階段を下りて行くのを見ていた。地面につくと、彼はにっこり振り返った。

「ずいぶん役に立ったでしょう? おまけに全部ただだしね。料金は請求しない。ぼくからのプレゼントだ。どうしてだと思う? ぼくはあんたを全面的に信用している。つまりインターポールに関して。あんたは告げ口なんか絶対にしない。人を見る目には自信があるんだ。あんたが帰ったあとミミに言ったんだよ。『おい、彼はいい男《ブォン・ラガッツォ》だぞって――』」

「もうたくさんだ。推薦状なら間に合ってる」

「わかった。それじゃあ、湖から車を引き上げるときには、ぼくの代わりにオットーに挨拶しておいてよ」

トニーは大きな笑い声を響かせながら帰って行った。世のなかには、もっと彼のような人間が必要なのかもしれない。単純明快で、物事のよい面しか見ようとせず、子供に優しい人間が。

室内に取って返し、荷造りをした。そして出かける前にコーヒーを淹れた。そのコーヒーを省略していれば、アリスティドに会わずにすんだものを。

スーツケースを手に取り、居間から玄関に向かった。すると、窓から車のヘッドライトが見えた。誰かはわからないし、様々な可能性が頭を駆けめぐった。そして一つの考えが浮かんだ。午前四時の訪問者はメルセデスのありかに興味を持つかもしれない。トニーの書いた地図を取り出して、椅子のクッションの下に押し込んだ。そして、テーブルの上のショットガンをつかんだ。よく使い込まれたコグスウェル&ハリソン社製のハンマーレス・タイプだ。クルミ材の銃床は、繊細な意匠を凝らした金属板で補強されている。

居間のドアを開け、訪問客を迎える準備をした。

玄関のドアが開き、アリスティドが現れた。ベレー帽を脱いで挨拶しかけたが、急に立ち止まって悲しそうに頭を振った。俺の格好を見たせいなのか、それとも眠気を覚ますためなのかはわからない。後ろには運転手が立っていた。青い細身のスーツを着て、運転手用の帽子をかぶった大男だ。

「ショットガンでお出迎えか。そんなもの必要ないだろう。出て行くところだったのか?」

アリスティドは、居間の戸口に置いてあるスーツケースを顎でしゃくった。それから鼻をくんくんさせて言った。「コーヒーか?」

「キッチンにある。どうぞご自由に」

「おまえさんもいっしょに飲むんだ」

アリスティドはショットガンを取り上げ、運転手に渡した。「ひとまわりしてきてくれ、アルバート。何も見落とさないようにな」

アリスティドは俺の腕をつかんで居間に入ると、室内を見まわして感心したようにうなずいた。「こういうところに住むのが長年の夢だったんだ。人里離れた山奥。誰にも邪魔されることのない静寂。白いシャツを一週間着続けても汚れないくらい澄んだ空気」

アルバートは俺たちの横を、力強い足取りで通り過ぎて行った。キッチンに入ると、プードルが迎えてくれた。まるで一カ月ぶりに再会したような喜びようだ。一方、猫は片目を開けてすぐに閉じた。眠りを妨げる邪魔者だと思われたらしい。

アリスティドは「失礼」と言って、カップにコーヒーをそそいだ。チョコレートクッキーの缶があったので横に置いた。べつにご機嫌を取ろうとしたわけじゃない。いずれは彼の目にとまるとわかっていたからだ。

「どうしてわかったんだ、俺がここにいるって」

「わかっちゃいなかったさ。でも、会えてよかったよ。ここがマックス・アンセルモスの住所で、そこに行けばおもしろいものがあるっていうたれ込みがあったんだ。そのとき俺は直感した。そいつはおまえさんを困らせたがっているにちがいないって。どうだ、困ったことになったか?」

「それほどでもないよ。たれ込んだのは誰だ?」

「女だよ。電話でミス・パンダ・ブバカルだと名乗った。もちろん偽名だろう。でなけりゃ、名乗らないのが普通だ」アリスティドは穏やかな笑みを浮かべて言った。「クリームはどこだい？」

彼のためにクリームを探し出した。

「知ってるか」彼は言った。「中東ではコーヒーが珍重されていて、以前はモスクや、メッカの預言者ムハンマドの墓前で、祈りを捧げるときに使われていたんだ。トルコではその昔、結婚によって女性に与えられるものがあった。愛情と敬意、それに毎日のバスティネイド（足の裏を棒で叩く罰）だ。コーヒーを切らしたら嫁さんは棒で叩かれる。そう考えると、泥水みたいなインスタント・コーヒーを発明した、おまえさんと同郷のワシントン何某って男に感謝しなきゃならんな。グアテマラに住んでいたときは……どうだった、アルバート？」

アルバートが戸口から現れた。「ありました」

「そうか。そこで待機してくれ。おれたちもすぐに行くから」

「どこに何があるって？」アルバートが姿を消すと、俺は尋ねた。

アリスティドはクッキーを頬張り、後ろ足で跳ねまわっているプードルに一枚投げてやった。

「夜中に客がきただろう？」

「いいや」

「じゃあ、玄関のドアをこじ開けたのはおまえさんか？　テーブルの上にあるあの鉄梃で」

「頼むからアリスティド、本題をあとまわしにするのはやめてくれ。これから長旅をしなきゃならないから、早く出発したいんだ」

「メルセデスのありかを突きとめたのか？」

「いや」

「そいつは残念だ」

「どうして？」

「突きとめたんなら、すぐに本題に入れるのに。おれの用件はおまえさんしだいだ。こいつはうまいコーヒーだ。マルティニク産だな。偉大なる同郷人ド・クリュー海軍士官が過酷な船旅を乗り越えて、初めてマルティニク島にコーヒーの木を運んだ。マルティニク産のコーヒー豆はすぐにわかる。粒が大きくて、両端が丸くて、緑がかった色をしているんだ。この家でマックス・アンセルモスに会ったのか？」

「いや」

「そっけない返事ばかりだな」

「こんな朝早くにいったい何を期待しているんだ？」

「まさか起きているとは思わなかったよ。でもまあ、着がえる時間が省けてよかった。本当にメルセデスの行方を知らないんだな？」

「嘘じゃない」

「頑固だな。もし教えてくれたらこのまま行かせてやってもいい。そしてミス・パンダから聞いた話や、アルバートとおれが目にしたものや、鑑識を呼ぶまでもなく、至るところに残されたおまえさんの指紋も見逃してやってもいい」

「コーヒーを飲んで頭を整理したほうがよさそうだな」

アリスティドは愛想よく俺のカップと、自分のカップにコーヒーをそそいだ。そして梟を思わせる笑顔を向けた。「車のありかを教えろ、そうすれば邪魔なものはみんな取り除いてやる。おれには力があるし、なんだかんだ言ってもおまえが嫌いじゃない。夜中に誰かきたんだろう。そうでなきゃ、こんな時間に出発したりしない。なあ、メルセデスはどこにある？」

俺は煙草に火をつけて、首を横に振った。

「あくまでも言い張るのか？」

「言い張るさ。そして俺の権利を主張する。どんな罪を着せようとしているのか教えないかぎり、ここから出て行く。わかったか？」

踵を返して戸口に向かった。

アリスティドが言った。「まずはアルバートのところへ行こう。あいつは頼りになる男なんだ。頑固でちょっと頭の回転が遅いけど、運転の腕はぴか一だ。出身はブリタニー。あのあたりじゃあ、ひよこ豆とルピナスの種子でコーヒーの代用品を作っているんだ。こっちにきてくれ」

拳銃を持った手を振り上げて、キッチンの一番奥の扉を指した。さっきアルバートが出て行ったドアだ。

俺が先に立ってドアを通り抜け、アリスティドがあとに続いた。廊下の突き当たりで、アルバートが待機していた。その場所には、初めてこの屋敷を調べてまわったときにきたことがある。確か物置と貯蔵庫があったはずだ。アルバートはその貯蔵庫の扉の前に立っていた。

俺たちが近づいて行くと、彼は鍵を外して扉を開けた。二人は脇に立って、先に入るよう俺を促した。アリスティドが後ろで明かりをつけた。

一方の壁に、ワインのボトルをおさめるラックが置いてあった。窓はなく、反対側の壁の前には空《から》の木箱やダンボールが積んである。正面の壁際には大型の急速冷凍庫。ふたを開け放った内部から明かりがもれ、ぼんやりと天井を照らしている。

二人のうちどちらかが俺の背中を軽く押した。冷凍庫のなかに入っていたのは、膝を抱えて、頭をがくりと落とした格好のマックス・アンセルモスだった。凍ったほうれん草の束の上に、ナジブが殺害に使った銃が載っていた。それ以上の説明はいらなかった。銃には指紋がついているにちがいない。居間で気を失っている隙に、ナジブがつけた俺の指紋が。ナジブはいつか役に立つかもしれないネタを、簡単に手放す男ではなかった。

「どうだい?」アリスティドが横に並んだ。

俺はあとずさりした。「ふたを閉めたほうがいい。ほかのものが腐ってしまう」

「おまえが殺したんだな?」アリスティドが言った。

「違う。あんただってわかっているはずだ、俺じゃないって」

「車のありかを教えるなら、答えはイエスだ。さもなければ地元の警察に連行する。その銃からはおまえさんの指紋が検出されるだろう」

「べつに驚くことじゃない」

「車のありかを教えれば、果てしなく続く厄介事から救ってやる。無実を証明するには、気の遠くなるような法手続きが必要だ。フランスで言うところの、調書《プロセス・ヴァーバル》作りが延々と続くのさ。完全に疑惑が晴れるまでどのくらいかかると思う?」

俺は反論した。「知らないんだから教えようがないだろ」

アリスティドは俺をじっと見て首を振った。「嘘かどうか見抜けたらいいのに」

「そうなったら警察の仕事はらくになるけど、家庭生活は大変だろうな」

アリスティドはうなずいた。「こいつの体を調べてくれ、アルバート」

アルバートは俺に歩み寄り、ドアのほうを向かせた。たぶん死者に配慮したのだろう。そして俺の衣服を探った。徹底的に調べ上げ、見つけたものをアリスティドに手渡した。アリスティドはその一つ一つ——パスポート、クレジットカード、財布など——に目を通したあと、全部俺に返した。

「なあ、アリスティド、俺がマックス殺しの犯人じゃないって、あんたにはわかっているはずだ。やつが死んで嬉しくないとは言わないけど、殺《や》ったのは俺じゃない。あんたはまんまと乗せられているんだよ。俺の車探しを邪魔しようとする、得体の知れないグループの策略に」

「それは真実かもしれない。でも、おれがおまえさんにあの車を見つけてほしくないと思っているのも、また真実だ。だから……好都合なのさ。しばらくの間、おまえさんを拘束する理由ができたことは」

そのとき、ドアの外で吠える声が響き、プードルが転がり込んできた。三人のまわりをぐるぐるまわり、後ろ足で立ち上がると、アリスティドの前でぴょこぴょこお辞儀をしながら踊りはじめた。

アリスティドは嬉しそうに笑った。「かわいいやつだな《ミニヨン》」無情な刑事が、珍しく心を動かされたらしい。

「勘違いするなよ、アリスティド。こいつの目には、あんたがでかいチョコレートクッキーに見えるんだよ」そう言いつつも、邪魔が入ったことを俺は喜んでいた。大の男が二人揃って、馬鹿犬の芸を楽しそうに眺めている。俺はプードルのために場所を空けるふりをして後ろに下がり、手を背中にまわした。そして手近なワインボトルをつかむなり、素早く引き抜き、天井の電球に叩きつけた。ガラスの割れる音が響き、明かりが消えた。続いてもっと大きな破壊音と、アルバートのうめき声が聞こえた。そのときすでに俺は貯蔵室の外に飛び出していた。勢いよくドアを閉め、鍵をかけた。

キッチンに駆け込むと、先にプードルがきていた。緊急事態が発生したとき、誰よりも犬が頼りになる。

俺は居間を駆けまわって、ショットガンと、クッションの下の地図と、スーツケースを回収して玄関に急いだ。プードルがあとを追いかけてくる。貯蔵庫のドアは頑丈だが、アルバートの屈強な肩にかかれば五分と持たないだろう。

アリスティドの車の後輪をショットガンで撃ち抜いた。銃声に驚いたプードルは、狂ったように吠えながら森のなかに姿を消した。メルセデスを発進させながら考えた。さっき電球に叩きつけたワインはクラレットだろうか、それともブルゴーニュだろうか。どっちにしても、アリスティドはえらく怒っているだろう。彼はいつも、ワインにことのほか愛情をそそいでいるのだ。

オットーとトニーが強盗を働いた場所はサン・ジャン・ド・モリエンヌと言い、国道六号線沿いにある人口七〇〇〇人ほどの小さな町だ。その国道はシャンベリーから東に向かい、サボワを通ってイタリア国境のモンスニ峠を越え、トリノへと続く。強盗を働くには絶好の場所だ。七〇キロも走れば国境を越えられる。犯行現場であるサン・ジャンの一四キロ東にサン・ミケルという町があって、彼らはその町で国道を左に折れ、湖に向かう山道を上って行ったらしい。マックスの山小屋があるサン・ボネットからは結構な距離がある。近道はない。湖に到着するのは昼過ぎになるだろう。あとで知ったことだが、被害に遭ったのはサン・ジャン・ド・モリエンヌの東端に建つ、光工学関連の小さな工場の給料だったという。これもあとで知ったことだが、オットーはこの手口——フランス東部で給料を強奪し、その足でイタリア国境に運ぶ——を得意としていた。

夜明けとともにこまかい雨が降りはじめた。俺はサン・ボネットを発って北へ向かった。雨で路面が滑り、思うようにスピードが出せない。九時過ぎに小さな町でコーヒーを飲み、ついでにフェイスマスクとシュノーケルと海水パンツと防水の懐中電灯を購入した。俺の知るかぎり、あの湖の水はジンのように澄んでいるはずだが、準備は万全にしておきたかった。湖の水がとんでもなく冷たいことだけは確かだ。

湖についたのは正午過ぎだった。松林に挟まれた脇道を三キロほど走った。相変わらず霧雨は降り続き、山道を上るにつれて雲の切れ端が林のなかに垂れ込めてくる。やがて道が終わり、林が途切れて、湖に面した広い台地に出た。オドウダがサセックスの奥地に所有している湖と大きさは同じくらいだ。こちら側の湖岸は平らに近く、灰色の大きな岩がところどころに転がっていて、その間からわらびや低木が窮屈そうに伸びている。一方、霧の切れ間に見える対岸は、切り立った小さな断崖をなしているらしい。湖面はしんと静まり返り、鋼鉄のような色をしている。

車を降りて湖岸を歩いた。まばらな草の下にオットーの車のタイヤの跡がかすかに見える。そして突端には、ごく最近、広範囲に渡って土が崩れたと思われる跡が残っていた。高さ五メートルのダイビング。その下には深い湖が広がっている。のぞいてみたが何も見えない。見るからに冷たそうでとても入る気にはなれない。肩から腕にかけてうっすらと鳥肌が立つのを感じた。車に戻り気合いを入れ直した。服を脱いで海水パンツを履き、マスクをつけ、ふたたび湖岸に立った。急速に霧が濃くなっていく。

湖底のどこかに車とオットーが眠っている。俺には確信があった。危険を冒してまでトニーが嘘をつくはずはない。みずから湖に飛び込んでオットーに挨拶する必要はないし、車の通風孔の後ろに隠してあるものを探し出して回収する必要もない。近くの電話に直行してオドウダに車のありかを知らせ、あとは報酬が届くのを待てばいいのだ。俺は車を探すために雇われたのだから。そこに何が隠されていようと関係ない。その何かを欲しがっているのは、オドウダと、アリスティドと、ナジブの雇い主だ。連中なら即座に湖の探索に乗り出すだろう。今日は泳いだり潜ったりするのに適した日ではないし、俺は与えられた仕事だけをすればいい。実に簡単なことだ。しかし、誰だって他人の商売は気になるものだ。ひょっとしたら、なにがしかの手数料をちょうだいできるかもしれない。ここにウィルキンスがいたら、それは道徳に背く行為だと言って、肺炎にかかる前に俺を車に連れ戻したことだろう。

水面から五〇センチほどの高さまで這い下りて、足から湖に飛び込んだ。水に入るなり、溺れそうになった。湖の水は予想以上に冷たく、まるで巨大な手が俺の体を締めつけて、命を絞り取ろうとしているみたいだった。慌てて水面に顔を出し、息をあえがせながら悪態をついた。ぐずぐずしちゃいられない。へたをすれば車を見つけ出す前に指が動かなくなってしまう。

俺は二、三メートル泳いでマスクとシュノーケルを調節し、大きく息を吸い込むと防水性の懐中電灯を手に潜った。

水中は思ったよりも明るく、車はすぐに見つかった。飛び込んだ位置から斜めに三メートルほど離れた場所にあった。片側のタイヤが湖底の斜面に乗り上げているせいで、車体は少し傾いていた。俺から一番遠い位置に運転席がある。助手席に近づき、体を固定するためにドアにつかまって懐中電灯をつけた。ドアは開いていた。車内をぐるりと照らすと、真っ先にオットーが目に入った。見るに耐えない姿だった。カーニバルの不気味な風船みたいに膨らみ、車の天井に押し上げられていた。俺がドアをつかんだ振動で、手足がマリオネットみたいにぶらぶら揺れた。慌てて懐中電灯をそらし、通風孔の場所を確認した。そして、いったん湖面に上がった。

しばし立ち泳ぎをして、吐き気がおさまるのを待ち、大きく息を吸ってもう一度潜った。今度は明かりをつけずに作業をした。天井に浮かんだオットーを見たくなかった。右手でドアにつかまり、懐中電灯を海水パンツに押し込んで左手を伸ばした。通風孔の格子状のふたをつかみ、ひねった。初めはびくともしなかったが、最後の息を吐きながら力を込めると、ようやく手ごたえがあった。

空気を吸うために上昇し、弱った魚のようにしばし湖面に浮かんでいた。低く濃く垂れ込めた雲。生きものみたいに水上をのたくる霧。遠く離れた湖岸の上方から、牛の首に下げた鈴の音がかすかに聞こえたような気がした。

俺はみたび湖底に向かった。今度はふたは簡単に外れた。それを捨てて通風孔に手を差し入れる。平らで厚みのある物体が指先に触れ、引っぱり出した。分厚い本くらいの大きさだ。手探りしてほかに何もないことを確認し、大急ぎで上昇した。オットーに別れを言う余裕はなかった。

水面に顔を出してマスクを外し、冷たく湿った空気を胸いっぱいに吸い込んだ。一息ついて右手に持っている物体を見た。丈夫そうな茶色の油紙で梱包され、セロテープでぐるぐる巻きにしてある。寒さで体がぶるぶる震え、手足がしびれかけている。俺は湖岸に向かって泳ぎ出した。

そのとき目に飛び込んできたのは、湖岸のへりに立って、霧の切れ間から俺を見下ろす、ミス・パンダ・ブバカルとナジブ・アラクィだった。俺は湖岸に向かうのをやめて、その場で立ち泳ぎを始めた。

パンダは革のショートコートの前を開き、緑のミニドレスの腰に手を当てていた。タイツを履いた長い脚は、下から見上げると余計に長く見える。背が高すぎるせいで、首から上は霧に包まれている。しかし、その霧が途切れた瞬間、獲物を狙う貪欲な笑顔と、輝く白い歯と目が見えた。ナジブは珍しく――そのことに驚いている余裕はなかったが――品のよい地味なグレーのスーツに、黒っぽいネクタイを締め、白いシャツを着ていた。湖岸のへりから少し後ろに立っているので、例のしょうが色の靴を確かめることはできない。しかし、右手に銃を握っていることははっきりわかった。

「どうしちゃったの、レキシー・デキシー・ボーイ」パンダが叫んだ。「そのまま泳いでこっちへいらっしゃい。盛大に歓迎してあげるから」

「それから、その包みを落とさないように」とナジブ。その警告を強調するために、俺から一メートル足らずの湖面に銃弾を二発打ち込み、俺をサーモンみたいに飛び上がらせた。「あなたに危害を加えるつもりはない。その包みを渡せばすべて水に流しましょう」

「そのあと、ブランデーをたっぷり飲ませて、ふわふわのタオルで優しく拭いてあげる。ウホ、ウホ!」パンダは地底から湧き上がるような野太い声で笑い、ラスベガスのショーガール顔負けのハイキックを二度決めた。

俺はかぶりを振った。「残念だけど、もう少し泳ぐことにした」

「まっすぐこっちへきなさい、坊や」とパンダ。「言うことを聞かないと大事なものまで凍っちゃうわよ。さあさあ、ママのところにいらっしゃい。すぐに温めてあげるから」

「きみがこいよ」俺は言った。「気持ちいいぞ。あとで後悔したって知らないよ」

くるりと背を向けて小包を口にくわえると、水中に身を躍らせ、全速力のクロールで霧のなかに逃げ込んだ。ナジブが撃たないことはわかっていた。大切な包みを水中に落としたくないはずだ。かといって、それが大きな慰めになるわけではなかった。彼らが駆けつける前に、べつの岸辺にたどりつくことは可能かもしれない。しかし、海水パンツ一枚で山中に身を隠すなんて考えたくもない。たとえ道路に出られたとしても、拾ってくれる車を見つけるのは至難の業だ。フランス人はそれほど心が広くない。

二〇メートルほど泳ぐと、顔を上げて包みを口から離し大きく息を吸った。霧のせいで先ほどまで二人がいた湖岸は見えない。それは好都合だった。だが、霧はすべてを隠してしまった。どっちに進むべきか見当もつかない。目隠しをして暗闇に放り出された人間はたいていどちらが北かわかるという。ひょっとすると俺も伝書鳩みたいに家に帰れるかもしれない。問題は帰る家などないということだ。

そのとき、霧の奥からパンダの雄叫びのような笑い声と、湖に飛び込む盛大な水音が響いてきた。俺はぞっとした。水の冷たさをものともせず、内蔵された探知機で標的を見つけ出し、どんな遠くからでも獲物を追い詰める、身長一八〇センチを超える人間魚雷が、俺を追いかけてきたのだ。ひとたび水中であの長い腕と魅力的な脚にからめ取られたら、逃げのびるチャンスは、カワカマスに狙われた小魚よりも少ないだろう。

包みを口にくわえ、湖岸にたどりつくことを願いつつ全速力で一〇〇メートルほど進んだ。しかし陸らしきものはどこにも見えない。泳ぐのをやめ肩で息をした。体の感覚がすっかりなくなっていた。オットーの仲間になるまでに、あとどのくらい時間が残されているだろう。右後方から、パンダが手足を回転させて水を叩く音が聞こえてきた。まだ少し距離がありそうだ。やがてその音がやんだ。あたりは物音一つしない。俺を取り囲んでいるのは、霧と冷たいさざ波だけだった。そのとき何かの音が聞こえた。前方で牛の鈴がかすかに鳴ったのだ。俺はふたたび泳ぎはじめた。三〇メートルほど進んで止まった。背後からパンダの泳ぐ音が聞こえる。がむしゃらに進むのではなく、獲物の位置を正確にとらえ、慎重に接近している。彼女が立てる水音の合間にまたしても鈴がちりんと鳴った。今度は右側からだ。嫌な予感がした。湖岸には牛が何頭もいて、あちこちに散らばって草をはんでいるのではないか。そうなれば方法は一つしかない。今度は二つの音の中間を目指して泳いだ。状況を考えればきわめて常識的な判断だ。しかしその判断は誤っていた。中間を選べば苦境に陥ることがある。それが中間の、すなわち平均の厄介なところだ。だからイギリスでは一世帯当たり一・五台の車を保有しているといったたぐいの、馬鹿げた答えが導き出されることもある。こともあろうに、俺はパンダに向かって泳いでいた。霧のなかでは、音の発信源と聞こえてくる場所は必ずしも一致しない、という音の特性を忘れていたのだ。

彼女は一二メートルほど先に姿を現した。俺に気がつくや、後ろ向きに水をかいてブレーキをかけ、大きな白い歯を輝かせてにんまりした。くわえたナイフが不気味に光る。彼女はナイフを手に取って言った。「ハーイ、ハニー。ここにはよくくるの？」

俺も小包を手に持ち、歯の根の合わない口で言った。「それ以上近づいたらこいつを放り投げるぞ」包みを掲げてみせた。

「もっと近づかないと温め合えないわよ」

「きみのレーダーで一番近くの牛の鈴を探知して、そこに案内してくれ」

彼女はかぶりを振った。「いっしょに並んで泳ぐのよ、坊や。愛に飢えた、いたいけな娘を騙すようなまねはしないで。その包みを落としたら、あなたの体を切り裂かなくちゃいけない。いい男を無駄死にさせたくないわ」彼女はウィンクをした。「肩が素敵ねってよく言われるんじゃない？　たくましくてセクシーで——その青ざめた肌の色も悪くない。赤い顔とよく合ってるわ。さあ行きましょう」

一メートル半ほど距離を置いて並び、パンダが少し前を泳いだ。俺はすっかり投げやりになっていた。とにかくこの氷の湖から一刻も早く脱出したかった。体は冷え切っていて、心まで凍りつき、手足は泥を漕いでいるみたいに重い。唯一まともに動いている目でパンダを追い、遅れずに泳ぐのがやっとだった。

彼女はにっこり笑って言った。「素敵ね。こんな広い湖に二人きりなんて。夏はすごく混むらしいわよ」

俺は答えなかった。口は包みでふさがっている。それでも目は片時も彼女から離さなかった。パンダはブラジャーとピンクのタイツという格好だった。タイツの尻の部分に空気が溜まって、小さな風船のように膨らんでいる。ときおり首をひねっては、にっこり笑ってみせる。様々な感情が湧き上がり、入り乱れる。俺の頭に浮かぶのは、湖岸に到着したあと、強姦されてナイフで刺し殺される場面だけだ。神に祈りたい気分だがやめておいた。交尾のあと雌に食い殺される雄のカマキリは、いくら祈ろうと助からない。

パンダのレーダーは正確だった。俺たちは牛のいる湖岸にたどりついた。茶と白のぶちがある、巨大な生きものが松の間に立っていた。鼻から白い息を盛大に吐き出し、涙で潤んだ大きな瞳でぼんやりと俺たちを見ている。

パンダは湖から上がって言った。「ハーイ、牛さん。素敵なところに住んでいるわね」褐色の腕や肩から水が流れ落ち、タイツを波打たせながら地面に溢れ出た。俺が水と泥が混ざった一五センチほどの浅瀬までくると、彼女はナイフを突き出した。「さあ、おとなしくこっちにいらっしゃい。ママにその包みを投げて。仕事が終わったらお楽しみの時間、そうよね?」彼女は頭を後ろにひねって叫んだ。「ナジブ! ナジブ!」

霧の奥から返事が聞こえた。

パンダは俺を待っていた。彼女は馬鹿ではない。俺には彼女の心が読めないが、彼女は知っているにちがいない。俺が凍てついた心の奥底でまだ諦めていないことを。俺はこの包みを渡したくなかった。

「無駄な抵抗はやめて、ハニー。あたしはあなたが大好きなのよ。あなたさえその気になれば、二人で大きなベッドのある部屋を借りて、スプリングが壊れるくらいたっぷり楽しめるわ。

でも、その前にナジブに小包を返さなくちゃ。わかった？」

「わかったよ」

俺は湖から出ようとしたが、岸辺まで五〇センチのところで制止された。

「そこで止まって、小包を投げてちょうだい」

左側からナジブの呼ぶ声が聞こえてきた。パンダが叫び返す。俺は手のなかの包みを見やり、ミグスのスポーツジムに足繁く通っていたときのことを思い出した。パンダはもっと鍛えているにちがいない。背だって数センチ高いし、動きも機敏だし、おそらく筋肉の量もまさっていて、おまけにナイフを持っている。

「さあ、ハニー。それを放ってちょうだい。そうすれば、過去のことは水に流してあげるし、みんなが幸せになれるのよ。ナジブはあなたのことが好きだし、何より、あたしはあなたが好き。ばら色の未来が待っているわ」

時間を稼ぐために言った。「大いに助かったよ。マックスを凍らせておいてくれて」

「ああ、あれ？　ハニー、あんなのただの冗談よ。ほら、鳥肌が立ってるじゃない。早くそれを渡すのよ」

俺は言われたとおりに包みを投げた。少しだけ距離が短く、脇にそれるように狙いを定めて。包みは彼女の左手前に落下した。彼女はすらりと長い脚を曲げ、前かがみになって、空いているほうの手を伸ばした。濡れたブラジャーのなかで豊かな乳房が揺れる。その間、片時も俺から目を離さなかった。包みの位置を確認し、拾い上げる一瞬を除いて。俺はその瞬間を待っていた。すでに手は海水パンツに押し込んだ懐中電灯に触れていた。それを引っぱり出すなり、彼女の視線が戻るのと同時に飛びかかった。彼女の反応は早く、俺は左腕に七センチほどの切り傷を負った。しかし、彼女が慌ててくれたおかげでかすり傷程度ですんだ。俺は彼女の右側頭部を力いっぱい殴った。騎士道精神なんてくそくらえだ。彼女は仰向けに倒れ、そのまま動かなくなった。

俺は包みをつかんで駆け出した。ナジブの声が聞こえたのと逆方角に湖岸を走った。裸足で長く走り続けることはできない。それでも足を引きずりながら精いっぱい早く歩いた。そして、運は俺を見放さなかった。やがて乾いた松葉に覆われた小道に行きつき、その先にあの平らな湖岸が広がっていた。

俺のメルセデスの横にナジブのサンダーバードが停まっていた。さしたままのキーを引き抜いて湖に捨てた。それから海水パンツ一丁で、暖房を最大に上げて車を発進させた。コニャックを垂らした熱いコーヒーがたまらなく飲みたかった。

林を抜け、前方に幹線道路が見えてきたとき、おんぼろの黄色いシトロエンが木陰から飛び出してきた。俺は慌ててブレーキを踏み、その車の一〇メートルほど手前で停止した。運転席には女が座っていた。彼女が車を移動させるのを待ちながら、俺はシャツとズボンに手を伸ばした。それをつかんだとき、眼鏡をかけたトニー・コラードの屈託のない笑顔が窓越しに見えた。勝手にドアを開けて助手席に乗り込むや、驚くべき速さでシートに置いてあった包みをウィンドブレーカーの胸元に押し込んだ。それから後部座席のショットガンを手に取って弾が込められていないことを確認すると、ベルトにさしていた銃を引き抜き、愛想よく言った。「ミミについて行くんだ」

トニーは手を伸ばしてクラクションを鳴らした。シトロエンが動き出した。俺は銃を脇腹に突きつけられて、車を発進させた。

俺はようやく口を開いた。「遠くへ行くなら先に服を着させてくれ」

「暖房を上げておくから大丈夫さ」トニーは愉快そうに俺を見て言った。「ミミと賭けをしたんだ。あんたがやり遂げられるかどうか。ミミはあんたに五フラン賭けた。凄腕のギャンブラーだよ、彼女は。それでこいつが今回の騒ぎの原因なのかい?」

包みを取り出して言った。

俺はうなずいた。

「あんたの雇い主が本当に取り戻したがっているのは、車じゃなくて、こいつなんだな?」

「嘘は言わないよ」

「そりゃあそうさ、あんたはいい男《ブォン・ラガッツォ》なんだから。だけど心配はいらないよ。ぼくはあんたを好きだし、悪いようにはしない。あんたは、ある意味ぼくの友達だから」

「どういう友達だ?」

「ぼくはあんたを尊敬してる。親父がいつも言ってたんだ。誰かと協力して何かをするときは、そいつの性格に合わせろ、逆らっちゃいけないって。オットーはどうしてた?」

「文句は言ってなかったよ」

「そいつはよかった。言っておくけど、オットーは好きなようにやっていたんだ。自分のことを『策略家』みたいに思っていて。確かにそういう面もあったけど。フランスで仕事をしてはイタリアに戻り、イタリアで仕事をしてはフランスに戻る、そういうことを繰り返していた。これからそこへ行くんだ。国境のこちら側にある隠れ家に。古い木工場で、もちろんいまは使われていない。マルメロの果樹園があって……子供を遊ばせるにはもってこいの場所だ。小川もあるし。オットーが死んだらぼくが策を練るしかない。実を言うとそのことでミミと喧嘩したんだ。結局、彼女が折れたけどね。ところで、さっきの二人組のどっちかを殺したのかい？」

車は幹線道路を東に向かっていた。

「女のほうには少々手荒なことをした」

「連中の車は？」

「手は打った」

「よかった。それなら一安心だ」トニーは椅子にもたれて煙草に火をつけ、鼻歌をうたいはじめた。しばらくしてふたたび口を開いた。「仕事であれこれ指図されるのはいっこうにかまわない。そんなの慣れっこだから。誰かがミミを多少乱暴に扱っても、ぼくは怒らない。だけど——」トニーは俺に笑顔を向けてくつくつと笑った。「赤ん坊に手を出すようなやつは絶対に許さない。あのやたらと逃げ足の速い乱暴者は、赤ん坊の哺乳瓶を窓から放り投げたんだ。ああいう男といっしょにいると、母親まで赤ん坊を虐待するようになる。どうしてこんな話をするのか、あんたならわかるだろう」

「もちろん」

彼を急かしたり、順を追って説明させようとしても無駄なことはわかっていた。いずれにしろ俺はくたくたに疲れていたし、喉を焼くような熱い飲みものが欲しくてたまらなかった。そのうち彼と取り引きすることになるだろう。しかし、いまはそのときではないし、そんな気分でもない。彼のすぐれた脳がとっておきの計画を練り上げたんだとしても、服を着て頭が正常に働くまで待ってもらわねばならない。

先を走っていたミミの車が脇道に入った。

トニーが言った。「あんたの仕事は儲かるのかい？」

「食うには困らない」

「たとえば誰かから仕事を頼まれたら、無条件にそれを引き受けるのか？」

「まあね」

「おもしろそうだな」

「何かしら事件はあるよ。こんな具合にね」

その一言にトニーは喜んだ。そして例のごとく過剰に笑い転げた。

やっとのことで笑いを鎮めて口を開いた。「オットーじゃなくてあんたみたいな人と組みたかったな。やつは女好きでとんでもない悪党だった。これも親父の口癖なんだけど、人生何はなくても女には敬意を払わなきゃいけないって。口ばかりで行動は伴っちゃいなかったけどね。

そういう意味では、親父はオットーよりもたちが悪い。この先でミミが左折する。スピードを落とすんだ。狭い路地を通るときみたいに」

ミミの後ろについて曲がりくねった急な山道を三、四キロ上った。やがて視界が開け、三方を森に囲まれた広い台地が現れた。トニーの言葉どおり果樹園と——どの木も苔に覆われているが——小さな放牧場と、屋根の高い木工場があり、その脇を小川が流れている。母屋は工場と棟続きの平屋建てで、家の前は舗装されている。

ミミに続いてその舗装されたスペースにメルセデスを停めた。彼女は先に車を降りて、携帯用のベビーベッドを持って家に入って行った。

トニーが言った。「あんたさえ妙な気を起こさなければ、ぼくらは仲良くなれる。あんたが痛い目に遭うことも、雇い主に責められることもない」彼はにっこり笑ってウィンクした。「現実を直視したほうがいいよ。失敗は誰にでもある」

トニーは車を降り、銃を手に持ったまま俺を家のなかに導いた。居間は広く、床は石畳で、一方の壁にキッチンが備えつけられている。椅子に座っていたミミは、俺に向かって小さくうなずいてから、ブラウスの前を開いて赤ん坊に乳を与えはじめた。

「この家にはなんにもないのよ、トニー」彼女は言った。「大急ぎできたから。ストーブに火を入れて部屋を暖めてちょうだい。でも、その前に彼をなんとかしなくちゃね。車にベビーフードを置いてきちゃったの」

トニーは彼女に歩み寄り頭のてっぺんにキスをした。その間も、俺から片時も目を離さない。

それから奥のドアに近づき、かんぬきを外して扉を開け、俺を手招きした。

「昔は冬の間、ここで山羊や牛を飼っていたんじゃないかな。一種のセントラルヒーティングってわけだ」トニーは含み笑いをした。

彼は手を振って、俺をそのなかに追い立てた。

内部は石造りで、突き当たりの壁のてっぺんに一五センチ四方の窓が一つある。壊れた手押し車に、片隅に積み上げられた古い干草の山。マットのない鉄製のベッドが壁際にあり、反対側には蜘蛛の巣の張ったウサギ小屋がいくつも並んでいる。トニーはいったん扉を閉め、数分後に俺の衣服と酒のボトルを持って戻ってきた。彼の後ろから赤ん坊を抱いたミミが現れた。赤ん坊の濡れた唇が乳首を探している。

トニーが言った。「ゆっくり休んでよ。欲しいものがあるときはベルを鳴らすといい」笑いながら服を床に放り投げ、酒のボトルを手押し車の上に置いた。彼女は片手でトニーの銃を握り、俺に狙いを定めている。

俺は尋ねた。「その子は男かい女かい?」

「男の子さ」とトニーは誇らしそうに言った。「生後二カ月だ。立派なおちんちんがついているんだぞ。ガブリエルっていうんだ。いい名前だろう?」

「最高だな」ズボンに片手を伸ばし、もう一方の手でボトルをつかんだ。

二人が扉の向こうに消えると、服を着て酒を飲んだ。それから部屋の隅の干草を運んで、鉄製の枠がむき出しになったベッドの上に広げ、そこにどさりと倒れ込んだ。ほこりがもうもうと舞い上がり、室内に牛糞の臭いが充満したがまったく気にならなかった。

ベッドの脇にボトルを置き、天井をじっと見上げる。これまでの人生でいくどとなく天井を見上げてきたが、そのときの気分はいつも同じだ。精も根も尽き果ててまともに頭が働かない。俺にはよくわかっていた。そういう気分のときは何もできないし、じっとやり過ごすしかないのだ。

隣の部屋から、ミミとトニーと赤ん坊が立てる音が聞こえる。鍋がぶつかる音、赤ん坊のむずかる声、トニーの大げさな笑い声、そしてときおり響くミミの楽しそうな笑い声。赤ん坊が泣きやむと、しばらく低い囁き声が続いた。と思いきや、突然ミミの嬌声が静寂を破り、トニーの雄叫びのような笑い声が響き渡った。

俺はもう一口酒を飲み、眠ろうとした。眠りに落ちる直前に、車のエンジンをかける音が聞こえたような気がした。

目を覚ましたのは翌日の午後だった。部屋のなかにトニーがいて、コーヒーと、ベーコンの焦げるいい香りがした。手押し車の上に板を渡し、その上にトレーが載っている。トニーは古い木箱を蹴って手押し車の前に置き、俺のために椅子を用意してくれた。それから片手をウィンドブレーカーに突っ込んだまま、戸口に立った。愛想よくふるまっているが隙を見せるつもりはないらしい。

「話すときは小声で。赤ん坊を起こしたくないんだ」

「俺には話すことなんてないよ。あるのはおまえのほうだろう」

コーヒーとベーコンをむさぼるように食べた。

トニーはこれまでの経緯を説明しはじめた。笑ってばかりでしょっちゅう話が中断し、理解するのに苦労した。

一昨日の深夜、トニーがマックスの山小屋に現れたとき、実はミミと赤ん坊もきていて、麓に停めた車のなかで待っていた。彼いわく、二人は一心同体だから連れてきたらしい。それに面倒なことが起こった場合、女子供といっしょのほうが国境を越えやすいという。ところが、トニーが車に戻ったときパンダとナジブが現れた。トニーの車の助手席にナジブが乗り込み、ミミと赤ん坊はパンダの車に乗せられて出発した。そしてサン・ボネットの町外れで車を停め、尋問が始まった。トニーがあの山小屋で何をし、誰に会ったのかをナジブは知りたがった。

「なんとかごまかそうとしたんだ、嘘じゃないよ。前にも言ったとおり、ぼくはあんたを尊敬してる。だけどあの男しつこくてさ。根掘り葉掘り聞き出そうとするんだ。実際、話を聞く前から彼はいろんなことを知っていたし、ぼくらには赤ん坊がいた。ミミなんかすっかり取り乱しちゃって。ミルクが全然残っていないってわかったときは本当に焦ったよ。それにしてもあのパンダってのは恐ろしい女だ。これからぼくらの身に何が起こるか、懇切丁寧に聞かせてくれるんだよ。だから選択肢がなかった。おまけに礼金をくれるって言うし。それは悪い話じゃないから——」

「それで結局、メルセデスがあの湖に沈んでることを白状したんだな?」

「させられたんだ。そのあと、ぼくらは二人を湖に連れて行くことになった。おれの車にナジブが乗って、ミミはあの女の車で後ろからついてきた。でも、ぼくはずっとあんたのことを考えていた。あんたにチャンスを与えたかった。たとえば、あんたが先に湖につくようにするとか。それで、わざと道を間違ったり、遠まわりをしたりして、連中を引きずりまわした。一度なんか」トニーがぷっと吹き出した。「同じ場所をぐるぐるまわっているのに、彼はちっとも気づかないんだ。どうだい、あんたのために努力してるだろう?」

「感動したよ、トニー」

「なにしろ、ぼくはあんたが好きなんだ。あんたは汚い手を使わない。だけど、そんなことはいつまでも続けられないし。赤ん坊のミルクのことで、そのうちミミが騒ぎ出すこともわかっていた。それで、湖に通じる山道の入り口まで連中を案内した。あの男はぼくに金をくれて、さっさとどこかへ行けって言ったよ」トニーは相変わらずにやにやしている。「ぼくは当然そうすると見せかけて実際はしなかった。言っておくけど、ミミがベビーベッドに入れておいた銃がもし手元にあったら、連中の頭を吹き飛ばしていたよ。とにかく、ぼくはずっと考えていたんだ。ミミとぼくには移住するための金が必要だ。オットーといっしょに盗んだ金は結構な額だし、修理工場を売ればもう少し増える。だけどもっとあっても悪くはない。そこでぼくは考えた。連中が血眼になって探している車にはいったい何があるのか。目的はその車自体じゃないはずだ。だからあそこでしばらく待つことにした。最初にあの山道を下りてきたやつがそいつを持っているはずだ。それがなんであろうと金になるにちがいない。ぼくはそれを手に入れるつもりだった。あとは知ってのとおりさ。現れたのはあんたのほうだった。それがわかったときすごく嬉しかったよ。相手があの二人組だったら、ミミを喜ばせるために手荒なことをしきゃならない」

俺はコーヒーを飲みおえて言った。「その話はもういい。俺は深く傷ついたよ。次はおまえさんの練りに練った計画を聞かせてくれ」

「傷つくことなんかないさ。雇い主もわかってくれるよ。あんたは彼のために精いっぱいやったけどうまくいかなかった。文句を言われる筋合いはないさ」トニーはウィンドブレーカーから拳銃を引っぱり出した。「だって、あんたに何ができるっていうんだ？　彼がきたら事情を説明するよ」

「彼がきたらだって？」

「小包を取りにくるのさ。いまミミが迎えに行ったところだ。明日には戻ってくる。なんだってそんなに驚いた顔をしているんだい？」

「馬鹿なまねはよせ。熊の檻に平気で飛び込んで行くような男と、仲よく鬼ごっこでもするつもりか？　俺のボスはおまえを八つ裂きにするぞ。トニー、よく聞け、彼はおまえが金をゆすり取れる相手じゃない。親父さんも言ってたはずだ。いくらおまえが賢くても、格の違う相手に喧嘩を売っちゃいけないって」

トニーはにんまりした。「ぼくをびびらせようって魂胆だね。うまくやるから見ててよ。彼は一人でくることになっているんだ。そのことはミミも知ってる」

「いいか」俺は言った。「彼は身長二メートル五〇センチ、胴まわりが一メートル二〇センチもある、ごうつくばりのアイルランド人だ。おまえなんか食べられてしまうぞ」

「本当に？　それなら真っ先にこいつを食っちまうだろうな」トニーは銃を軽く揺すった。そしてゆっくりと頭を横に振った。「心配いらないよ。あんたは全力を尽くした。誰だってあれ以上はできないさ。きっと彼は報酬を払ってくれるよ。拒否されたら訴えればいい。でもって、ミミとぼくは小包と引きかえに金をいただく。あんたは中身を知っているのかい？」

「いや」

「知らないほうがいい」彼は笑いはじめた。「あんただってまだ若いんだし。中身を見たときのミミの顔ときたら！　彼女は立派な母親であり妻でもあり、あれで昔は結構遊んでいたんだけど、それでもショックを受けていた。オドウダに見せるための、フィルムの切れ端を持ち歩くのさえ嫌だって言うんだ。でも、ぼくが説得した。オドウダはぼくらのことをプロの商売人だと思うだろうな。いずれにしろ小包はもとどおりに包み直したし、あんたが余計な詮索をすることはない。彼にしてみりゃ安い買いものだよ。使用ずみの紙幣で五〇〇〇ポンド。あとで警察に通報される恐れもない。警察に言うくらいなら、はなからあんたを雇ったりしないもんね」

俺はトニーに一瞥をくれ、ベッドに戻った。酒のボトルを取り、ぐいっと一口飲んで大きなため息をついた。「彼がきたら起こしてくれ。一瞬たりとも見逃したくないからな」

「わかったよ。その場に居合わせれば、あんたに落ち度はないって彼にもわかるだろう。親父がよく言ってたっけ。自分が誰かの優位に立ったとき、とりわけそいつに好意を持っている場合は、必要以上の責めを負わせないよう配慮しなくちゃいけないって。あんたは出し抜かれただけだ。彼にそのことを理解させよう。そうすれば、あんたに腹を立てることもない」

俺は自分ではなく彼の行く末を思って胸がふさいだ。トニーとミミは世間知らずのうぶなカップルだ。どんなに賢く立ちまわろうと、オドウダにはままごと遊びにしか見えないだろう。

「オットーから聞いているか？　オドウダの屋敷で働くのを辞めた理由を」

「聞いたよ。ある程度の元手が貯まったから、本職に戻ることにしたって」

「その元手とやらをどうやって稼いだんだ？」

トニーは笑ってウィンクをした。「訊かなかったよ。親父がよく言ってたんだ、答えられない質問をしちゃいけないって」

トニーは笑いながら部屋を出て行った。

ベッドに横たわり、小窓を見上げた。切り取られた空の断片で星が瞬き、捕まえた野鼠を守ろうとする梟の甲高い鳴き声がときおり聞こえる。エヴィアンからこの家まではさほど遠くない。明日の朝には、ミミは戻ってくるはずだ。おそらくオドウダ一人を連れて。ミミがそう言い張るだろうし、オドウダも承知するだろう。最初のうちは彼女を怒鳴りつけたり、警察に通報するぞとか言って脅したりしたとしても、結局は一人で金を持ってやってくる。警察に知られることなく包みを取り戻すために。警察やインターポールがあの包みを狙っていることも、たぶんオドウダは知っている。ナジブもインターポールもオドウダもあの包みを欲しがっている。じゃあ俺は？　そうだ、正直にならなくちゃいけない。俺もあれが欲しい。しかし断っておくが、それはただ中身を知りたいという、純然たる好奇心から生じたものだ。中身がわかれば行き先も決まる。職業倫理に照らせば、俺が手に入れた場合、当然オドウダに渡すべきだろう。彼は雇い主だ。だが、彼の依頼は車を探し出すことであって、包みを取り戻すことではない。それに倫理を引き合いに出すなら、俺がこの依頼を引き受ける前にオドウダは説明すべきだったのだ。俺の安全に関わるたくさんの重大な事実を。仕事を引き受けるか否かを決めるとき、重要な判断材料になるのだから。当面のところ倫理云々は置いておいて、状況に応じて行動するつもりでいた。いまのところそれしか選択肢はない。もう一度主導権を握るチャンスがめぐってくるまでは。

いつの間にか眠っていた。夢も見ずに、深く死んだように眠った。そして目覚めたときには朝だった。というか、トニーが俺の背中に腰を下ろし、腕を後ろに引っぱって手首を縛っていた。寝覚めがよくてすぐに頭が回転する人間なら、なんらかの行動に出られたかもしれない。しかし、俺は目が覚める前に縛り上げられていた。トニーは立ち上がって俺を仰向けにした。思わずあくびが出た。屋外では鳥がさえずり、窓から朝の光が射し込んでいる。

トニーは笑顔で言った。「いい天気だよ。こっちにきて、コーヒーを淹れるから」

彼は俺をキッチンの椅子に座らせてコーヒーを淹れ、慣れた手つきでカップを俺の口元に運んでくれた。看護士にでもなればいいのに。

「彼がきたときあんたも同席したほうがいい。こうやって縛られている姿を見れば、あんたには手の打ちようがないってことがわかるだろ」

「会うのが楽しみなのか？」

「そりゃそうさ。彼は一人でやってくるし、ぼくは彼が欲しいものを持っている」トニーはテーブルの上の包みを銃で突いた。「五〇〇〇って金額を彼はどう思っているかな?」

「聞いて驚くなよ。彼はな、おまえのような連中を飾る展示室を持っているんだ。たぶん、五〇〇〇ポンド以下の金が原因で、あそこに入れられたやつもいるだろう」

「展示室?」

「忘れてくれ。脅迫されて金を出すのは気に食わないだろうな」

「誰だってそうさ。でもほかに方法はない。動かずにおとなしく座っていてくれよ。ぼくはやらなきゃいけないことがあるんだ」

トニーはさっそく仕事に取りかかった。ベビーフードを温めてガブリエルに食べさせ、おむつを取りかえた。

俺は口を挟んだ。「風呂を忘れているぞ」

「湿疹ができているから入れるなって、ミミが。ちっちゃいお尻が湿疹だらけなんだ。パウダーをはたいてやってる。こうして新しいおむつを履かせる前に」

トニーはガブリエルを携帯用のベッドに寝かせた。俺はその様子をじっと見ていた。視線に気づいたトニーが言った。「ミミみたいにうまくいかなくて。彼女が寝かせると素直に横になるのに、ぼくだと五分間も泣きやまないことがあるんだ。だから気にしないで」

俺は気にしなかった。ガブリエルが泣いている間、ぼんやりと包みを見ていた。俺がメルセデスから回収した小包。あんなに骨の折れる仕事は初めてだったのに、その見返りは何もない。

こんな仕事は蹴って休暇を取ればよかった。無性にジュリアに会いたかった。しかし、いまとなってはその思いさえ色褪せて見える。あくびが出た。いま必要なのは、俺を奮い立たせ、ふたたび走り出させてくれる強烈な刺激だ。それさえあれば元気いっぱい跳ねまわり、大金に目を輝かせるようになるはずだ。

オドウダが到着したのは三時間後のことだった。最初にミミの車の音が聞こえ、トニーが玄関のドアを開けた。俺の座っている場所から家の前の舗装された一画が見える。ミミは俺のメルセデスの隣に車を停め、朝日に赤毛を輝かせてスキップするような軽快な足取りで玄関に近づいてくる。どうやら計画どおりに進んでいるようだ。彼女が戸口に達し、トニーが銃を片手に出迎えたとき、オドウダのロールスロイスが現れた。

「彼は一人かい?」トニーが訊いた。

「そうよ。言われたとおりに確認したわ」

「いい子だ」トニーは彼女の背中をなで、尻をつねった。

彼女は家に入り、俺に親しげにうなずいてみせると、赤ん坊のベッドに駆け寄って世話を焼きはじめた。

「彼はどんな様子だった?」

「とっても礼儀正しくて紳士的だったわ。すごく話のわかる人ね」

つまり面倒はあとまわしにしたってことだ。

オドウダが戸口に現れた。片手に小型のスーツケースを持っている。大きな頭に山高帽を載せ、分厚いツイードのスーツのせいで余計にでかく見える。とっておきの笑顔をトニーに向け、それから俺に目を止めた。「とんだへまをしでかしたな。おまえの身上書に書いてあったはずだぞ。人を出し抜くことにかけては右に出るやつはいないって。まったく、おまえのせいで五〇〇〇の出費だ。こいつの報酬から差っ引くべきだと思うかね?」

最後の質問はトニーに対するものだった。

トニーは事務的な口調で言った。「それはあなたと彼の間の問題ですから。でも、彼は全力を尽くしたと思いますよ。さあ、後ろを向いてオドウダさん。両手を上げてください」

オドウダは言われたとおりにし、トニーが背後から体を探った。満足すると部屋に入り、オドウダがあとに続いた。

オドウダは室内を見まわして言った。「こじんまりとした感じのいい住まいだな。安普請ながら、きちんと住めるようになっている」

トニーはテーブルをまわって小包を手に取り、ミミに渡した。視線はつねにオドウダに向けられている。最低限の用心はしているものの、その程度じゃオドウダの相手は務まらない。オドウダが五〇〇〇ポンドを笑顔で差し出すとは到底思えない。

トニーが言った。「彼は精いっぱいやりましたよ、オドウダさん。それは覚えておいてください」

「ずいぶん強調するんだな。確かに全力を尽くしたんだろう。しかし、結果はお粗末なものだ。私に五〇〇〇ポンドもの金を支払わせることになったんだから」

スーツケースをテーブルの上に置き、肉づきのいい手で押しやった。「さあ確かめてくれ」と彼は言った。「それがすんだら、きみの奥さんに包みを渡してもらって、私は失礼する」

「いや、あなたが開けてください。ふたを開けたとたん爆発したらことですからね」トニーはくすくす笑った。「死んだ親父は仕かけ爆弾のプロだったんですよ、オドウダさん」

「きみは実に用心深い男だな。正直言って、できることなら爆弾を仕かけたかったよ。でも思い直したんだ。私は何がなんでもその包みが欲しい。だからたかが数千ポンドを出し渋るのはやめにした」

彼の言うことはいちいち理にかなっているし、やけに自信に満ち溢れている。その穏やかな表情の裏には、こんな子供騙しの恐喝など屁とも思わない、ふてぶてしいオドウダの顔が隠されている。

オドウダはスーツケースを開け、ふたが閉まらないように固定して、トニーに札束を確認させた。札束の下に銃を隠しているのではないかと思っていたが、その予測は外れた。オドウダはスーツケースを持ち上げてひっくり返し、テーブルの上に札束をばら撒いた。トニーはオドウダの向かい側から手を伸ばし、札束の一つをつかみ取った。それをミミに手渡すと、彼女は小包をベビーベッドのなかに押し込み、枚数を数えはじめた。そのあと、ミミはテーブルに近づき、安全な距離から札束を数えた。

「ちゃんと揃っているわ、トニー」

「彼に包みを渡せ。近づいちゃだめだぞ」

ミミは包みを取り出し、テーブルの端にいるオドウダに向かって滑らせた。オドウダはそれをさっとつかんで大きなポケットにしまうや、次の行動に移った。最初からその瞬間を待っていたのだ。オドウダは右手をポケットから引き出すなり、テーブルをひっくり返し、トニーに向かって力いっぱい押しやった。

トニーはテーブルをよけながら発砲したが、オドウダはすでに移動していた。大男の多くがそうであるようにオドウダは敏捷だった。銃弾は大きくそれて天井に当たり、漆喰のかけらがはがれ落ちた。トニーが床を転がってもう一発撃つ前に、オドウダは太い腕をミミに巻きつけ、盾になるように自分の前に引き寄せた。万事休すだ。

オドウダの呼吸はほとんど乱れていなかった。「さあ、身のほど知らずの若造め、銃をこっちへ寄越すんだ。さもないと女房の首をへし折るぞ」空いているほうの手を上げて、ミミの襟首をつかみ悲鳴を上げるまでひねった。

トニーは床に寝そべったまますっかり途方に暮れていた。一瞬にして形勢が逆転し、頭が真っ白になっているのだ。

「そいつに言ってやれ、カーヴァー。私は本気だって」オドウダが言った。

俺は言った。「彼は本当にやるぞ、トニー。たとえ警察沙汰になったとしても正当防衛です む。この際、五〇〇〇ポンドは諦めろ。言うとおりにするんだ。馬鹿なまねはするな」

トニーは俺からミミに視線を移した。ガブリエルがぐずり出した。トニーはオドウダに向かって銃を滑らせた。オドウダは干草の束のようにミミを突き飛ばし、床の銃を拾い上げた。そして立ち上がると、不敵な笑みを浮かべた。

「遊びはここまでだ」オドウダはミミを部屋の奥まで歩かせ、開け放ったままの牛舎に押し込んでかんぬきをかけた。トニーは立ち上がろうとしたが、オドウダは銃を振ってそれを制し、ゆっくりと歩み寄った。

「長時間運転したせいで体が凝っていたんだが、だいぶほぐれてきた。さあて、仕事のあとのお楽しみといこうか。ほら立ち上がってみろ」

銃をポケットにしまい、少し離れた場所からトニーを見ている。何を血迷ったのか、オドウダは自分にチャンスを与えてくれた、トニーはそう思ったにちがいない。だが、オドウダが何を企んでいるか、俺にはわかっていた。トニーはオドウダに向かって行こうとした。しかし、立ち上がる前に胸を足で蹴られ、床にひっくり返った。衝撃で眼鏡が吹っ飛ぶ。オドウダは攻撃の手を休めない。起き上がろうとする彼の胸倉をつかんで引きずり立たせ、大きな拳で顔を殴って体を壁に叩きつけた。

見ていて楽しい光景ではなかった。眼鏡のないトニーはほとんど何も見えない。そんな彼をオドウダはサンドバッグのように扱った。部屋の隅まで追い詰めて立っていられなくなるまで殴り、無理やり立たせてさらに殴った。ミミは隣の部屋でバンシー（アイルランドの妖精。死期の近い人の横で泣くと言われている）のようにすすり泣き、赤ん坊は火がついたように泣きわめいている。殺意に似た怒りが俺の体を突き抜けた。トニーは結局何も手に入れていないし、ここまで痛めつける必要はない。

俺は叫んだ。「もうよせ、オドウダ。死んでしまうぞ」

オドウダはトニーをつかんだまま、俺を見た。

「心配いらないよ、カーヴァーくん。限度はちゃんと心得ている」

オドウダは振り返りざまにもう一発殴り、手を放した。トニーはその場に崩れ落ち、弱々しいうめき声をもらした。

オドウダは手のほこりを払い、拳を眺めまわした。それから、泣きつづけている赤ん坊に近づき、頬を優しく突っついた。「いい子にするんだ。もうすぐパパがきてくれるぞ。誰だか見分けがつかないかもしれないけどな」

オドウダは俺に歩み寄り、ズボンのポケットから小型のナイフを取り出した。

「立ち上がって後ろを向け」

俺は立ち上がらず喜びにひたっていた。俺はオドウダを欲していた。世界中の何よりも欲していた。下腹部が固くなるほどに。俺の体中の器官がふたたび活発に動き出した。この男は武器も持たずにここへ乗り込んできた。ちょっと頭を使えば、うまく切り抜けられると高をくくっていたのだ。そしていつものように思惑どおりことは運んだ。俺は思い知らせてやりたかった。なんでも思いどおりになると思ったら大間違いだということを。

「逆らうつもりか?」オドウダは俺の顔を平手で張り飛ばし、その勢いで椅子が倒れそうになった。「それに、あの若造がおまえを出し抜いたって話、私が信じると思っているのか? もう少しましな相棒を選ぶべきだったな。まったく、実に素晴らしいアイディアだよ。古臭いジョークみたいだ。おまえたちはグルなんだろう。やつが私をゆすり、その金を二人で山分けするって寸法か。それなのにおまえは全力を尽くしたふりをして、報酬を満額受け取ろうって腹だ。こんな小細工で私を騙せると思っているのか？　さっさと立つんだ。さもなきゃその頭をぶっ飛ばすぞ」

オドウダはもう一発殴った。俺はまだ頭を失いたくないから立ち上がった。この危機を脱するために、頭をフル回転させた。彼の目的はわかっている。俺を自由にして遊ぶつもりなのだ。トニー相手に楽しんだように。さっきよりも少し時間がかかるかもしれないが、彼は俺を打ちのめすだろう。オドウダはそのためにウォーミングアップをすませ、いつでも闘えるように準備していたのだ。

「朝の運動はそれくらいで充分じゃないのか、オドウダ」

「まさか。ほとんど汗もかかないうちに、そいつはくたばっちまった。おまえさんにはもうちょっと頑張ってもらわんとな。どうだ、自信はあるか？」

「賭けるかい？」

「望むところだ」

「五〇〇〇ポンドでどうだ？」

オドウダは高らかに笑った。「あとで吠え面かくなよ。この身のほど知らずが。さあ後ろを向け」

ゆっくり体の向きを変えると、オドウダが俺の手首をつかんだ。俺にはわかっていた。彼がロープを切ったあとの四秒に、俺の命運がかかっている。四秒。決して長くはない。しかし、いまのオドウダのように、自信過剰に陥っているやつを相手にするには充分な時間だ。四秒でノックアウトしなければ勝ち目はない。負ければ仕事の報酬をふいにするどころか、さらに五〇〇〇ポンドの借りができる恐れもある。だが、後悔はあとでゆっくりすればいい。

オドウダは俺の背後に立って、苛立たしげにロープと格闘している。切れた瞬間がわかるようにと両手をぴんと張った。オドウダは早く対決したくてうずうずしている。それは好ましいことだ。俺を思う存分痛めつけて、易々と五〇〇〇ポンドを手に入れる、いまのオドウダはそのことで頭がいっぱいなのだ。おのずと警戒心は薄れているはずだ。四秒間でオドウダを驚かせ一発でノックアウトするしか、俺が生き残る道はない。

ロープが切れた瞬間、俺は両腕を素早く動かし、オドウダが企てに気づく前に、目の前の椅子の背をつかんだ。そのまま体を回転させ、渾身の力を込めてオドウダに叩きつけた。椅子は側頭部に命中し、彼は横ざまに吹っ飛んだ。今回ばかりは、さしものオドウダも幸運の女神に見放されたようだ。彼の繁栄と幸福を見守ってきた女神は、いまごろどこかで一杯やっているのかもしれない。頭を敷石に打ちつけ、オドウダは床に伸びて動かなくなった。俺は壊れた椅子を放り出し、顔をのぞき込んだ。息はしている。俺は銃と包みを奪い取った。のんびりしている時間はない。オドウダの頭は象牙のように硬いから、意識を取り戻すのに長くはかからないだろう。

ミミを牛舎から出した。「早くここを出るんだ。やつが目を覚ます前に、さあ」

急かすまでもなく彼女は動き出した。俺は彼女を手伝ってトニーを車に運び、それから赤ん坊と賭け金の五〇〇〇ポンドを回収した。その金の二〇パーセントを赤ん坊のベッドに入れ、車に押し込んだ。ミミは泣きじゃくりながら車を発進させた。俺はオドウダのロールスロイスのキーを抜き取ったのち、メルセデスのエンジンをかけて窓を開き、家の戸口を見ていた。数分後、オドウダが頭を抱えてよろよろと姿を現した。

俺は叫んだ。「いい勝負だったな。賞金はいただいて行くよ。あんたの頭がよくなったら、ひょっとすると話をする機会があるかもしれないな」

車を発進させ、一キロ半ほど走ったあたりでオドウダの車のキーを捨てた。

速度を上げて一気に北上した。アヌシー湖の東岸に位置する小さな村タロワールに到着したのは、夕方の五時前だった。以前宿泊した湖に臨むホテル・アベイに部屋を取り、ウィルキンスに電話をかけて帰宅前の彼女をつかまえた。それから長く曲がりくねった会話が続いた。老いた雌鳥みたいに彼女は甲高い声で喚いた。アンセルモスの屋敷に何度も電話をしたのに、俺が出なかったので怒っているのだ。

ウィルキンスは、セイフ・ゴンワラ将軍とファリア夫人に関して、世間で知られている（将軍は某国の元首で、夫人は農林大臣の妻）以上の情報を得ていなかった。ミス・パンダ・ブバカルに関しても結果は同じ。しかし、市役所の窓口係が偶然ある事実を発見した。ユナイテッド・アフリカというオドウダの会社が、とある鉱山の独占的な採掘権を得るために、ゴンワラ将軍の前の政権と交渉をしていたというのだ。ところが、話がまとまりかけた矢先に軍事クーデターが起こり、ゴンワラ将軍が政権を奪取したため、その交渉は白紙に戻ってしまった。オドウダが歯噛みして悔しがる様子が目に浮かぶ。それで諦めるような男ではない。俺はサイドテーブルの上の油紙に包まれた小包を見た。俺の勘が正しいことをこの小包が証明してくれるだろう。

ウィルキンスはガフィーにも会っていたが、オドウダにまつわる匿名の手紙については、何も聞き出せなかった。しかし、彼は俺と連絡を取りたがっているという。しばし考えてから差し支えないと判断し、ホテル・アベイの電話番号――タロワール八八〇二――を教えることにした。それから、メルセデスを見つけたことと、山のように溜まっているにちがいない請求書を片づけるために、もうじき帰ることをウィルキンスに伝えた。

彼女は言った。「ねえ、本当に大丈夫なの?」

「ぴんぴんしてるよ」俺は答えた。「左腕に七センチのかすり傷を負ったくらいで。汚いハンカチで縛っておいた。ミス・パンダ・ブバカルに追いかけられたんだ。それも、ブラジャーとピンクのタイツだけっていう格好で」

受話器の向こうでウィルキンスが咳払いをしたが、何も言わなかった。

俺は続けた。「ほかに報告することは?」

「ジュリア・ヤング・ブラウンさんから三、四回電話があったわ。あなたの居場所を知りたがっていたけど教えなかった。そのほうがいい気がしたから。そうそう、もう一つあったわ。

昨日の『タイムズ』に、カヴァン・オドウダとミラベル・ハイゼンバチャーさんがまもなく結婚するっていう記事が出てたわよ」

「忘れずに花を贈らなくっちゃな」そして電話を切った。

そのあと、ラ・フォルクラの城館にいるダーンフォードに電話をかけた。メルセデスのありかを教え、オドウダが戻ってきたら伝えてもらうことにした。これで仕事は終わった。数日中に報酬が支払われるはずだ。

彼は言った。「湖に潜ったのですか？」

「まだ九月だっていうのに、あの湖の水の冷たさときたら！　あんたに想像できるかい？」

「包みを回収したのなら、あなたに話がある。内密にできるだけ早く。なんだかんだ言っても、わたしがその場所を教えたようなものだし、あなたにとっても悪い話ではない」

「考えてみよう」

「いまはどこに？」

「オドウダには言わないと約束するか？」ダーンフォードが言わないことはわかっていた。

「約束する」

彼にホテルの住所を教えた。

そのあと、フロントに電話をして、ウィスキー一本とペリエを数本注文した。風呂に入りながら一杯飲み、三〇分ほど湯船につかっていた。洋服を着て、二杯目を作ってから小包の油紙をほどいた。中身は分厚いビニールで包まれていて、二本の一六ミリフィルムとカセットテープが一本入っていた。

フィルムの一本を手に取って窓のほうを向き、五、六〇センチほど引き出して太陽にかざしてみた。そのネガに映っているものを見ても、俺は驚かなかった。商売柄、普通の人間よりも勘が鋭い。鋭すぎて人生の楽しみが半減してしまうこともある。俺が見ている短いフィルムの主役はパンダ・ブバカルだった。期待に満ちた笑顔で服を脱ごうとしているところだ。背後に映っているアフリカ人は肩幅が広く、仏頂面をしているもののどことなく緊張している。それ以上フィルムを引き出すのをやめた。ポルノを見なければならないときは――必要以上に生活がすさむくらいで、特別な害はないのだが――ブランデーを二、三杯飲み、先に夕食をすませることにしている。今夜は桟橋のそばにあるホテル、オーベルジュ・ペール・ビズで食事をするつもりだった。妙なものを見せられて、せっかくのエクルビスのグラタンをだいなしにしたくない。

包みをもとに戻し、どうすれば安全かを考えた。明日、映写機を借りてフィルムを上映し、テープも聞いてみるつもりでいた。しかし、それは明日のことだ。マスコミにもれてもべつにかまわないが、その前に、パンダと彼女の友人たちの姿をこの目で確かめておきたいし、テープも聞いておきたい。個人的にはテープのほうに興味がある。フィルムよりも想像力を働かせる余地がありそうだ。そこで梱包し直した小包とべつの袋に入れたポンド紙幣を持ってオーベルジュ・ペール・ビズに行き、一晩預かってほしいと頼んだ。何も聞かずに引き受けてくれた。繁盛している一流ホテルとはそういうものなのだろう。俺が宿泊するホテルも対応は同じはずだが、当局の連中が押しかけてきたら最初に調べられるにちがいない。そのあと食べたエクルビスはとてもうまかったし、オンブルシャバリエのポシェ・ブールブランソースも最高だった。

翌朝、俺のシンプルな安全対策はみごとに的中した。八時にノックの音で目を覚ますと、客室係が朝食を持って現れた。コーヒーに焼き立てパン、アプリコットとラズベリーのジャムが入った小瓶が二つ、そしてカール状のバターが一盛り。彼女の後ろからアリスティド・マーキッシー・ラ・ドールが入ってきた。一週間ろくに眠っていないような顔で、茶色のスーツも一カ月アイロンをかけていないみたいにしわくちゃだ。ボタンの穴に小さな青いヤグルマ草が引っかかっている。髭を剃ったときに切ったらしい顎の傷に脱脂綿のかすがくっつき、まるで黴が生えているみたいだ。アリスティドはあやふやな笑みを浮かべて煙草に火をつけ、客室係が出て行くのを待った。

俺はベッドに起き上がった。「いいか、これだけはっきり言っておく。俺は腹が空いている。だからクロワッサンには手を出すな」

客室係が部屋を出てドアを閉めた。アリスティドはベッドに近づくなり、ロールパンにバターを塗り、その上にスプーン山盛りのラズベリージャムを載せると、口から煙草を離してむさぼるように食べた。

「手を出すなって言っただろ」

「クロワッサンだけじゃないのか？　そういや、クロワッサンは一六八六年、トルコ軍がブダペストを包囲した年に初めて作られたんだ。トルコ軍勢は夜中にトンネルを掘ってブダペスト市内に攻め入ろうとした。ところが、パン屋が——彼らはいつだって朝早くから働いているからな——その音を聞きつけたおかげで、みごとトルコ軍を追い払うことに成功した。その手柄の見返りとして、三日月型の特別なパンを作る栄誉を与えられたのさ。トルコの国旗にはいまも三日月が描かれている。興味深い話だろう？」

「そのうち」と俺は言った。「『ラルース料理百科事典』を買わなくちゃいけないな」

そう言いつつもすっかり魅了されていた。と言っても、アリスティドの話にではなく、彼が話しながら動きまわっている様子にだ。俺は数多くの部屋を家捜ししてきたし、その道のプロが家捜しする場面を何度も見てきた。しかし、アリスティドの手際のよさは目を見張るものがあった。余計な物音を立てず、探しているものの大きさを的確に把握している。巧妙かつ迅速に手を動かし、探ったあとにはなんの形跡も残らない。オドウダから奪い取った拳銃を見つけると、何も言わずにポケットにしまった。

それからバスルームに消えたと思いきや、あっという間に戻ってきた。「よし、次はベッドだ」

俺はしぶしぶベッドから出た。アリスティドは、枕、シーツ、マットレス、そしてベッドの枠組みに至るまで徹底的に調べ上げ、それをもとどおりの場所に戻すと、手を振ってベッドに戻るよう指示した。俺は言われたとおりにした。アリスティドはべつのロールパンにバターとジャムを塗った。

「訊くまでもないが、ホテルの金庫や俺の車はもう調べたんだろうな」

「もちろんさ。それに、おまえさんがそれをどこかに隠し持っていることも知っている。おれたちはいま、おまえがあの小包を保有していると思っている。なくしたりしたらえらく面倒なことになるぞ」

ロールパンを食べおわると、アリスティドはトレーのところに戻り、角砂糖の容器をひっくり返して中身を空けた。「コーヒーを貰ってもいいか？　今朝の四時からずっと車を飛ばしてきたんだ」

「ガフィーから俺の電話番号を聞いたんだな」

「そうだ。もとをたどれば、おまえさんとこのウィルキンスがガフィーに教えたんだ。彼女に選択肢はなかった」

「選択する必要なんかないさ。俺が教えていいって言ったんだから。いずれあんたがくるだろうと思っていたよ。こんなに早いとは思わなかったけどね。今度は、あんたがオドウダを必死になって追いかけるわけを説明する番だぞ」

彼は微笑んだ。「請け負った仕事は終わったらしいな」

「ああ、車は見つかったし、その場所はオドウダに報告した」

「噂によれば、オドウダはおまえさんの仕事に満足していないらしいな」

「このあたりでは、情報が伝わるのがずいぶん早いんだな。ダーンフォードと通じてるってわけか」

「そうだ。彼は以前からおれたちと連絡を取り合っている。最初は匿名だったんだが、いまじゃ堂々と正体を明かして。一〇〇パーセント信用できるわけじゃないし、それは今回も同じだ。でも、彼の情報は役に立つ」

アリスティドは角砂糖の容器を持ち上げ、耳障りな音を立ててコーヒーをすすった。

「あんたに匿名の手紙を送ってきたのは、ダーンフォード一人だけか?」

「おれの知るかぎりでは彼だけだ。インターポールのおれ宛に一通、スコットランドヤードのガフィー宛に二通届いた」

「ガセネタの可能性はあっても、警察はそういう手紙を無視できないんだろう?」

彼はうなずき、椅子の端に腰かけた。「ガフィー宛の手紙を見せてもらった。話題になっているのは、ある意味では世界を股にかける人物、もっと言えばヨーロッパ人だ」

「おとぎ話に出てくるような典型的な悪党か?」ジュリアがオットーの名前を聞いたときの反応を思い出した。それが単なる偶然だとは思わなかった。

「それがおとぎ話だとしたら、ペローの『童話集』に登場する青ひげみたいな男だな」

「あるいは、青ひげのモデルになったジル・ド・レエか。確か作者はホリンシェッドだったな。寝る前に姉貴がその話をして、俺を怖がらせたものだ。優しくておっとりした性格なのに、寝るときはぞっとするような話が好きなんだ」

「おとぎ話は残酷なほどおもしろいんだよ」

「ところで、その手紙に書いてあったことはおとぎ話なのか、それとも事実なのか?」

「まだ探していない場所があった」アリスティドは立ち上がって窓の外を眺めた。眼下には、テラスと美しく刈り込まれた木々、その向こうに湖が見える。「おまえさんは豪勢なホテルが好きなんだな。木陰のテラスからは湖が一望できます《デ・ラ・テラス・オンブラジエ・ベル・ヴュ・シュル・ル・ラク》」

「そいつは詩か何かか?」

「いや、ミシュランに書いてあったのさ。水辺にあれば、どんなホテルだろうと評価が高い。木陰で湖を眺めながらお食事ができます《ルパス・ス・ル・オンブラジエ・ファス・オ・ラク》ってわけだ」

「話題を変えたくないか?」

「べつに」

俺はベッドから下りて、煙草を探しながら言った。「ガフィーが心のなかで悪態をつきつつ、もしオドウダの仕事を引き受けるなら、しっかり目を開けておけと言うのは理解できる。だけど、どうしてインターポールまで首を突っ込むんだ? 湖に沈んだメルセデスのなかに、あるかどうかさえ定かじゃないもののために」

「その理由が本当にわからないのか?」

「わからないね」煙草に火をつけてベッドに戻り、残りのコーヒーをカップにそそいだ。アリスティドは窓から離れた。「クロワッサンはもういいのか?」

「ああ」

彼は残っているパンの一つに手を伸ばし、ゆっくりと咀嚼しながら微笑んだ。「インターポールの仕事と、おまえさんのうさん臭い商売とじゃ、次元が違うんだよ」

「そりゃあそうさ。俺は恩給なんかもらえない。だからうさん臭いことにも手を出す。たまにはまとまった報酬を貰わないとやっていけないからね」

「今度ばかりは手を引いたほうが身のためだ。インターポールは警察組織だ。正式名称は国際刑事警察機構。それだけに、単なる犯罪以上のものを扱うこともある。国際的な組織っていうやつは、ときに否応なく構成国から政治的な圧力を受けるものだ。おまえさんが持っているにちがいない例の小包には、おまえさんがみごとに見つけ出し、巧妙に隠したあの小包には、政治的な問題が絡んでいるんだよ」

「じゃあ、圧力をかけているのは誰なんだ?」

アリスティドは眠そうな目で俺をちらりと見たあと、血色の悪いまぶたを閉じて気だるいウインクをした。

「中身を見たならわかるだろう」

「あんたなら、もっときちんと説明できるはずだ」

「そうでもないさ。ただ一つだけ言えるのは、複数の政府がゴンワラにもオドウダにも小包を渡したくないと思っているってことだ。いざというとき、彼らはあの小包にものを言わせることができる」

「そうだな。だけど、彼らはそれを脅迫とは呼ばない」

「崇高な人々が、崇高な目的のために用いるのなら、脅迫だって立派な武器さ」

「歌にすれば、ヒット間違いなしの名フレーズだな」

俺はベッドを下りた。

「どこへ行く?」

「シャワーを浴びて髭を剃るのさ」パジャマの上を脱いだ。

彼は俺の腕を見て言った。「けがをしたのか」

「女が興奮したとき、どうなるか知ってるだろう」

「かすり傷くらいじゃすまないぞ。おまえさんを殺人罪で告発することだってできるんだ」

「有罪にはできないけどな。ところで、仮におれが包みを持っているとして、インターポールはいくら出すつもりなんだい？」

「そいつは無理だ。金は出せないよ」

「無理ってことはないだろう。お偉いさんたちに伝えてくれ。殺人の濡れ衣を着せるなんて魂胆は捨てて、金額を提示しろって」

アリスティドはため息をついた。「要求は伝えるよ。それから一つ覚えておいてくれ。あの包みの引渡し期限は四日後だ」

「それを過ぎたら？」

彼はにやりとした。「特別懲戒小委員会が検討中だ。残りのクロワッサンを食べてもいいか？」

「勝手にどうぞ」

バスルームに入って蛇口をひねった。シャワーを浴びて着がえを取りに戻ると、すでに彼の姿はなかった。

だからといって、アリスティドが諦めたわけではない。あの小包は政治的に重要なものなのだ。本来、インターポールは犯罪を取り締まる組織だ。アリスティドは政治的な圧力を嫌悪しているにちがいない。彼は根っからの刑事なのだ。しかし、上役からの命令となれば、組織の一員として従うほかない。インターポールと俺のうさん臭い商売の本当の違いはそこにある。俺は誰にも追従しない。ボスは俺自身なのだ。自分がベストだと思うことだけをする。それもたいていは自分自身のために。

受話器を取ってフォルクラの城館に電話をかけた。ダーンフォードが出たら、口に角砂糖を放り込んで早口でまくし立て、別人を装うつもりでいた。もはやダーンフォードは信用できない。あちこちに情報をばら撒いているのだ。電話に出たのは城館の交換台で働く若い娘で、俺はジュリア・ヤング・ブラウンを呼び出した。

彼女が電話口に現れると、俺は言った。「カーヴァーだ。手を貸す気があるなら、荷造りをしてきみの車に乗り、城の外の電話からなるべく早く連絡してくれ。番号はタロワール八八〇二。一時間以内に連絡がなければ修道院に入るよ。たぶんグランド・シャトルーズ修道院あたりかな。ここからそんなに遠くないし。そういえば、オットー・リブシュに会ったよ」

答えを待たずに受話器を置いた。四〇分後、彼女から電話がかかってきた。

第7章

ヒーローを心身ともに徹底的に痛めつけたあと、ヒロインを登場させること
メアリー・アルコック

俺は荷造りをして部屋を出た。受付に行って精算をすませ、昼食には戻らないが五時ごろに荷物を受け取りにくると伝えた。

その後、湖畔をのんびり歩き、村のなかを散策した。すぐにアリスティドの部下の一人に気づいた。俺が目ざといからではなく、その男がわざと目につくようにしていたからだ。ということは、どこかにもう一人ひそんでいるにちがいない。そいつを見つけるのは厄介だが、なんとしても尾行を巻かなくてはならない。すでにその段取りはつけてある。

カモフラージュ役の刑事は太っちょの小男で、ベレー帽をかぶり、よれよれのスーツを着ている。首からカメラを下げ、必要以上に時間をかけて周囲の風景を撮影している。おそらくフィルムは入っていない。

カメラ男を引き連れてしばらく歩きまわったが、アリスティドのもう一人の部下は見つから

なかった。一時間後、俺はついに諦めた。カメラだと思っていたものが、実はトランシーバーだと気づいたからだ。どうりで見つからないはずだ。カメラ男はそのトランシーバーを使って、見えない場所にいる仲間に俺の動きを伝えているのだ。

一時ごろホテルに戻り、車で出かけた。埠頭を走っているとき、公衆トイレの脇に停めた車のなかに座っているカメラ男を見つけた。観光客でごった返す埠頭でよく駐車スペースを確保できたものだ。彼は実にさり気なく、走り去る俺を一瞥し、姿を隠している仲間に報告した。

アヌシーへと続く道を一・五キロ余り走り、アヌシーゴルフ場で左に折れた。小さなクラブハウスの外には数台の車が停まっていた。俺はその一画に駐車し、なかに入ってランチを頼んだ。半分食べおえたころ、カメラ男が俺からかなり離れた席につき、ビールとサンドイッチを注文した。食堂にはほかに数人の客がいて、その全員が俺よりも先にここにきていた。つまり第二の男はいま、ここではない場所にいるということだ。俺は急がなかった。ジュリアは、いくらファセル・ヴェガを飛ばそうと、まだしばらくは現れないだろう。それに、俺と会う前に彼女にはいろいろとやるべきことがあるのだ。

しばらくしてから一階に下りてゴルフのプレー料金を払い、クラブが一式入ったキャディバッグを借りた。動きやすいプルオーバーのシャツと、がっしりした茶色の靴。この服装なら着がえる必要はないが、トイレを借りようと思って更衣室に入った。トイレの壁には「便器に煙草の吸殻を捨てないこと」というお決まりの注意書きが貼ってあり、その下にどこかのひょうきん者がフランス語でこう書き加えていた。「あとで拾って吸うのが大変です」

もっと興味を引いたのは、ロッカー室のフックにかけてあるカメラだった。手に取って調べはしなかったが、茶色のスーツの上着もいっしょにかかっていた。

屋外に出ると、パットの練習場でボールを打っている男がいた。ロッカー室にあった上着と揃いのズボンに、スウェードのモカシン。どう見てもゴルフをする服装ではない。

まあ仕方あるまい。世の勤勉な警察官と同じく、彼らもまた全力を尽くしているのだ。まさかゴルフ場に立ち寄ることになるとは思わなかったのだ。パットの練習をしているのは、背丈も横幅もある大男だった。面構えこそド・ゴール将軍に似ているものの、俺が鷹揚に会釈をすると、ぎこちない気弱な笑みを浮かべた。頼みごとをされたら嫌と言えないタイプだ。外見とは当てにならないものだ。そうでなければ、アリスティドはこの任務に彼を抜擢しなかっただろう。大男は俺にぴたりとついてきた。一瞬、いっしょにプレーしないかと声をかけたい誘惑に駆られた。賭け金をうんと高くして勝負をすれば、一儲けできるかもしれない。だが、ジュリアのことを思い出し、その愉快な思いつきを断念した。

勝手知ったる場所で作戦を行動に移せるのは、俺にとって幸いだった。かつてこの近辺に一カ月ほど滞在したことがあるし、このコースで実際にプレーしたこともある。俺は旗が立っている一番ホールのマウンドに上った。大男が俺の次にプレーするために、ゆっくりとこちらへ向かってくる。

俺は先を急がなかった。というか調子が悪すぎて、なかなか前に進めなかった。全コースをまわっても——そのつもりはなかったが——一〇〇を切れそうにない。第一ホールでは、右手斜面の深い茂みにボールを打ち込み、見失った。第二ホールではスライスしてOB。ボールは石の塀と林を越え、バンガローの庭に落ちた。三番ホールは二〇〇ヤードのショートホールで、コース全体の端に位置している。俺はみごとなドライバー・ショットを放ち、グリーンまで三ヤードのところにボールを落とした。でも、のんきに喜んでいられない。最初から、このホールで行動を起こすつもりでいたのだ。パーで終わらせずに、コース横のラフに入りたかったので、七番アイアンを振りまわして一〇メートル先の茂みにボールを叩き込んだ。俺はボールを探しに行くがもちろん見つからない。後ろで尾行を続けている大男はフェアウェイの半分までボールを飛ばしたあと、二度三度と打ち損じて、俺がボールを見つけ出してプレーを再開するのを待っていた。だが、結局は追いついてしまった。

俺は茂みから出て、申し訳なさそうに大男に手を振った。そうなれば彼はこっちにくるしかない。そこは作戦を決行するには絶好の場所だった。丘の麓だし、コースの外れに位置しているため、クラブハウスからは死角になっている。

大男は自分のボールをカップに沈めると、真昼間からゴルフに興じる仲間としてボール探しを手伝うためにこちらにやってきた。ぎこちない笑みを貼りつけた顔には、おまえを決して見失わないぞと書いてある。俺が首の横を手刀で力いっぱい叩くと、うめきながら後ろによろめいた。キャディバッグからアイアンが飛び出し、大男はその場にうずくまった。

俺は茂みを駆け抜けた。草原を突っ切り、小さな畑をいくつか通って三〇〇メートルほど走ると、アヌシーへ向かう道路に出た。

まさに絶妙のタイミングだった。道路に出たとたん、背後でクラクションが鳴った。ファセル・ヴェガがタロワールの方角から猛スピードでやってきた。

マントンを通ってアヌシーに至る道をさらに三、四キロ走ったあと、ジュリアは大きく右にハンドルを切って山道を上りはじめた。

「どこへ行くつもりだい?」

彼女は道路を見据え、速度をぐんぐん上げて行く。そしてカーブが途切れると言った。「ムジェーヴの近くにスキー用の山小屋があるの。いまは誰も住んでいないところよ」

「頼んだものを、全部持ってきてくれたかい?」

彼女はうなずいた。

アヌシーに向かう途中で、映写機とテープレコーダーを借りてくるようジュリアに頼んであった。その後、タロワールのホテルで俺の荷物を引き取り、オーベルジュ・ペール・ビズの金庫に預けた小包を回収する手はずになっていた。

数時間後、ムジェーヴに到着すると、彼女はカジノの近くの幹線道路で車を停めた。

「山小屋には食べものがないの。コーヒーとパンはあるからほかのものを買ってくるわね」

彼女は共謀者という役割を実にてきぱきと、楽しそうにこなしていた。

買いものがすむと、町を出てアルボワ山に続く道を走った。ゴルフコースを通り過ぎ、さらに一・五キロほど走ると門のない私道に車を乗り入れた。その山小屋は丘の中腹にぽつんと建っていた。瀟洒な二階建ての建物で、大きな石を積み上げた壁が屋根まで続いている。建物の正面に化粧板を配し、すべての窓に設けられたよろい戸には、ハート型の飾り穴が施されている。砂利敷きの裏庭に車をまわし、二人で荷物を運び込んだ。タイル貼りのストーブを中央に据えた大きな部屋に入った。座り心地のよさそうな椅子が数脚と、ソファが二つ。隅には上階へ続く階段が見える。アンセルモスの山小屋とどことなく造りが似ている。

全部運びおわると、俺は言った。「三〇分くらい一人になりたいんだ、いいかい？」

「客用の大きな寝室があるから、そこを使えばいいわ」

俺は彼女を見た。思わず目が行ってしまうのだ。タータンチェックの細身のズボン——どこの氏族のものかは知らないが、黄色と赤がたくさん使われている（スコットランドの人々はタータン模様で氏族を識別する）——に、黒いセーター、大きめの革のコート。つばの大きなエンジニアキャップ。まるで『ヴォーグ』のグラビアから抜け出したみたいだ。

彼女は美しい。少なくとも彼女の外見は俺の心を奪っていた。それでも、二人が相容れない立場にあることに変わりはない。しかし、彼女の胸にわだかまっている何かに、俺は心当たりがあった。それを裏づけるように彼女は言った。「オットー・リブシュは元気だった？」

「彼のことはあとで話そう」

映写機とテープレコーダーと包みを抱えて客用の寝室に向かった。大きなベッドからシーツをはがし、よろい戸の閉まった窓に吊るして映写機をセットした。ドアの鍵を閉め、二本のフィルムを再生した。

それらは俺の想像を超えるものではなかった。登場人物はパンダ・ブバカル、それに予想どおりの二人、セイフ・ゴンワラ将軍とファリア・マクセ夫人。天井近くに設置された隠しカメラで撮影されたものらしい。それができるのは、執事のダーンフォードか、運転手のティッチ・カーモードだ。たぶんカーモードのほうだろう。その映像はアクロバットな見世物にしては物足りないし、疲れたビジネスマンを奮起させるほど刺激的でもない。しかし、ゴンワラの内閣に見せれば大騒ぎになるだろう。ファリアの夫である農林大臣がその場にいれば、なおさらのことだ。ゴンワラは政治腐敗や背徳行為を撲滅し、社会や経済の害悪を駆除することをスローガンに掲げ、母国では厳格な父親のイメージで通っている。わいせつな映像がおおやけになれば、早急な政権交代を求められるのは目に見えている。それこそがオドウダの狙いなのだ。

カセットテープには、ゴンワラ将軍とアレクシー・クカリンとの会話が録音されていた。二人はかなり親しいらしく、おたがいを将軍、アレクシーと呼び合い、会話はすべて英語だった。録音されていることを二人は知らないと俺は確信した。そうでなければ、将軍がおのれの大臣を批判するわけはないし、アレクシーもいっしょになって悪口を言うはずがない。あとで不評を買うのは目に見えている。しかしながら、会話の主たるテーマはべつのところにあった。アレクシーの会社が、コバルトやアルミニウムやウラン鉱石を含む、無害で高純度の鉱物や化学製品を、現在準備が進められている国営の専売企業から安価で大量に入手し、その見返りとして航空機や兵器や様々な機器をゴンワラ政権に提供する。それが話の肝《きも》だった。さらにアレクシーは、すでに操業を始めているヨーロッパ企業に対していっさいの補償をする必要はないと言い切った。自分たちの資源を自分たちが独占するのは当然のことなのだからと。将軍はその考えにいったんは異を唱えたものの、アレクシーが数十年にわたる植民地支配に言及し、寛大になる必要はないと主張するとあっさり折れた。

そのテープから、二人の人となりが手に取るようにわかった。アレクシーは冗談を解する好人物という印象を与えるが、面の皮を一枚めくれば、ダイヤモンドの破片のように鋭利で残酷な男なのだろう。一方、将軍は、ベッドの外ではそこそこに善良な人物のようだが、何しろ頭の切れが悪すぎる。なんであれ一度の説明で理解できないのだ。かなり鈍感なところもあるのだろう。さもなければ、オドウダの招きを受けてラ・フォルクラに宿泊するわけはない。オドウダは長年にわたって、同国の要人たちに城館を開放してきた。だから今回も疑問を抱くことなく、ゴンワラ将軍は城館に泊まったのだろう。これまでも安らぎや静寂だけでなく、パンダやマクセ夫人のような刺激的な旧友たちを欲したとき、なんのためらいもなく利用してきたように。人間は失敗から学ぶものだ。問題は利益と損失の割合だ。今回の失敗でゴンワラ将軍が失うものは余りに大きい。

すべてのテープを巻き戻し、包みのなかに戻した。

一階に下りると、ストーブに火が入っていて部屋は暖かかった。サイドテーブルの上には酒のボトルが数本とグラスが載っている。ジュリアが動きまわる音がキッチンから聞こえてきた。机の引き出しをかきまわして茶色い紙とひもを見つけ出し、包みを梱包し直した。一つだけ確かなことは、一刻も早くこの包みを手放したいということだ。宛名を書いたあと、戸口からキッチンをのぞき込んだ。ジュリアはシンクの脇で肉を調理している。

「車を借りてもいいかい？　ムジェーヴの郵便局に行きたいんだ」

彼女は腕時計をちらりと見た。「もう閉まっているわよ」

「じゃあ、べつの方法を見つけるよ」

方法は見つかった。ゴルフコースに向かう道の途中で、ホテル・モン・ダルボワの私道に車を乗り入れた。観光シーズンも終わりに近づき、あたりは閑散としていた。

小包と一〇〇フラン札を受付の男性従業員に渡し、投函してくれるように頼んだ。集配は明朝になるという。それでかまわないと俺は言い、今シーズンの景気はどうかと尋ねた。まあまあですねという答えを聞いたあと、ホテルを出た。

晴れ晴れとした気分で山小屋に向かって車を走らせた。包みは俺の手を離れたし、ジュリアに会えるのも嬉しかった。

彼女はドレスに着がえていた。オフィスで初めて会ったときに着ていたあのドレスだ。それは意図したことなのか、それとも偶然なのか。とにかく、彼女が動く姿を見ているだけで、ここ数日の疲れが癒されていくようだった。俺が飲みものを尋ねると、ジンとカンパリに、レモンの大きなスライスと氷をたくさん入れてほしいという。それらはすべてテーブルの上に用意されていた。俺は自分のグラスに高価なウィスキーをそそいだ。彼女はソファに腰を下ろして脚を組み、上品に会釈してからグラスに口をつけた。キッチンからうまそうな匂いが漂ってくる。

「料理も得意なのか？」

「腕前は超一流よ」

「クロワッサンの由来を知ってる？」

「いいえ」

「よかった」

肘かけ椅子に深々ともたれ、煙草に火をつけて酒を飲んだ。芳醇なウィスキーの最初の一口が、ゆっくりと喉を流れ落ちていく感触を味わった。俺はほぼ完璧に満たされていた。

ほぼ、とつけ加えたのは、ジュリアがジプシーを思わせる黒い瞳で俺をじっと見ていたからだ。どこから説明すべきかわからなかった。アリスティドは俺の仕事をうさん臭いと言った。彼は正しい。ならば今回は正直に打ち明けてみるか。べつにかまいやしないだろう。案外うまくいくかもしれない。当然痛みは伴うだろうが、すでに手に入れた四〇〇〇ポンドで傷を癒すこともできる。面倒なことはあとで考えればいい。

俺は腹をくくった。「料理と同じくらい上手に俺の話を聞けるか？」

「なんだか緊張しているみたいね」

「そりゃそうさ。これから真実を話そうとしているんだから。俺にとっては慣れない仕事なのさ」

「順を追って説明してちょうだい。そうすれば、料理をだいなしにすることもないでしょ」

俺は話しはじめた。彼女はじっと耳を傾けていた。要約すると次のようになる。

一、俺はメルセデスを探すためにオドウダに雇われた。調査を進めるうちに、その車に包みが隠されていることを知った。それはオドウダにとってひじょうに重要なもので、日本の銀行の債権だと説明されたが、俺は信用していなかった。

二、捜索の途中で、俺以外にも二つのグループが車の行方を追い、その小包を狙っていることが明らかになった。片方は、先に行動を起こしたナジブとジンボのアラクィ兄弟。彼らはアフリカの元首セイフ・ゴンワラ将軍の命令で動いている。そしてもう一方はインターポールだ。

三、俺は車を見つけ出し、包みを回収した。中身は何かを撮影したフィルムと、録音テープだった（オットーが湖に落ちたことや、トニーが邪魔に入ったことは伏せておいた）。

四、そのフィルムは、ゴンワラ将軍とパンダ・ブバカルとファリア・マクセが、ラ・フォルクラの城館でわいせつな行為に及ぶ様を盗み撮りしたものだった。

五、そしてカセットテープには、ゴンワラ将軍とアレクシー・クカリンの密談が録音されていた。会話の内容は、将軍の国で産出される鉱物を独占する見返りとして、クカリンが兵器や航空機を提供するというものだった。

六、それらをひそかに記録させたのは明らかにオドウダであり、ゴンワラ政権の転覆を狙っている。うまくいけば、その国の鉱物資源を独占する権利がオドウダの手に転がり込むはずだ。

七、アラクィ兄弟の目的はフィルムとテープを入手し、破壊すること。一方、オドウダは小包を取り返し、鉱山の独占権を確実なものにしたがっている。そして、インターポールは包みを手に入れ、ゴンワラ政権と利害関係のある某国（複数の可能性もある）に引き渡さなければならない。その某国が包みをどう扱うかは定かでないが破壊するつもりはないし、ゴンワラ政権の継続を願っていないことも確かだ。そうでなければ、インターポールはとっくにアラクィ兄弟と手を結んでいるはずだ。それと同時に、オドウダに渡す気がないこともわかる。そのつもりならインターポールは俺と手を組んでいるだろう。たぶん、その某国の狙いはフィルムとテープを保管し、その気になればいつでもゴンワラ将軍の敵対勢力にそれを引き渡す用意があると、将軍に知らせることだ。それが嫌なら、政治的にも経済的にも彼らの利益を優先し、クカリンとは手を切れというわけだ。

俺は一息入れた。「ここまでは理解できたかい?」

「ええ。でも、インターポールがそんなことに関わるなんて驚いたわ」

「国家ってやつは道徳の埒外に存在するものなんだ。政府が貨幣の価値を下げても責任は問われないが、一般人が債権者への支払いを怠ったらどうなる? 政府が釣り銭をごまかすのは許されるが、個人なら罰せられるってわけさ。さて、本題に入ろう」

八、ここからは道徳的な問題だ。俺はきわめて重要な包みを手に入れた。これまで俺はうさん臭い商売を細々とやってきた。客はたいてい世知にたけた連中で、なかには金を払わないやつもいる。そんな客を相手にしているうちに、自衛の手段として、場合によっては手数料を上乗せするようになった。うまく税金をごまかして賢く使っていると自負していたこともある。

もちろん独り占めしたわけじゃない。だが現実に目を向けてみると、その金の大半は、結局のところ、馬券税として政府に吸い取られている。閑話休題——問題はその包みをどうすべきかだ。オドウダかゴンワラ将軍に売りつければかなりの大金が手に入るだろう。インターポールに売ることもできる。その場合、売値はぐっと落ちるだろうが。そして、破壊するという選択肢もある。


「それで」とジュリア。「どうするつもり？」

「そいつは難しい問題だ」

「そうかしら？」

「俺にとってはそうさ。きみならどうする？」

「すぐにストーブに放り込むわ」

「簡潔で前向きな答えだ。いま手元にあればそうしたかもしれない。でも、ほかの場所に預けてあるんだ」

「でしょうね。あなたがそんな重要なものを衝動的に燃やすわけないわ」

「きみは鋭いな」

「フィルムは楽しめたの？」

俺はその言い方が気に食わなかった。

「語るほどのものじゃない。ところで、もっと身近なところにもう一つ重大な問題があるんだ。インターポールは小包とはべつにそっちにも関心を持っている。誰かがきみの義理の親父さんに関する匿名の手紙を送りつけたらしい」

「わたしじゃないわ」

「当然きみじゃない。でも、何か心当たりがあるんじゃないか？」

彼女は答えなかったが明らかに何か知っている。沈黙が気まずくなる前に、俺は先を続けた。

「それなら話の角度を変えてみよう。きみは長い間、あることを打ち明けたいと思っていた。もっと注意していれば、きみが初めて会いにきたときに話を聞けたかもしれない。でも、ある意味、聞かなくてよかったと思ってる。当時はまだ状況を把握していなかったからね。オットー・リブシュがきみの屋敷で運転手をしていたことをなぜ隠していたんだ？」

「何かの役に立つとは思わなかったのよ」ジュリアはあらかじめ答えを用意していたようだが、説得力はなかった。

「いいかい、俺はきみの味方だ。そんなに身構えなくてもいい。確かにあの当時、オットーのことを知らされても、たいして役に立たなかっただろう。でも、それでオットーとマックスがどんなふうに共謀したか想像がつく。ゼリアは孤独な性格だった。オットーはそんな彼女を車で送り迎えしていた。やがて二人は言葉を交わすようになり、ゼリアは彼を好きになった。自分に惚れさせるのがやつの役割だった。おそらくオットーは彼女をジュネーブのディスコかどこかに連れて行き、楽しい時間を過ごしたあと、マックスに引き合わせたんだろう。そして彼女はすべてを封印した。なぜならそれは彼女にとって初めてのロマンスであり、あんなふうに終わってしまったから。そんなところかい?」

「ええ、そうだと思うわ」

「だとしたら、トリノで話してくれてもよかったはずだ。なのに、きみは言わなかった。どうしてかはわかっている」

「どうして?」

「オットーにべつの関心を持っていたからだ。違うかい?」

ジュリアは俺を見据え、かすかにうなずいた。

「それでいい。きみは別件で彼に興味を持っていたが、どう対処すればいいかわからなかった。しかし、俺に打ち明けるのはためらわれた。まだ信用できなかったから。たぶん、いまも疑っているんだろう。俺がその秘密を握ったとたん、金と交換できる場所を探しはじめるんじゃないかって」

「それは違うわ!」

「本当に?」

「本当よ!」彼女が本気で怒っていることがわかって嬉しかった。

「なら本題に入ろう。オットーはきみのお袋さんの死とどんな関わりがあるんだ?」

彼女はゆっくりと煙草を消して立ち上がり、俺のテーブルに近づいてきた。空《から》のグラスを手に取り、背を向けた。美しい背中、美しい脚。黒髪が首筋を流れ落ちる様に俺は目を奪われた。

「焦らなくていいから、きみ自身の言葉で話してくれ」

背を向けたまま、彼女は話しはじめた。

「二年前ほど前、家族でラ・フォルクラの城館に滞在していたときのこと。ある日、母がわたしに言ったの。ここを出て行く、ほかに好きな人ができたからって」

「相手は？」

ジュリアは振り向いた。「言わなかったわ。言いたくなさそうだった。たぶん言うのが怖かったんだと思う。出発は翌朝で、オットーにジュネーブまで送ってもらう。夜遅くにその話を聞いたあとわたしはベッドに入った。母に会ったのはそれが最後よ」

「何があったんだ？」

ジュリアはウィスキーのグラスを俺の前に置いた。

「翌日のお昼ごろ、義父に言われたわ。母がルマン湖で溺れたって。義父によれば、母は朝早くに起きてオットーを呼び、湖までドライブに出かけた。あそこに自家用のモーターボートを持っていたの。母はカーモードといっしょに湖に出てボートが転覆した」

「その話に信憑性はあるのか？」

「母はボートに乗るのが大好きで、スピードを出すのが大好きだった。そして朝早くに出かけるのも好きだった。だから普通の日の朝なら、素直に信じたかもしれない。でも、あの日は違う。あの朝、母は誰かと駆け落ちするつもりだったんだもの」

「そして、お袋さんの遺体は見つかっていない」

「そうよ。でも、あの湖では珍しいことじゃないの。とても深いから」

「なるほど。それからオットーは検死審問で証言したんだね。きみのお袋さんを車で送り、カーモードといっしょにボートに乗るのを見たと」

「ええ」

「さらにカーモードがそれを裏づける証言をする。スピードを出したまま急ハンドルを切ったせいでボートが転覆した。全力で奥様を助けようとしたんだが、とかんなんとか」

「ええ」

「それ以来、きみは、そしてゼリアも、オドウダに疑惑を抱いている」

「あいつが殺したのよ」

「お袋さんが駆け落ちしようとした男は？　姿を現したのかい？」

「いいえ」

「そいつが誰かは見当もつかないんだね？」

「ええ」ジュリアはソファに戻って腰を下ろし、膝を折って横座りになった。

「その事件の直後、オットーは運転手の仕事を辞めたんじゃないか？」

「そうよ」

「その男が誰か知りたいかい？　きみのお袋さんが駆け落ちしようとした男の正体を」

「どうして知っているの？」

「当てずっぽうの部分もあるけど、それだけじゃない。その男はダーンフォードじゃ――」

「ありえないわ！」

「いや、ありうるさ。愛情ってのはそういうものだし、意外なカップルが生まれるものだ。相手はダーンフォードだよ。匿名の手紙を出したのも彼だし、オドウダを憎んでいる。億万長者に雇われた執事が抱きがちな、平凡な憎しみじゃない。ダーンフォードはきみの親父さんを憎悪している。だから、行き場を失って窓ガラスに体当たりする蜂みたいに、必死で暴れまわっているのさ。オドウダを破滅させるためなら手段を選ばない。とりわけ今回の車の一件に関しては。ゴンワラ側に盗撮フィルムやテープのことを密告したのもダーンフォードにちがいない。オドウダを貶めるためならなんでもする気だ。ダーンフォードはきみのお袋さんと駆け落ちするつもりだったのに、どういうわけかオドウダに露見してしまった。きみのお袋さんを殺し、ダーンフォードを雇いつづけているのは、オドウダ特有のユーモアなんだろう。ダーンフォードが真実に気づいても、どうすることもできないことを知っていて。いかにもオドウダ好みのシチュエーションだ。例の蠟人形のコレクションも、そういうサディスティックな嗜好の表れなのさ。一方、ダーンフォードはオドウダに仕返しをしようと手を尽くしてきた。漁夫の利を狙ったようだが、いまじゃ自分自身が窮地に陥っている。用心しないとカーモードに船に乗せられるかもしれない。オドウダがいまの状況に飽きたら、彼は用なしだ」

「まさかダーンフォードが……信じられない」

「俺には信じられるよ。それにもう一つ確かなことがある。きみの親父さんがお袋さんを殺したんだとしたら、きみにできること何もない。というか、誰にも何もできない。オットーは死んだから偽証を認めさせることはできないし、カーモードは生きているが絶対に認めないだろう。連中が言ったようにお袋さんは湖に行った。それを嘘だと証明するのは不可能だ。インターポールも同じ意見だと思う。だから、俺はきみに忘れろとしか言えない。ある程度は自分の金を持っているだろう？」

「ええ」

「それならゼリアを見習うことだ。自分の足で歩き出すんだ。きみが感じているように、あの男のもとで生きて行くことはできない」

「すでにそうしているわ」

「すでに？」

「そうよ。ゼリアのことがあるまでは一人で暮らしていたの。昨日、あなたが電話をくれたとき、ちょうど出て行く準備をしているところだった。この山小屋はわたしのものなの。とりあえず二、三日ここで過ごして、気持ちを落ちつけようと思って」

「オドウダには出て行くことを伝えたのかい？」

「ええ、ダーンフォードに手紙を預けて……ダーンフォード。やっぱり信じられないわ」

「信じるんだ。それで、手紙には出て行く理由を書いたのか？」

「いいえ、はっきりとは。でも、あれを読めば察しがつくはずよ。それで全然かまわない」

ジュリアは立ち上がって、太ももの上のドレスのしわを伸ばした。

「人生とは複雑なものだ」俺は言った。「たいていの場合、それがおもしろいんだけどね。例の小包をめぐる騒動、それからきみのお袋さんのこと……ふう、こんがらがってるな。たまに単純な方法を試してみると効果があるものだ。明日の朝、小包を取りに行って壊してしまおう」

ジュリアがストーブに手をかざしながら、初めて笑顔を見せた。

「本気なの？」

「きみが望むならいますぐでもいいよ」

「ううん、明日の朝でいいわ。せっかくの夕食をだいなしにしたくないもの」

彼女はキッチンに向かいかけて立ち止まり、真剣な顔で振り返った。

「本当に打つ手がないと思う？　つまり、その……わたしの母の件だけど」

「オドウダは億万長者だし、用心深くふるまうすべを知っている。やつには人間だけじゃなく、真実さえも売り買いできるんだ。俺はきみに全部忘れろとしか言えない。もしオドウダがきみのお袋さんを殺したんだとしたら、いつの日かちゃんと警察の記録に残されて、罪を償うときがくるだろう。でも、きみにできることは何もない」

ジュリアはうなずいてキッチンに消えた。

料理はうまかった。メインデッシュはブランデーでクランベした羊肉に、ほうれん草のピューレ。俺たちは楽しい夜を過ごした。

夜も更けて、それぞれの寝室に入ろうとしたとき、彼女が戸口で立ち止まった。「明日、本当に包みを壊すつもりなのね？」

「起きたらすぐ取りに行くよ」

彼女は俺に歩み寄り、首に腕をまわした。俺は腕のやり場に困り、彼女の腰に置いた。キスをされた瞬間、後頭部で教会の鐘の音が軽やかに鳴り響いた。彼女は唇を離し、俺の目を見つめた。

「どうして？」

彼女は微笑んだ。「あなたを誤解していたことへのお詫びのしるし。人前では悪ぶっているけど本当のあなたは違う」

彼女はもう一度キスをして、体を離した。

「きみはわかっていないな。こんなふうに刺激したら俺がどんな男になるか。じきに症状が現れるぞ」彼女の体に腕をまわし、彼女の部屋のドアを開けて、キスをした。湧き上がる誘惑と闘い、打ち勝って、彼女を優しく部屋へ押しやった。ドアを閉めると部屋の外から言った。「鍵をかけろ。俺は夢遊病の気があるんだ」

鍵の閉まる音が聞こえるまで待って、自分の部屋に向かった。今回ばかりは早まったまねをしてはいけないと自分に言い聞かせて。先に包みを処分してしまいたかった。俺は自分のことをよくわかっている。彼女と一夜をともにしたあと、明日の朝になって小包の処分方法を考え直す可能性は大いにある。なにしろあの包みは莫大な金になるのだ。金には実体がある。それ以外のものは色褪せていずれは消えてしまう。

服を脱ぐ前に四〇〇〇ポンドを取り出して、リノリウムの床の下に平らに敷き詰めた。俺が欲に目がくらむことなく約束を守れば、この山小屋に戻ってくるはずだ。そして約束を守れなくても、やはりここに戻ってくるだろう。結局のところ、勝者はみな賞金を手に入れる資格があるのだ。

集配に間に合うように、俺は翌朝八時前にホテル・モン・ダルボアワに到着した。ところが、一足違いで回収されたあとだった。こうなったらエヴィアンまで取りに行くしかない。荷物は宛名を自分にして郵便局留にしてある。ファセル・ヴェガをゆっくりと走らせながら考えた。俺は簡単に大金が手に入るチャンスをふいにしようとしている。自分の得になることなど一つもないのに。心を入れかえるつもりは毛頭ない。ならばどうして？　ジュリアの目によく映りたい、ただそれだけだった。そのうち、なんの見返りも下心もなく頼みごとを引き受けてしまうかもしれない。そんなことを考えている自分が意外だった。

山小屋の裏に車を停め、キッチンに急いだ。コーヒーとベーコンエッグが待っているはずだった。コンロの上でポットのコーヒーがいい香りを立てている。しかし、朝食はなく、ジュリアの姿もなかった。寝室に行ってみた。ベッドは整えられていて、ジュリアの洋服とスーツケースが消えていた。俺の部屋のベッドもきちんと整えてあった。

慌てて居間に向かった。いったい何が起きたのか。テーブルの上のボトルに、封筒がもたせかけてあった。それを破いて開けた。

パンダ・ブバカルからのものだった。

かわいい坊やへ

あなたのジュリアを預からせてもらうわ。心配しないで。乱暴なまねはしないから。彼女のパパに伝えてちょうだい。例のものを渡してくれたら、お嬢さんはすぐにお返しするって。豪勢なパジャマを着ているのね。

帽子いっぱいのキスを込めて。あなたを食べたいパンダより

キッチンに行ってコーヒーをカップにそそぎ、椅子に座って考えた。おそらく行き詰ったダーンフォードが仕組んだことだろう。いまの彼はオドウダの邪魔をするためなら手段を選ばないし、どんな結果を招こうとかまわないと思っている。包みを手に入れるのは無理そうだから、ナジブの手伝いをしようというわけだ。そうすれば、少なくともオドウダの手には入らない。

ラ・フォルクラに電話をかけて、ダーンフォードを呼び出した。

自分の居場所を告げて尋ねた。「ジュリアがここにいるって知っていたんだろう?」

「ええ。お嬢様は出発する前に、手紙はすべてそこに回送してほしいと言いましたから」

「それでナジブに教えたってわけか」

「わたしが何をしようと勝手でしょう」

「そうかい。せいぜいティッチ・カーモードといっしょにモーターボートに乗らないように用心することだ。まったく、余計なことをしやがって。オドウダはどこにいる?」

「こっちに戻っていますよ。あなたに会いたがっている」

「そりゃあそうだろう。すぐに行くと伝えてくれ。ところで、彼はジュリアの手紙を読んだ

のか？」

「手紙というと？」

「父親への離縁状だよ」

一瞬置いてダーンフォードが答えた。「ええ」

「そいつは残念だ」

俺は電話を切った。

オドウダは、ジュリアが自分から離れたことを知っている。ナジブたちが彼女を人質に取ったところで、交渉に応じるはずはない。オドウダはあの包みを喉から手が出るほど欲しがっている。ジュリアがどうなろうと気にしないだろう。いまや彼女の身に何が起きても不思議はない。ナジブはゴンワラ将軍の命運をかけて勝負に出たのだから。

目玉焼きを作り、それを食べながらさらに考えた。しかし、いい考えは浮かばなかった。寝室に行って荷物をまとめ、豪勢なパジャマもしまった。パンダとナジブは俺の帰りを待たなかった。つまり彼らは俺と話し合う気がない。オドウダ本人とじかにかけ合うつもりなのだ。

一つだけ確かなことがある。俺は小包を持っていて、ジュリアに危害が加えられることを望んでいない。そうなると取り引きする相手はナジブということだ。オドウダはそれを望んでいないし、アリスティドも望んでいない。彼らは全力で阻止しようとするはずだ。当分、小包はエヴィアンの郵便局に預けておいたほうが安全だ。とりあえず打開策が見つかるまでは。

山小屋の戸締りをして、ファセル・ヴェガを発進させた。手元に小包がなくて幸いした。クルーズの町に入ってすぐに、バイクに乗った数名の警官らしき連中に停止させられた。やけに礼儀正しく俺の書類を確認したあと、車内をくまなく調べた。しかし結局、何も見つからず、落胆した表情で俺に行き先を尋ねた。ラ・フォルクラの城館だと答えると、なぜか嬉しそうな顔をした。彼らは手を振り、派手にクラクションを鳴らして俺を見送ったあと、一五キロ余り尾行を続けた。しかし、無線で連絡を取り合っていたのだろう。レマン湖南岸の町トノンに着くや、新たに二台のバイクが姿を現した。俺にスピードを落とさせ、前後に一台ずつついて町中を誘導し、リーヴ埠頭で停止した。古ぼけた大きな青い乗用車のなかでアリスティドが待っていた。

彼は車から降りると、警官たちを解散させた。それから道路を挟んだ向かい側の店に俺を誘った。彼は自分にペルノを、俺にビールを頼み、穏やかな笑みを浮かべた。ボタンの穴にさ さったヤグルマ草が色褪せ、顎には新たな髭剃りの傷跡ができている。

「ゴルフコースではうまいことやったそうじゃないか」彼は言った。

みごとな立ちまわりと言ってもらいたいものだ。

「手を貸してくれる女がフランス中にいるのか?」

「大勢いるさ。でも、住所は教えないよ。俺はいま機嫌が悪いんだ」

「そいつは残念だ。夕べはジュリア・ヤング・ブラウンさんと過ごしたんだろう?」

「ああ。彼女の料理の腕前は超一流だよ。ブランデーでクランベした羊肉をごちそうになった。どうやって作ったのかは知らないけど、たっぷり二時間もかかったんだ」

アリスティドはうなずいた。「ポワトゥー地方の料理だな。ガーリックを入れるんだ。ほんの少しだけ」

「確かに入っていた」

「彼女はいまどこにいる?」

「さあね。朝食の前に散歩に出かけて戻ってみたら消えていた。そして友達からの手紙が残っていた」

俺はパンダの書き置きを差し出した。アリスティドは無表情でその手紙を読み、ポケットにしまった。「そんなに豪勢なパジャマを着ているのか?」

「世界の国旗がついているのさ」

「昨日はおまえさんの代わりに、ジュリアが小包を取りに行ったんだな。オーベルジュ・ペール・ビズに預けていたなんて。うかつだった。いまも安全な場所に隠してあるんだな?」

「そうだ」

「よかった。ほかの連中の手に渡るなんて考えたくないからな。そうなったらおまえさんの立場も悪くなる」

「もちろんジュリアと引きかえに渡すつもりだ」

アリスティドはかぶりを振った。

「おまえさんは女に優しすぎる」

「渡さなきゃ彼女が湖に浮かぶことになる。ゴンワラ将軍は若い女が好きなわりに、ずいぶん冷たいらしい。座り慣れた権力の座を守るためなら、誰かが犠牲になってもかまわないってわけだ」

「権力だの政治だの――おれだって死ぬほどうんざりしてる。殺人とか窃盗とか偽造とか、そういうわかりやすい事件に専念できたら、どんなにいいかと思うよ。好きこのんでこんなことに関わりゃしない。おれの役目はなんとしても包みを手に入れること。おまえさんの要求どおり、上司が金を払うことに同意したんだ」彼はため息をついた。「いまのいままで、すぐに交渉成立ってことになると思っていたのに。ゴンワラやオドウダが用意できる金額には遠く及ばなくても、おまえさんには良心がある。今回はそれで手を打って、おれに貸しを作るつもりでいたはずだ。しかし彼女が人質に取られたとなれば、そう簡単にことは運ばないし、おまえさんの立場も危うくなる」

「そう思うか?」

「そりゃあそうさ。おまえさんだってわかっているだろう。おれは雇い主のために小包を回収しなければならない。取り返すためなら手段を選ぶなと言われている。ゴンワラもそうだし、オドウダもそうだ。だけど連中の冷酷さは一人の人間の性格にすぎない。政府や国家権力のように、合法的な国際組織を動かす力を持っている集団の冷酷さには遠く及ばない。その娘さんが死んでも、個人的な責任を感じる者は一人もいないだろう。なぜなら、それは組織としてやむをえないことだからだ。もちろん彼女を探し出し、救出しようと努力しないわけじゃないけどね。実に嘆かわしいことだと思わないか?」アリスティドはそう言ってペルノをあおり、もう一杯注文した。

「あんたに包みを渡し、ジュリアのことは放っておけというのか？」

「いまその話をしているんだよ」

「俺がそんな汚いまねをするわけないだろ！」

「おまえさんなら抜け道を見つけられるはずだ」

「抜け道？」

「そいつは自分で考えろ。小包が手に入れば何をしようと文句は言わない。おれがそれを手に入れられなかったら、自分がどうなるかわかっているんだろう？」

「教えてほしいね。俺を震え上がらせてくれ」

「もちろん、手を下すのはおれじゃない。べつの部署の連中が適切に処理してくれる。だからおれが罪悪感にさいなまれることもない。だが、おまえさんは排除される。当局の不興を買ったというそれだけの理由で。言っておくが、彼らはそのことに喜びを感じるわけじゃないし、とくに躊躇もしない。速やかに処理し、あとには何も残らない。おれが冗談を言っていると思うほど世間知らずじゃあるまい」

俺にはわかっていた。アリスティドは脅している。しかし、その後ろには事実がある――確固とした冷酷な事実が。彼の言葉どおり、役人たちは俺を処分するだろう。単なる仕事の一環として。俺は消えなければならない。それは当然の成り行きなのだ。俺は小包を持っている。それをナジブに渡してジュリアを救出すれば、俺は排除される。オドウダに渡したとしても

（そんなつもりはないが）結果は同じ。その上、ジュリアまで巻き添えを食うことになる。そして、アリスティドに渡せば――湖岸を数キロ走れば小包を預けた郵便局がある――ジュリアが排除される。窮地に追い込まれたゴンワラがいっさいの責任を誰かに償わせ、少しでも溜飲を下げるために。俺に残された道はジュリアの居場所を突き止め、彼女を救出したあと、アリスティドに包みを渡す方法を見つけ出すこと。それしかない。実にシンプルだ。ペルノを注文した。いまの俺にはビールじゃ弱すぎる。

アリスティドは黙って見ていた。俺はペルノを一息に飲み干し、席を立った。

「相当頭を絞らなきゃいけないいな」

「そりゃそうだ。電話番号を教えておく。連絡をくれ」

「そういえば」俺は言った。「別件でオドウダを調べていただろう。どんな事件だ？」

アリスティドは肩をすくめた。「殺人さ。おれが好きな単純な事件だ。上司からの指示で、この重要な案件が片づくまで捜査は中断している。おまえさんはたぶん、オドウダの城館に行くつもりだな」

「ああ」

「それじゃあ、オドウダには内緒にしてくれ。おれたちだけの秘密だ」

「もちろんさ。あんたを困らせるようなことはしないよ」

彼はにんまりした。「いい心がけだ」

立ち去る前に彼の鼻柱をぶん殴れたら、どんなにすかっとするだろう。そんなことをしてもなんの得にもならないが。彼に責任はない。単なる手先にすぎないのだ。給料を貰い、決められた仕事をする。そして夜、自宅に帰ったら背負った荷物をすべて下ろし、決して自分が汚れることはない。濡れた布でナイフをぬぐえば何に使ったのかわからないように。型どおりの書類を作成して担当部署の承認を受け、正しい保管場所にきちんとファイルすれば何も思いわずらうことはないのだ。

エヴィアンまで湖岸を走り、そこからオドウダの城に電話をかけて、ダーンフォードを呼び出した。オドウダは近くにいるかと尋ねると留守だという。今日は一日、ジュネーブに出かけているらしい。これから会いに行くとダーンフォードに告げた。

オドウダはいま最も出くわしたくない人物だ。

城館の外の砂利敷きに車を停めてなかに入った。巨大な大理石を敷き詰めた廊下を通って、ダーンフォードの書斎へ向かう。彼は回転椅子に腰かけ、煙草を吸いながら緑色の書類棚を見据えていた。煙草の灰がベストの胸元に散乱している。長いこと、その姿勢でいたのだろう。俺が書斎に入って行くと、小さくうなずいただけですぐに棚に視線を戻した。

俺は椅子に座って煙草に火をつけた。デスクの後ろにオドウダの写真が飾られていた。湖のほとりで、一〇キロ以上ありそうなカワカマスを抱えている。

「これから話すことは二人だけの秘密だ。あんたが仕出かしたへまに俺たちを巻き込まないでくれ。いまはあんたの正直な答えが必要なんだ。わかったか？」

ダーンフォードはうなずいて机の下に手を伸ばし、引き出しからグラスを取り出した。なみなみと酒をそそいで勢いよくあおり、棚を一瞥して、グラスをもとに戻した。

「いつからそうしているんだ?」

「昼過ぎからだ」

「じゃあ、話がすむまで中断してくれ。まずは今日ナジブと連絡を取ったのか?」

「いいや」

「やつがジュリアを人質に取り、俺が車から回収した包みを要求していることは知っているか?」

「さあ」彼はまったく興味を示さなかった。ウィスキーには人類最大の美点である細やかな感情を鈍らせてしまう力がある。

「どうやってナジブと連絡を取ったんだ?」

「きみには関係ない」

「大いにあるんだよ。なんとしてもその方法を知りたいんだ。そのためなら、年上の男をぼこぼこに殴ってもかまわないと思ってる」

ダーンフォードはしばらく考えてから、振り返ってべつの引き出しを探り、一枚の名刺を差し出した。俺はそれを見て思った。ナジブはいったい何種類の名刺を持っているのだろう。ミスター・ナジブ・アラクィ・エスクワイアー、専門家、輸出入業という例の肩書きは同じだが、住所はジュネーブに変わっている。思わず名刺をひっくり返した。アラクィ兄弟が次に何を考え出すのか想像もつかない。期待は裏切られなかった。予想どおりそこにはフランス語のモットーが記されていた。「一を聞いて十を知れ」俺はナジブと一言以上の言葉を交わせることを願っていた。それもなるべく早く。

目をそらしたままダーンフォードが言った。「きみは小包をわたしに渡すか破壊すべきだ」

「壊すつもりだったのにあんたのせいで計画が狂った。もはや、そんなに簡単に解決する問題じゃなくなったんだよ」

彼は首を横に振った「どうせ手元に置いて金儲けをするつもりだったんだろう？　わたしにはわかっているんだ」

「確かにそう思ったこともあった。でも、いまは違う」俺は立ち上がった。「アドバイスを聞きたいか？」

「べつに」ダーンフォードはまったく関心がなさそうだった。初めて会ったときのような歯切れのよさはどこにもない。

「荷造りをしてここを出て行くんだ。オドウダの手の届かない場所まで逃げろ。あんたはかつて彼女といっしょにそうするつもりだったが、オドウダにぶち壊された。あの事件のあと、一人で逃げるべきだったんだ」

ダーンフォードは驚いて顔を上げ、瞬きした。

「どうしてそのことを？」

「単なる想像さ。いまのいままでは」

「あの男は彼女を殺した」

「その点は認めてもいい。だからといって、あんたにできることは何もない。なのにオドウダを陥れようとした。彼はじきにすべてのからくりに気づくだろう。そうなれば、あんたは自分の命を守ることを考えなきゃならない」

「あいつを殺そうと思ってる」

「その言葉を信用できたらどんなにいいか。だけど、そのウィスキーが抜けたら、ひどい二日酔いをどうやって治すかで頭がいっぱいになるよ」

「殺《や》ったのはティッチ・カーモードだ。悪魔みたいな男で、オドウダよりも性質《たち》が悪い。彼らはときどき二人で酒を飲むんだ。オドウダが憎んでいる連中ばかりを集めた、あのいまいましい蠟人形の部屋に閉じこもって。二人の笑い声や、何かを叩く音がドア越しに聞こえることもある。長い間、お嬢様たちには内緒にしていたんだが……隠し切れなくて……それで父親のもとを去った」

俺は出口に向かいかけてふと思いついた。「あんた、銃を持っているか？」

「銃？」

酔っ払いはどうして同じ言葉を繰り返すのだろう。

「そうだ、銃だ。俺はこれから必要になるかもしれないし、間違いなくあんたには必要ない」

俺がその銃でオドウダを殺すかもしれないと思ったのだろう。ダーンフォードはべつの引き出しを開けて、俺に銃を放った。内心ひやりとした。銃はどんなときも慎重に扱わねばならない。受け取ったものを見て俺は言った。「なんだこれは?」

「わたしはそれしか持っていない」そう言って弾丸の入った箱を差し出した。

二二口径のエアガンだった。圧縮した空気で弾を発射する仕組みで、装弾数は四〇発、発射速度は秒速一二二メートル。その気になれば相手に深手を負わせることもできるし、見た目は本物そっくりだ。ミグスの射撃場で以前試したことがある。ナジブがその銃にたじろいで、ジュリアを引き渡す気になってくれればいいが。

車に取って返し、盛大に砂利を跳ね飛ばしながら長い私道を走った。オドウダが戻る前に姿を消したかった。

日が暮れるころジュネーブにたどりついた。教えられた住所はヴォランド通りの突き当たり、オービーブ公園からさほど離れていない場所だった。その部屋はマンションの最上階で、ドアには青地に黄色のストライプが描かれていた。呼び鈴を押すと、聞き覚えのあるメロディが室内に響いた。

ドアの前に立ち、なんの曲だったか思い出そうとしていると、ナジブが現れた。時代遅れの洋服としょうが色の靴という、いつものいでたちだ。クリーム色の麻のスーツに赤いシャツ、黄色のネクタイには色とりどりの薔薇の花輪があしらわれている。あまりの派手さにぎょっとしたが、エアガンの銃口はぴたりと彼を狙っていた。

「中に入れてもらおう」俺は言った。

茶色い顔を輝かせてだんごっぱなにしわを寄せ、白い歯がいっそう白く見える。

「これはこれは、カーヴァーさん。またお会いできるとは光栄ですな。こんなむさ苦しいところへようこそ」

「先に行って、この耳障りな呼び鈴を止めてくれ」

ナジブは毛足の長い絨毯を敷いた廊下を歩き、広い居間に俺を通した。確かにむさ苦しいところだった。家具には黒いベルベットの布がかけられ、パールグレーの絨毯には大きな赤い渦巻きが描かれている。緑のカーテン、御影石を模した壁紙、つなぎ目に白い漆喰がたっぷりと塗り込んである。一八〇センチはありそうな戸棚には、酒のボトルやつまみがぎっしり詰め込まれ、長いテーブルの上には雑誌が散乱している。表紙はどれも若い女ばかりだ。トルコ煙草のにおいが鼻をついた。

ナジブは振り返り、片手で室内をぐるりと示して言った。「気に入ってもらえましたか？そうでもない？　好みの違いですな。売春宿みたいだと言われることもあります。ここだけの話、ああいう場所はたいてい居心地がよくて、愉快なものなんですよ。飲みものは何になさいます？」

「大きなグラスにウィスキーのソーダ割りを貰いたいが、毒を盛られないように自分で用意するよ。俺としてはアルコール抜きですませたいと思っている。飲むとどうしても長居してしまうからね。さっさと用件をすませたいんだ。頼むからもってまわった言葉遣いはやめてくれ。あんたはたぶん文学博士だな。チョーサーから読みはじめても、俺がシェイクスピアで足踏みしている間に悠々と追い越して、T・S・エリオットまでたどりつくんだろう。だが、いまは簡潔な言葉で話そうじゃないか。なあ、ナジブ」

彼は屈託のない満面の笑顔で言った。「実を言うと、わたしは理学博士ですが、だからといって芸術を軽んじたりしません。それから、名前は正しく覚えなくちゃいけない。がっかりしましたよ。あなたがそんなに人の顔を覚えられないなんて。わたしはミスター・ジンボ・アラクィ・エスクワイアーですよ」

俺は心底驚いた。その間に彼は飲みものを用意した。ショックから立ち直ると手にグラスを持っていた。「いったいここで何をしているんだ？」

「短期の出張みたいなものですな。ナジブは手いっぱいなもので。そうそう、わたしはいまオドウダさんに雇われているんですよ。よほどお困りなんでしょうね」

「オドウダが本気であんたを雇うはずがない」

「どうして？　彼はわたしを信用していないのに、居場所を知りたがる。それにわたしが祖国の誤った情報を伝えても、彼はそれに気づき、そこから何かを読み取ることができる。誤った情報は、正しい情報と同じくらい意味深いものです。オドウダさんはその両方に金を払うつもりでいる。言うまでもなく、わたしが真に忠誠を誓うのは、わが祖国に対してですし、そのことに並々ならぬ誇りを持っています。そのような尊い志があなたのもくろみを阻むのです。自分自身にしか忠誠を誓えない人間に勝ち目はない。わずかな富を得るのが関の山だ。それで小包の値段はおいくらですか？」彼は片手で俺を制し、急いで先を続けた。「むろんあのお嬢さんはお返しします。しかし、あなたがそれ以外の見返りを求めないはずはない。われわれがお嬢さんを預かっている以上、金額を吊り上げることはできませんがね」

「金はいらないし、包みは渡さない。彼女を返してくれ」

「どうやら」とジンボ。「現在の状況を整理し直したほうがよさそうですね」

「そうしよう」俺は柔らかい椅子に腰を下ろした。

ジンボは煙草に手を伸ばした。ふたを開けると音楽が流れ、彼はにっこり笑った。

「フランス民謡の『月の光に』ですよ。トイレの便器は『アヴィニョンの橋の上で』を奏でる。実はここはパンダのフラットでして。彼女のことは好きですか？」

「たいした女だよ。泳ぎもうまいしね。ところで、俺がアンセルモスの山小屋にいることを、彼らがどうやって突きとめたのか教えてくれないか」

「簡単なことですよ。彼らはあなたを見失った。そこで、試しにあの山小屋に電話をかけてみたら、あなたが出た。フランス人の女から電話があったでしょう？　マックスはカンヌにいるってあなたは答えた。だから、あの山小屋にいるとわかったわけです。その後、離れた場所から気づかれないように見張っていました」ジンボは微笑んだ。「富を求めて先を急ぐ者は、ときどき後ろを振り返らなくちゃいけません」

「名刺の裏にそいつを印刷したらどうだ」

「考えておきます」

俺は立ち上がった。「それじゃあ、部屋のなかを見せてもらおう。あんたが先に歩いてくれ。妙なまねをするなよ」

彼はフラットを案内した。どの部屋もパンダ好みのインテリアでまとめられていた。この場所をプロのもてなしの場として使っていたのは想像にかたくない。どこでも音楽を聞いたり、映画を見たりできるように配線がめぐらされている。だが、ジュリアの手がかりはどこにもなかった。

ジンボを連れて居間に戻った。彼は椅子に座り、音楽を奏でる煙草の箱からもう一本取り出し、手を振って酒を勧めた。

俺は酒のボトルを手に取って言った。「確かに彼女はここにいない。じゃあ、どこにいるんだ?」

ジンボは茶色い顎を指先でこすりながら答えた。「知っていても教えませんが、情けないことに知らないのです」

「どうして情けないんだ?」

「ナジブがわたしを信用していない証拠だからですよ。実の兄弟だっていうのに。連絡を取るすべさえないなんて。必要なときに電話をするって言われました。だから、力ずくでしゃべらせようとしても無駄です。お話できることは何もない。これほど正直に話したのは久しぶりですよ」

俺は考えた。そして、とりあえず彼の言葉を信じることにした。ジンボはそのことに気づき、嬉しそうに深くうなずいた。

「そうは言ってもカーヴァーさん、あなたと交渉する権限は与えられています。双方が納得の行く取り引きができるように。お望みの金額はいかほどですか?」

「金額なんか考えていない。取り引きするつもりはないんだ」

「騎士道精神に反しますか? 彼女はとても美しい娘さんだし、噂によれば、あなたにずいぶん優しいそうですな。考えてごらんなさい。不要な小包を差し出すだけで、よろしいですか、一〇〇〇ギニーもの金を手に入れた上に、彼女を助け出すことができるんですよ。彼女は喜ぶでしょうし、溢れんばかりの感謝の気持ちを男たちがつねに夢見る方法で、あなたに示すにちがいありません。むろんあなたはいまも包みを持っていて、安全な場所に保管しているとわたしは確信していますよ」

「確信するのは勝手だが、あんたの手には渡らないよ。誰にも渡すつもりはない」

彼は首を横に振った。「われわれにも、オドウダさんにも、そしてインターポールにも渡さないと言うのですか?」にっこり笑う目が鋭く光った。俺の言葉を信じていないらしい。「あなたはいま、いわゆるジレンマに陥っている。胸中をお察ししますよ。さぞかしつらいでしょうな。さっきも申し上げたとおり彼女はとても美しい。なんというか、ケルト民族の血を引いているような……いえ、たぶん、ジプシーのと言うべきでしょう」

ジンボの指摘は正しい。彼女の容貌に関してだけでなく、俺のジレンマに関しても。どっちに曲がるべきか、何をすべきか、どこへ行くべきか、いまだに判断がつかずにいた。一瞬、力づくで口を割らせるという考えがよみがえった。隠している情報を白状するかもしれない。だが、そう思ったのはほんの一瞬のことだった。ジンボは死んでも口を割らないだろう。彼は頑固だし、おのれの忠誠心に並々ならぬ誇りを持っているのだ。

俺は酒を飲み終え、立ち去ることにした。

「そこを動くんじゃないぞ」

彼は素直にうなずいた。

廊下を歩き、部屋を出た。玄関のドアを閉めたとき、少なくとも謎の一つが解けた。呼び鈴のメロディは「ハッピー・バースデー・トゥー・ユー」だった。

数分後、俺は近くの袋小路に停めたファセル・ヴェガに乗り込もうとして、ティッチ・カーモードに後頭部をこん棒で叩かれた。歩道に倒れ込む前に、まるでジャガイモの袋でも扱うように、オドウダが俺の腕を乱暴につかんだ。抵抗する間もなく意識を失った。

第8章

どんなに偉大でも、どんなに権力があっても、魚ほど自由な人間はいない
ジョン・ラスキン

気がつくと、ロールスロイスの車中だった。カーモードが運転し、俺はオドウダといっしょに後部座席に座っている。こっそりポケットに触れた。ダーンフォードから借りた銃はなくなっていた。俺が意識を取り戻したことに気づくと、オドウダは何も言わずにフラスクを差し出した。俺はそれを飲み、身震いした。ヘッドライトの先に続く真っすぐな道に目を凝らした。松林に挟まれた急な坂道を上っているようだ。たぶんオドウダの城館に向かっているのだろう。

カーモードは運転手用の帽子を斜めにかぶり、小さく口笛を吹いている。このあとの時間が楽しみでたまらないといった様子だ。オドウダはハリス・ツイードのジャケットと、揃いのニッカーボッカーといったいでたちで、右のこめかみに大きな青あざがある。

長い間、沈黙が続いた。やがてオドウダが前を向いたまま言った。「この裏切り者めが」会話のきっかけとしては好ましくないので黙っていることにした。

オドウダが続ける。「おまえは汚い裏切り者だ。ダーンフォードもそうだ。あいつは酔っ払いの裏切り者だがな。知りたいなら教えてやろう、あいつはクビにしたよ」

「腕をねじり上げて、俺の行き先を白状させたあとで?」

「両腕をね」カーモードが肩越しに言った。

二人は肩を揺すって楽しそうに笑った。

先のことを考えて憂鬱になった。オドウダは小包を取り戻したがっている。たとえ俺が条件を出せる立場にあったとしても、取り引きするつもりなど毛頭ないだろう。

彼は言った。「私は時間を無駄にするのが大嫌いなんだ。誰かにその責任を取ってもらわんとな、若造」

俺はあくびをして目を閉じ、豚皮の椅子にもたれた。

「眠れると思っているのか?」

「試してみるよ。ついたら起こしてくれ」座席に深く沈み込み、眠そうなうなり声をもらした。

「わくわくして眠れないでしょう」とカーモード。

オドウダが相槌を打った。「そうだな、お楽しみはこれからだ」

薄く開いた目の端で、オドウダが葉巻を取り出し、火をつけるのが見えた。頭はずきずき痛むのに、いつの間にか眠りに落ちていた。

城館の私道に折れたところで、俺は目を覚ました。

オドウダが言った。「気分はよくなったか?」

「おかげさまで」

「そいつはよかった。万全の態勢で挑んでもらわんとつまらんからな。今回は賭けはなしだ」

長い私道を走ったが、行き先は城館ではなかった。横道に入って八〇〇メートルほど坂道を上り、車を停めた。カーモードはライトを消した。遙か遠くまで続く水の広がりがちらりと見えた。月明かりを受けて鋼のように青く輝いている。どうやら湖らしい。嫌な予感がした。

湖畔に小さなコテージが建ち、ボート小屋が併設されている。二人は俺を連れてそこへ向かい、広々とした部屋に入った。

「おれの仕事部屋だ」カーモードが言った。

部屋の片側に長いベンチがあり、奥まったところに簡素な暖炉がある。小さな台座の上に等身大の蠟人形が立っていた。裸で頭がない。

「いま作っているのは」とオドウダ。「おまえだよ。そのスーツを使いたいからさっさと脱ぐんだ」彼はカーモードを見た。「暖房をつけてくれ、カーモード。そうすりゃ寒くないだろう」

カーモードは室内を動きまわって、数カ所あるヒーターのスイッチを入れた。オドウダはべつの煙草に火をつけて戸棚に近づき、自分の分だけブランデーをグラスにそそいだ。

「脱いだら飲ませてやる」

俺は言うとおりにした。そうするしかない。拒んだら、彼らはさっそくお楽しみを始めるだろう。

オドウダは俺のブランデーを取りに行くついでに、カーモードに尋ねた。「靴もいるか？」

カーモードは首を横に振った。「あんなのみすぼらしくて使えませんよ」

オドウダはブランデーを差し出した。「ゆっくり味わってる時間はないぞ。これから腕を縛り上げるんだからな」

「あの悪党どもの展示室のどこに、俺の人形を置くか決めたのかい？」

「まだだ」とオドウダ。

「お願いだからあの警官の近くには置かないでくれ。アレルギーなんだ」

「想像はつくよ。おおかたインターポールに脅されたんだろう。小包を渡さなければ大変なことになるぞ、とかなんとか」

「まあそんなところだ」

「権力と政治」オドウダが続ける。「言うまでもなく、私はそれらを自由に動かすことができる。インターポールにも二人ほど部下を潜り込ませているんだ。ところで、おまえはとっくにクビだからな。それどころか小包を渡さないかぎり、おまえのこれまでの労働に対して一ペニーたりとも払うつもりはない」

「おかしいじゃないか。あんたは車を探させるために俺を雇ったんだ。務めはちゃんと果たしたぞ」

「おまえは出すぎたまねをしたのさ。その上、私の金を持ち逃げしおって」

俺たちが話している間も、カーモードは大きな戸棚の前で熱心に作業をしていた。たくさんある釣りざおをより分けているらしい。

「最近、ナジブから連絡は?」

オドウダはうなずき、葉巻の煙越しに俺を見て、小さな青い目をしばたいた。「一度電話がきたよ。探りを入れたって無駄だぞ。言っておくが、私はいまの状況をすっかり把握している。ナジブはジュリアと交換に包みを手に入れる腹だ。インターポールは包みを渡すようおまえを脅している。そして、私もそれを手に入れるつもりでいる。実に厄介だな、おまえにとっては。同情はしてやるがそれだけのことだ。そうそう、もう一つ言っておきたいことがある。私の死んだ妻に関して馬鹿げた憶測が飛び交っているようだが、あれはまったくのたわ言に過ぎん。どうせジュリアの妄想に愚かなダーンフォードが喜んで飛びついたんだろう。いいか、あの不運な事故が起きる前から、私はあいつと妻の関係を知っていたがべつに気にしていなかった。いずれにしろ離婚するつもりだった。訴訟手続きを進めるよう弁護士にも指示していたんだ。しかし、運命の不思議なめぐり合わせのおかげで、裁判の費用を節約できたってわけだ。カーモード、こいつの手を縛れ」

カーモードは俺に歩み寄り、ブランデーを飲み干すのを礼儀正しく待ってから、両手を後ろにまわし、細いひもできっちりと手首を縛った。

俺が興味を持つと思ったのか、彼は言った。「糸をより合わせた、釣り用のダクロンラインだ」

「力を入れたら手がちぎれそうだな」

「だろうね」

俺はオドウダを見た。自分のグラスにブランデーをそそぎ足している。

「あんたに包みを渡せば、ジュリアがどうなるかわかっているだろう？」

「もちろんよくわかっている。ゴンワラ将軍はその気になればとことん残忍になれる男だ」

「それでいいのか？」

「実の娘じゃないし、いまでは親族でもなんでもない。彼女のほうから絶縁したいと言ってきたんだ。だから私は彼女に対してなんら責任を負っていない。それでも彼女が美しい娘であることに変わりはないし、気の毒だとは思うがね。おまえがあの子に惚れたとしても驚かないよ。そのせいで窮地に陥っているが、どのみち私には興味のないことだ。しかし、おとなしく包みを渡せば、ゴンワラが理性を取り戻すようかけ合ってやってもいい。なんの保障もできんがね」

「そんなことをしたら、俺はインターポールに消されてしまう」

「確かに連中はそうするだろうな。だからこそ、おまえの口を割るには何かしらの手段を講じなければならんと思っていたのさ。素直に言うことを聞くような男じゃないからな」

カーモードはオドウダを見た。「どうでしょう、もうちょっと明るくなってからのほうがいいですかね？」

オドウダはうなずいた。「そうだな。暗闇じゃあせっかくの大物を釣り上げる楽しみを存分に味わえないだろう。しかし、余り期待しすぎちゃいかん。さおはどれを使う？」

「大魚用のサーモン・ロッドでは？」

「アーサー・ウッドを試してみるか」オドウダは俺を振り返った。「隠し場所さえ教えれば、こんなことをする必要はないんだぞ」

「処分したよ」

彼はにやりとした。「嘘をつくな、若造。聖ペテロの宣誓供述書を添えられたって信じないさ」

「聖パトリックなら？」

「なおさら信じないね。私がそのアイルランド人を知らないと思っているのか？　おまえはあの包みを安全な場所に隠しているし、私はそれを手に入れてみせる。考えてみれば、無理やり白状させたほうが楽しそうだな。その空元気《から》を絞り取ってやろう。おまえは私のような目上の人間にもっと敬意を払うべきだ。いずれにしろ、私のなかのサディスティックな血に火がついて、さっきからうずうずしているんだ。早く始めろ、たっぷり楽しもうじゃないかとね。まったく、この部屋は暑すぎるな」

オドウダはツイードのジャケットを脱いだ。その間もカーモードは戸棚の近くで、釣りざおにリールを取りつける作業を続けている。彼らが何をしようとしているのか俺は理解した。それでもまだ信じられなかった。どのくらい引っぱれば糸が切れるか思い出そうとした。すると、どこかで読んだ記事の記憶がよみがえった。屈強なスイマーが、高品質のさおと釣り糸を相手に引っぱり合いをした結果、スイマーは三〇メートル進んだところでまったく動けなくなったという。俺は考えるのをやめた。確かにオドウダの言うとおりこの部屋は暑すぎる。湖との温度差を考えてぞっとした。

それから小包のことを考えた。いったいどうすればいいのだろう。俺はすっかり途方に暮れていた。オドウダに渡してジュリアを失うか。ナジブに渡してジュリアを救い出し、自分を窮地に陥れるか。あるいはインターポールに渡してとりあえず保身を図り、ジュリアを失うか。たとえうまくいったとしても、ナジブとオドウダは政治的にも経済的にも損失をこうむった恨みから、俺の命をつけ狙うだろう。もう少し時間があればお悩み相談欄に投稿して、アドバイスを貰うこともできるのだが。「状況から判断して、ご自身の良心と真摯に向き合えば、おのずと答えが出るでしょう……」なんて答えが返ってくるかも。問題は、いま俺の良心が行方不明になっていることだ。本当に必要なときに姿を消す、頼りにならない良心だということなのだろう。

俺は汗をかきながら椅子に座っていた。オドウダはうたたねをしている。カーモードは部屋の隅のベンチで、せわしなく手を動かして金属の部品をいじくりまわしている。じっとしていられない性分なのだろう。ときどき窓に近づいては屋外の明るさを確かめている。

数時間後、カーモードは俺に近づき、犬の首輪をはめた。顎の真下に金属製の輪っかがついていて、そこに三メートルほどの釣り糸が結びつけられている。

「針金を芯にしたより糸だよ」とカーモード。「だから噛み切れないのさ。でかいカワカマスのなかには糸を噛み切るやつもいる。でも、あんたがそうするには、よほど丈夫な歯を持っていないと無理だな」それからオドウダをちらりと見た。信じられないかもしれないが、カーモードの岩のようにごつごつしたゴリラ顔に、いたわるような表情が一瞬浮かんだ。「起こすのは気の毒だな。寝不足でね。社長ってのは大変なのさ。ずいぶん無理をされている。つねにあちこち飛びまわっているし。サディスティック云々の話は本気にしないほうがいいぞ。旦那様は包みを手に入れたいだけだ。いまここで白状しちまえば、旦那様はゆっくり休むことができるし、あんたは報酬に加えてボーナスも貰える。思い直すならいまのうちだ」

「ご主人様はちょっと太りすぎだ。ジムにでも通わせたほうがいいぞ。あるいは泳がせるとか。どっちがお勧めか教えてほしいか?」

カーモードはオドウダに歩み寄り、優しく肩を揺すって起こすと上着を手渡した。いよいよお楽しみの始まりだ。彼らは俺を連れて、横のドアからボート小屋に入った。カーモードは道具一式を抱えている。

俺たちは手漕ぎボートに乗り込んだ。カーモードが台車を引っぱり、ボートは湖に漕ぎ出した。美しい朝だった。太陽はまだ昇っていないがあたりはほのかに明るい。青味がかった薄い灰色の空は、東の方角がばら色に染まっている。雲はなく、夜明けの星が新しい一日の始まりに抗うように最後の輝きを放っている。ボート小屋近くの茂みから鴨の一群が飛び立った。

「ホシハジロにシマアジが数羽混じってるな」オドウダが言った。「クサカゲロウをここで繁殖させたいんだが、なかなかうまくいかないんだ」話しながら前かがみになって、釣りざおの糸の先と、俺の首輪に結びつけた糸の先を結ぼうとしている。

「しっかり結んであるか確かめてくれよ」俺は言った。

「心配はいらんよ、若造」オドウダは力強く答えた。「釣りざおを折ったことはあるが、結び方が甘くて獲物を逃したことは一度もない。限界だと思ったら大声で叫ぶんだぞ。余り強情を張らないほうがいい。弱って叫ぶ力が残っていないと困るからな」

俺は右膝を蹴り上げた。オドウダが結びおわる前に、顔面に一撃を食らわせるつもりだったが、彼の反応は早かった。大きな手で俺の脚をつかみ、抑えつけた。カーモードが背後からのしかかって羽交い絞めにすると、オドウダは脚の上にまたがって糸を結びおえた。

こうなっては手も足も出ない。彼らは靴を脱がすと、俺を持ち上げて湖に放り込んだ。

俺は水中に沈んだ。心臓麻痺で死ぬんじゃないかと思うほど水は冷たかった。水中にいるうちに首輪が強く引かれるのを感じた。水から顔を出すと、ボートは二〇メートルほど離れた場所にあった。オドウダは立ち上がったまま両手でさおを握り、巧みに俺を引き寄せている。カーモードはオールを動かし、ボートを平行に保っている。

俺は足で水を蹴った。シャツとパンツが風船のように膨らんでいる。水の冷たさが体の芯までしみ込みはじめた。オドウダが糸を引く力を強めると、前のめりになって顔が水につかった。足で水を蹴り、ボートに向かって必死に泳ぐ。なんとか顔を上げて息を吸おうとした。リールが緩む音が聞こえたので泳ぐのをやめると、またもや強く引っぱられ、顔が水につかった。そこで今度は水中でターンをして力いっぱい水を蹴り、ボートと反対の方向に泳いだ。後ろから引っぱられれば、少なくとも顔を水面に出しておくことができる。確かに思惑どおりだったが、首輪で窒息しそうだった。それでも力を振り絞って泳ぎつづけると、やがて糸がぴんと張った。俺はもんどり打って水中に没した。もしもサーモンだったら、銀色の魚体をくねらせて跳ね上がったことだろう。オドウダが気づかぬうちに糸が切れるか、さおの先が折れることを願いながら。実際には、ずだ袋みたいに水面に浮かび上がった。空気を吸い込もうと息をあえがせていると、オドウダの叫び声が聞こえた。「おい若造。もうちょっとやる気を出さんか。一キロのテンチだってもうちょっと手ごたえがあるぞ」

俺はもう一度泳ぎはじめた。オドウダを喜ばせるためではなく、五〇メートル先の岸辺にたどりつけることを願って。ボートの方角に泳いだ。ただし真っすぐにではなく、斜めに接近した。その先に浅瀬がある。小さくてもいいから足の届く場所を見つけたかった。ひとたび足がつけば、肩や首の筋肉を総動員して二、三回体を回転させることができるかもしれない。そうして自分の体に釣り糸を巻きつければ、後ろで縛られた両手でつかむことができる。

カーモードが叫んだ。「見てください。水草のほうに向かってますよ。まったく悪賢い野郎だ」

ボートが場所を変え、オドウダが糸を引くと、俺の顔は水につかった。俺は必死に抵抗した。両脚をジャックナイフのように屈伸させて水を蹴り、水から顔を出すと、首をのけぞらせて引っぱられまいとした。オドウダはしばしの間、抗う俺と格闘した。さおの先がさらにしなる。どんなにがんばろうと、釣り糸を切ることも竹製のさおを折ることもできそうにない。顔が水につかる。容赦なく引っぱる糸の力を減ずるために、全力で水を蹴って前に進み、かろうじて口を水面に出した。息をあえがせて空気を吸う。しかし、充分に吸わないうちにボートが遠ざかり、強い力で引っぱられた。オドウダは五分間俺をもてあそんだ。死なない程度に空気を吸わせ、ときどき一息入れる。そうこうするうちに俺の体力は衰え、抵抗する気力を失っていった。さっさと片をつけることもできるのにオドウダは急がなかった。俺は顔を上げるたびに、ボートの上の彼らを見、笑い声を聞いた。浅瀬を目指して最後の力を振り絞って水を蹴ったが、やはり引き戻された。糸が緩み、俺は呼吸をすることができた。

オドウダが叫んだ。「それじゃあ、ありかを教えてもらおうか」

彼の勝ちだ。そのことに疑問の余地はない。この五分間で俺はすっかり投げやりになっていた。そのとき、未来を愛おしく思う気持ちが湧き上がってきた。ありていに言えば、俺は死にたくないし、誰かを犠牲にしたくもなかった。生きたい。それは強烈な本能であり、その切実な願いにまさるものはなかった。

口を開いて叫ぼうとした。ところが、カーモードがオールで水をかき、オドウダが糸を引いたせいで、俺の顔はまた水につかった。一瞬、頭が真っ白になり、暗い湖の底に吸い込まれそうになった。一生釣りはするまい。

俺がへとへとに疲れて口を割る気になったと思ったのか、糸を引く力が弱まった。ゆっくりと浮上し、湖面に仰向けに横たわった。朝日がまばゆい光を放つ夜明けの空を、椋鳥の一群が通り過ぎて行く。新鮮な空気を胸いっぱいに吸い込んだ。

釣り糸はすっかり緩み、ボートが近づいてくる音が聞こえた。オドウダが糸を巻き上げ、リールが軽やかに歌っている。

オドウダの声が響いた。「しゃべる気になったか?」

体を起こし、彼らと向き合った。ボートは四メートルほど先にある。俺は弱々しく水を蹴り、うなずいてみせた。

「そうか、じゃあ場所を教えろ」

「俺が取りに行かなくちゃならない。自分宛に郵便で送ったんだ」

「取ってくるのにどれくらいかかる?」

「そんなにかからない。局留で――」

次の瞬間、いくつかのことが同時に起こり、俺の話はさえぎられた。銃声が響いた。オドウダはとっさに身をかがめ、釣りざおの先が持ち上がった。その拍子に糸がぴんと張り、俺は首を絞められて残りの言葉を呑み込んだ。

糸を緩めるために必死に水を蹴って前進した。左側からもう一発銃声が響いた。頭をめぐらせると、遠くの湖畔に三つの人影が見えた。そのうちの一人が水に飛び込み、俺のほうに向かってくる。同時に、ほかの二人が片手を上げるのが見え、新たな銃声が聞こえた。オドウダとカーモードが船底に伏せたおかげで、糸を引く力は完全に失われた。

弱々しく脚を動かして形ばかりのキックをし、こっちに向かって泳いでくる誰かに近づこうとした。

その数秒後、聞き覚えのある声が言った。「がんばって、ハニー、釣り針を外してあげるわ。おいしそうね。夕食に食べちゃおうかしら」

パンダ・ブバカルだった。一瞬、彼女が天使に見えた。満面の笑みをたたえ、白く輝く歯の間にナイフをくわえて猛然と向かってくる。

彼女は派手な水しぶきを上げて俺に近づき、首輪に結んだ糸をつかんでたぐり寄せ、ナイフで切った。それから俺を仰向けにしてたるんだシャツをつかみ、浅瀬のほうへ引っぱりはじめた。湖畔の二人はその間もときおり銃を撃って牽制し、オドウダとカーモードを起き上がらせなかった。

岸辺にたどりつくと、パンダは俺を湖から引き上げた。手を貸して立ち上がらせたあと、糸を切って両手を自由にしてくれた。

「ほんとにもう、ずいぶん水に縁があるのね」彼女は言った。「あなたのおばあちゃんは人魚にちがいないわ」

土手の上のほうに、ナジブとジンボのアラクィ兄弟が立っていた。二人とも手に銃を持っている。ダークグレーのスーツでびしっと決めたナジブが、俺を見てにかっと笑った。一方、ジンボは赤いジーンズにゆったりした黄色いトレーナーというでたち。胸元に誰かの似顔絵がプリントされていて、その下に「ベートーヴェン」と書いてある。彼もまた、俺を見てにかっと笑ったが、すぐに顔を上げてボートにもう一発お見舞いした。

パンダは濡れた手で俺の尻をぴしゃりと叩いた。「走るわよ、坊や。ママについていらっしゃい」

彼女は土手を上りはじめた。血のめぐりが悪いせいで、つまずきよろけながらあとを追った。それでもパンダのすらりとした手足や、褐色の肌や、揺れる乳房に興味を持つくらいには回復していた。彼女が身につけているのは、パンツとブラジャーだけだった。土手のてっぺんで彼女は立ち止まり、トレーニングウェアを拾い上げるとまた走り出した。

「全力疾走してください」すれ違いざまに、ジンボが言った。

「もっと早く」ナジブはそう言って、俺に会釈をした。「おはよう、カーヴァーさん」

パンダは林に入り、細い小道を走ってコテージ裏の開けた場所にたどりついた。そこにはオドウダのロールスロイスのほかに、彼らのサンダーバードが停まっていた。

彼女は後ろのドアを勢いよく開け、布を二枚引っぱり出した。

「さあ、ハニー。その濡れた服を脱いでこれを体に巻きなさい。それから坊や」パンダは俺を見据えて言った。「悪巧みはなしよ。パンツから懐中電灯を引っぱり出して、あたしを殴ったりしないで。まったく男って、女の子をがっかりさせるようなことをするのよね」

彼女は背を向けてパンツとブラを脱ぎ、トレーニングウェアに体を滑り込ませた。俺も服を脱ぎ、毛布で体を包むと、乱暴に車に押し込まれた。ちょうどそのとき、ナジブとジンボが走って姿を現した。

ロールスロイスの横を通るとき、ジンボが後ろのタイヤを銃で撃った。

五秒後、俺たちは城館の私道を幹線道路に向かって突っ走っていた。自分の歯が、高速で動く電子タイプライターのように、かちかち鳴る音が聞こえた。

ジンボが車を運転し、助手席のナジブが後ろのパンダにフラスクを渡した。

「レディー・ファーストね。あたし、これでも立派なレディーなのよ」彼女はフラスクの中身をぐいっとあおってから、俺に差し出した。

息もつかずにそれを飲んでいると、彼女は言った。「ゆっくりお飲みなさい。もうすぐ熱いお風呂に入れるから。そのあと、ママが念入りにマッサージしてあげるわ。ウホ、ウホ！」彼女は長い腕を俺の肩に巻きつけ、熊のように強く抱き締めた。

車を運転しながらジンボが言った。「あの億万長者は本当に釣りが好きだな。わたしも一度だけやったことがある。故郷の川に手榴弾を投げ込んだんだ。覚えているか、ナジブ？」

それが実話だとしても、記憶に値する出来事だとナジブは思わないだろう。彼は振り返って言った。「オドウダに話したのか？」

「もう二秒遅かったらしゃべっていただろう。水があんなに冷たいなんて思わなかった」

「一見、健康的だけど」とパンダ。「早朝の水泳や、過激な運動は、古い赤血球を目覚めさせて体に害を与えることもあるのよ」

彼女は身を乗り出して、俺の脚に巻きつけた毛布をまくった。その下から煙草を取り出して火をつけると、俺の口にくわえさせて母親のような愛情たっぷりのキスを頬にした。

「いい男ね。よだれが出ちゃう」そう言ったあと、ナジブに尋ねた。「用がすんだら、彼を貰っていい？」

ナジブが言った。「パンダ、おまえってやつはまったく、もう少し落ちついたらどうだ」

「いつもこの調子なのかい？」俺は尋ねた。

「寝ているときもね」ジンボはそう言ってにやにやしている。

「そうよ」パンダは臆面もなく言う。「証人は五〇〇人以上いるわ」

そこからジュネーブのジンボのフラットに向かう道中、パンダは前の二人を無視して陽気に騒ぎつづけた。彼女の機関銃のようなおしゃべりはかえって好都合だった。考えることが山ほどある。しかし、俺がしっかり毛布にくるまっているか頻繁に確かめようとするので、そのたびに彼女の長い腕や大きな手を振り払わねばならなかった。

フラットに到着した。俺が体に毛布を巻いたままロビーを横切ってエレベーターに向かっても誰も見向きもしなかった。ジュネーブは人種のるつぼなのだ。たとえ戦闘用の化粧を全身に施したズールー族を見かけても、経済支援を求める会議に出席するんだろうと思うだけなのだ。

パンダは俺を浴室に連れて行き、いっしょに入ろうとした。彼女を締め出して鍵をかけると捨てられた子犬のような金切り声を上げた。しかし、バスタオルを頼むと上機嫌でやってきた。どうやらマッサージを逃れる手立てはなさそうだ。

彼らは俺のために、ナジブの紺色のスーツと白いシャツ等々を用意してくれた。だが、靴だけはしょうが色のスウェードしか予備がなかった。

居間に戻ると、俺は尋ねた。「どうしていつもスウェードなんだ?」

「パンダから卸値で買っているんですよ」ジンボが答えた。「彼女はリヒテンシュタインに小さな工場を持っているので」

パンダがコーヒーを手に現れた。「そうよ、女の子はね、何かに投資しなくちゃいけないの。老後のためにね。いずれは客商売から手を引くつもりだし。まあ、八〇歳くらいが限界かしら」

コーヒーを載せたトレーを俺の前に置いた。彼女は着がえをすませていた。胸元の大きく開いた黄色いドレスは、いまにも脱げてしまいそうだ。

ナジブが言った。「おまえたち二人は先に行っててくれ。行き先はわかるだろう？　わたしはカーヴァーさんと話がある」

パンダが俺にウィンクした。「彼女にあなたの愛を届けてほしいんでしょ、ハニーボーイ。とってもキュートな女の子ね。それは認めるけど、あたしみたいに優しくタオルで拭いてくれないわよ」

「早く行け」ナジブが急かした。

ジンボが言う。「オドウダがここへ押しかけてくるかもしれないぞ」

「放っておけ」とナジブ。「釣りざおを持参するかもしれないな。なんの役にも立たないが」

ジンボとパンダが出て行くと、俺は椅子にもたれてコーヒーを飲んだ。体力はすっかり回復していた。小包をどうするかは、いまだに決められずにいた。だが、オドウダに対する怒りはかつてないほど高まっていた。あの男は自分自身にしか興味がない。欲しいものが手に入れば、ジュリアが死のうと、俺が死のうと、誰が死のうと関係ないのだ。オドウダに思い知らせてやりたかった。手に入らないものもあるってことを。今度ばかりは、さすがのオドウダも屈辱を味わうことになるだろう。

「どうして居場所がわかったんだ？」俺はナジブに尋ねた。

「きみが連れ去られるところを、ジンボがフラットの窓から見ていたし、ファセル・ヴェガはあそこに停めたままだった。しかし、それは過去のことだ。きみがこれから何をすべきかは、当然わかっているだろうね」

ナジブは別人のようだった。沈着冷静で、もったいぶったところもない。それが彼の本来の姿、ゴンワラ政権で諜報部門に属する陸軍将校であることは容易にわかった。

「まったく信じられないよ。船が沈没したとき、妻か娘のどちらを先に助けるか、そんなメロドラマみたいな状況に自分が追いやられるなんて」

ナジブはうなずいた。「ジュリアを人質に取れば、オドウダは交渉に応じると思っていた。しかし、明らかにオドウダにそのつもりはない。あの男はそういう人間だ。でも、きみは違う。ジュリアはきわめて危険な立場にいる。これは脅しではない。気の毒だとは思うが、わたしは命令に従わねばならない。包みを渡さなければ、きみだけでなく、誰一人として二度と彼女に会うことはないだろう。わたしの祖国では、個人の命が、一人の人間の命が重視されることはない。いまも昔も。だからきみが拒否すれば、わたしは当然、命令に従わざるをえない」

「インターポールに追われているんだ」

「それも承知の上だ。その点に関しては、きみ自身が解決策を見つけるしかない。なにしろインターポールは、きみたち西洋人の論理だか掟だかにのっとって機能しているんだから。いままで、きみはその問題を回避する道を探しつづけてきた。そういう逃げ道が見つかる場合もある。だが今回はない。完全にお手上げだ。わたしの言うことに同意してもらえるね?」

俺はコーヒーをそそぎながら考えた。もちろん彼は正しい。冷酷ではあるが理にかなった意見だ。さっき湖で窒息しかけたとき、俺はあらゆる論理も掟も忘れて白状しそうになった。しかしいまなら、肉体的な圧力を受けない状況でなら、まともに考え、まともに感じることができる。まったくもってナジブの言うとおりだ。俺はジュリアを無事に救出し、その後、インターポールとの問題をどうにかするしかないのだ。三、四カ月どこかに身を隠せば、ひょっとして許すか、忘れてくれるかもしれない。余り期待はできないが。政治的な圧力を受けたり、世論の批判を浴びたりしないかぎり、彼らが考えを変えることはない。

覚悟を決めたはずなのに、口からはべつの言葉が出てきた。「あんたが包みを手に入れたあと、ゴンワラがインターポールに圧力をかけてくれないかな。引き受けてくれると思うかい？期待できるだろうか？」

ナジブはしばし考えた。「われわれが包みを入手し、それを破壊したら現政権は安泰だ。世界中の政府に、われわれの友人もいれば同じくらい敵もいて、その大半はインターポールに加盟している。力になれる確率は五分五分。だが忘れちゃいけない。インターポールを通じて包みを手に入れようとした国々は、今回の失敗に対してひそかに復讐心を燃やすことだろう」

そうかもしれない。それでも俺は生き残る道を探さねばならないのだ。

「わかった。それでこれからどうする？　小包を取りに行くのに一時間くらいかかると思うけど」

「きみが取りに行って、手に入ったらここへ電話をかけるんだ。そしたら戻ってくる前にどこか適当な場所でジュリアを待たせておく。人通りのある町中で交換しよう。異論はないな？」

おれはうなずき、電話番号をメモするために立ち上がった。

「あんたはここで電話を待っているのか？」

「ああ」

「わかった」

俺がドアに向かいかけると、彼が言った。「われわれはきみのために手を尽くすつもりだ。説教をする立場にないことはわかっているが、一つだけ言わせてくれ。どんな結果になろうと、その責任はきみ自身にある。きみはあの包みで一儲けしようと考えた。飽くなき欲望。いつの時代もそれが災いのもとになる」

かもしれないと思いつつ俺は部屋を出た。しかし欲がなければ、この世は恐ろしく退屈な場所になるだろう。個人的にはいまはそんな退屈さを大歓迎したい気分だが。本来なら、いまごろヴァカンスを楽しんでいたはずだ。どこかのリゾート地でぼんやりと寝そべり、これから何をしようか考えている。思いついたとしても実行に移す気力などないのに。休暇とはそういうものだ。心地よい怠惰な時間にどっぷりと身をひたす。ふたたび立ち上がってまた一年働くために。


外は素晴らしい天気だった。エヴィアンへ向かう湖岸の道は、一部の区間で補修工事が行なわれているせいで渋滞していた。片側通行と交通渋滞を知らせる電光掲示板を見ても、いっこうに苛立ちはおさまらない。いまの俺は、包みを回収してジュリアを取り戻すことしか頭になかった。

左手に湖が姿を現した。巨大な青い布を敷いたように穏やかで、霧の向こうにジュラの山々が見える。右側には、いまは見えないが、モンブランがそびえているはずだ。そして、ジュリアと一晩過ごした山小屋もこの近くだ。ナジブは正しい。すべての災いのもとは、飽くなき欲望にある。この難局を乗り切ることができたら、本気でそいつをどうにかしようと俺は心に誓った。いっぺんにゼロにするのは無理でも少しずつ減らそう。俺にとってそれはかなり勇気のいる決断だった。札束は日ごろの疲れを癒してくれるものなのだ。いまとなっては、オドウダが今回の仕事の報酬や経費を払ってくれるとは思えない。ウィルキンスの小言を聞かされることになりそうだ。

ウィルキンスを無性に懐かしく感じた。彼女はパンダのことをどう思うだろう。そこから先は、二人が出会う瞬間を想像しながら車を走らせた。意外と意気投合するかもしれない。

車を停めて郵便局に入って行った。イギリスの運転免許証と国際免許証、それにオドウダが作ってくれた銀行のキャッシュカード（それらはスーツケースに入れて車のなかに置いてあった）を持って。郵便局では身分証明書の提示を求めることもあれば、求めないこともある。決められた手順があるはずだが、そのときの気分で変わるのだろう。

窓口の女はピンクの鼻にピンクの唇、ブルーグレーの髪は綿毛みたいにふわふわで、大きな澄んだ瞳をしていた。昔飼っていたアンゴラウサギのことを思い出した。一週間餌を与え忘れたせいでウサギが死に、怒った姉にスリッパで叩かれた覚えがある。姉は一四歳の割に指先が器用だったが、強烈なスマッシュを生み出す手首も持っていた。

身分証明書《カレテ・ディダンティテ》を一式差し出し、レタスの葉のように広げてみせた。

彼女は嬉しそうにピンク色の鼻にしわを寄せた。

「カーヴァー、レックス・カーヴァーだ。ここに俺宛の小包が届いているはずなんだ」

彼女はキャッシュカードを手に取って言った。「ムッシュー・カーヴェイル……?」

「ウィ、カーヴェイル」

彼女は後ろの整理棚を振り返り、左隣の同僚と短い言葉を交わした。下段のZからアルファベットを逆にたどり、ずいぶん苦労してカーヴァーのCに到達した。そして、そこから郵便物の束を取り出した。

「カーヴェイルさんですね?」彼女は該当する小包を探した。

「そうだ」

大量の郵便物をかきまわしたあと、彼女は首を横に振った。「届いていません、ムッシュー。キャベレイルさんならありますが」

「カーヴェイルだ」俺は言った。だが、俺の心はすでに足元のスウェードの靴くらいまで落ち込んでいた。彼女が手にしている荷物のなかには、俺が送った小包らしき大きさのものは見当たらない。

「そんなに気落ちなさらないで、ムッシュー。次の集配で届くかもしれませんよ」

俺はかぶりを振って証明書をかき集めた。いったいどういうことだ? 立ち去りかけてある考えがひらめいた。アリスティドの仕業かもしれない(アリスティドなら、短時間でフランス東部の郵便局を片端から調べ、回収することができる)。そのとき窓口の娘が何かを思い出したように言った。「ああ、あなたがカーヴェイルさんね」

「そうだけど」

「それなら説明がつくわ。ムッシュー・オドウダのお客様でしょう?」その口ぶりからして、オドウダのことを知っているらしい。このあたりで知らない人間はいないのだろう。ここから一〇キロも離れていない山の半分をオドウダは所有しているのだ。

俺はうなずいた。ショックで言葉が出ない。その先の展開は聞かなくても想像がつく。でも、彼女は話をやめようとしなかった。あの城の客は、しばらく引き止めてじっくり観察したい相手なのだ。

「それが、今朝ご本人からお問い合わせがあって。カーヴェイルさんというお客様の小包が届いていないかと。ええ、届いていますと答えたらパスポートを持った運転手さんが取りにみえました。そんなに前じゃありません。せいぜい一時間くらいかしら。わたし、あの運転手さんのことをよく知っているんです。背が低くて、冗談がお好きで、片目をつぶる癖が……」

カーモードの特徴を最後まで聞かずに外に飛び出した。

運転席に座って煙草に火をつけた。ぎりぎりと煙草を嚙み、炎が上がりそうな勢いで煙を吸い込んだ。包みを手に入れたのはアリスティドではなくオドウダだった。考えてみれば、オドウダのほうが有利な立場にあったのだ。俺のパスポートはスーツのポケットに入っていたし、小包は郵便局留にしたことを俺から聞いている。その郵便局がそれほど遠くないことも。三〇分もあれば、湖周辺の主な郵便局に電話をかけることができる。オドウダが名乗れば正規の手続きなど無視されてしまうだろう。窓口の娘はこう思ったにちがいない。ムッシュー・オドウダのお客様ですって？　確かにオドウダさんのところの客は、政治家とか映画俳優とか有名人とかセレブばかりだから、パスポートを持った運転手が取りにきても不思議はない。

それでこれからどうするか。

オドウダは小包を手に入れた。オドウダとカーモードが蠟人形に囲まれて座り、腹を抱えて大笑いする様が目に浮かぶ。おそらくシャンパンを二、三本空けて祝っていることだろう。それもとびきり高価なシャンパン——ヴーヴ・クリコの辛口ゴールドラベル、一九五九年ものあたりで。

吸殻を窓の外に放り投げて悪態をついた。大きな声で一言だけ。めったに口にしない、いまの気分にぴったりの下品な言葉を吐き出したとたん、俺のなかで何かが変わった。胸のつかえが下りて呼吸がらくになったような感じだ。オドウダは小包を大事にしまっておくつもりはないだろう。神が創造した人間のなかに失敗作があるとしたら、それはオドウダにちがいない。俺は選ばれし者としてあの男を成敗してやる。具体的な作戦があるわけではないが、とにかくやるのだ。方法とか理由とか目的とかを考えても仕方ない。いまはただ敵に体当たりするだけだ。その前にジュリアの安全を確保しておかなくてはならない。

郵便局に戻ってナジブに電話をかけた。

「聞いてくれ、ちょっとした手違いがあってまだ小包を受け取っていない。べつにたいした問題じゃないが、若干時間がかかりそうなんだ。かまわないかな？」俺は平静を装って言った。

それは簡単なことではなかった。

ナジブが言った。「一つだけ言っておくが、カーヴァーさん、わたしはきみを信用している。とはいえ、永遠に信じて待つことはできない。今日の午後六時までに小包を回収したという連絡がなければ、しくじったと判断する。そうなった場合、べつの手を打たねばならない。その瞬間、わたしの敗北が決まる。しかし、もっと重大なことがある。第三者がその小包を手に入れたらジュリアの身に何が起こるか。そしてカーヴァーさん、それが第三者の手に渡ったら、すぐにわたしの耳に入るだろう。彼らが連絡を先延ばしにするはずがない。わたしが小包を手に入れたとき、彼らへの連絡を先延ばしにしないのと同じ。それを肝に銘じておくように」

「心配いらないよ」俺は明るく言った。「必ず手に入れるから」

受話器を置いて出発した。

市街地を走っている間、速度を上げたいという衝動を抑えるのは大変だった。街を出るなり思い切りアクセルを踏み込んだ。だが、スピードを出せば雑念を振り払えるのではないかという期待は裏切られた。俺は自問しつづけていた――どうやって？　いったいどうやって小包を取り戻すのか。城館に到着するかなり前から、手ぶらで乗り込むのだけは避けたいと思いはじめていた。あの男は力を有する者しか相手にしない。それも目に見える力を。彼と取り引きするには優位に立たねばならない。実に理にかなっている。問題はどうやってその理論を実践に移すかだ。

第9章

おれは怒り狂う、溶ける、燃え尽きる
ジョン・ゲイ

幹線道路から私道に折れた。しかし、まっすぐに城館には向かわず、湖へと続く山道を上った。ロールスロイスは後輪を撃ち抜かれたまま、コテージの脇に停められていた。俺は小屋に入り、片手で持つのに適した重さの、自信を与えてくれるようなものを探した。室内に適当なものはなかった。俺の服は放置され、パスポートは消えていた。大量の釣り道具があるばかりで、猟銃や武器になりそうなものは何一つない。カーモードのベンチに置いてあった重いレンチが最大の収穫だった。

だが、屋外に出てある考えがひらめき、ロールスロイスに駆け寄った。ダッシュボードにエアガンが入っているはずだ。ジュネーブで拉致されたときに奪い取られたやつだ。俺はそれを手に取ってレンチを置いた。

メインの私道に入る直前で左に曲がり、林のなかに車を隠した。そして私道から離れた場所を歩いて城館に向かった。

大きなステーションワゴンが玄関前に停まっている。木陰から屋敷の様子をうかがった。動くものは一つもない。俺は裏にまわることにした。誰にも気づかれずに侵入したかった。通用口を見つけた。鬱蒼としたニオイヒバの生垣が視界をさえぎり、姿を見られる心配はなさそうだ。ドアを開けると、石敷きのがらんとした廊下が続いていた。途中まで進んだとき、数メートル先のドアが突然開き、男が現れてスーツケースを床に置いた。ダーンフォードだった。彼は俺に気づいた。

銃を手に近づいて行くと、彼はドアの向こうに引っ込んだ。俺はあとを追った。そこは寝室で、ダーンフォードは荷造りをしていたらしい。

「楽しいわが家ともついにおさらばか?」

「ああ」

彼は酒を飲んでおらず、石のように無表情で冷静だった。それだけではない。まるで本物の氷のようだった。落ちつきなく動いていた瞳も、怒りっぽくて尊大なところも、すべて陰をひそめていた。何かが彼を変えたのだ。もちろん、その原因を探ろうとしたがいまは自分のことで手いっぱいだった。

「彼らはどこにいる?」

彼は背中を向けて、シャツや下着をべつのスーツケースに詰めはじめた。そして肩越しに言った。「二階にいる」

「蠟人形の部屋か？」

「そうだ。お祝いをしているよ。シャンパンを一ケース持ち込んで」

「お祝いって、なんの？」

「知らないよ。知っていてもきみには言わないがね」

またしても俺のことが嫌いになったらしい。もっとも俺だけでなく、いまの彼には好きな人間などいないだろう。

「連中はいつまであそこにいるんだ？」

「出てくるまでさ」

「シャンパンを一ケース持ち込んだとなると、しばらく出てきそうにないな」

「ああ。ひとたび飲むと決めたらとことん飲む。二人ともアイルランド人だ。連中がどれほど大酒飲みか知っているだろう？」

「腰を据えてかかれば誰だって相当飲めるさ。あんたはクビになったのか？」

「自分から辞めたんだ」

「同じことさ。あの部屋に入り込めないか？」

「招かれないかぎり無理だ」

「でも、こっちから連絡を取る方法はあるはずだ。あるいは、向こうからあんたに連絡する方法が。そうだろう？」

「確かに」

「教えてくれ」

「手を貸すつもりはない。きみは連中と同じくらい腹黒い男だ。興味があるのは金だけ。つねに金しか頭にない。それさえあれば他人がどうなろうと気にもとめない。人のことなんかどうでもいいのさ」

「ジョセフ・バヴァナって男を覚えているか？　あんただって一度は手を貸したんだろう――とびきり汚らしいことに」

「あれはわたしじゃない。オドウダの個人秘書が命令を実行しただけだ」

「だから、あんたがやったんだろう」

ダーンフォードは縞模様のズボンを振りまわして叫んだ。「違う！　あの男はもういない。いまのわたしは別人なんだ」

「なんとでも言えばいいさ。あんたと口論をするつもりはない。俺は彼らと話がしたいんだ。だからその方法を教えてくれ。教えないなら警察に通報するぞ。バヴァナのことや、生まれ変わったダーンフォードがまだ遠くへ行っていないことを。告げ口なんて好みじゃないが、いざとなればなんだってするさ」

ダーンフォードはしばし俺をにらんでいた。それから皮肉たっぷりの口調で言った。「確かにきみならやるだろう。目的を達成するためなら手段を選ばない男だ。いっとき、尊敬に値する男かもしれないと思ったこともあったが、いまになってよくわかったよ。きみは連中と同じ穴のむじなだ。欲しいものを手に入れるためなら、うわべを取り繕うことも嘘をつくこともいとわない」

「実に面白い考えだとは思うが議論している時間はない。いいから彼らと話す方法を教えてくれ」

拒否されると思った。ダーンフォードは敵意のこもった目で俺をにらんでいた。彼は俺を憎んでいるが、それ以上に自分自身を憎んでいる。かつて愛し、溺死した女の記憶がよみがえり、心を締めつけているのだろう。オドウダによって歪められ、支配され、ついには反乱を起こした彼の心。もはや正常に機能していない。その気になればなんだってできるはずだ。もう一度断られたら諦めようと俺は思っていた。

覇気のない狡猾そうな顔で彼は言った。「どんな話をするつもりだね?」

「あんたには関係ないことだ。とにかく話し合わなきゃいけないんだ。ぐだぐだ言ってないで早く教えてくれ」

彼は唇を歪めてにやりとした。「また一儲けしようって腹だな。その金のせいで誰かが傷つこうと気にもとめない」

「やらなきゃいけないことがあるんだ。俺自身のために」

「思ったとおりだ」吐き捨てるように言うと、唐突にまわれ右をして部屋を出て行った。俺はあとを追いかけた。

迷路のような廊下を歩き、ようやく主階段の上り口にたどりついた。彼は先に立って階段を上り、二階の広い廊下を歩いた。その先に蠟人形部屋の入り口、革張りの鉄製のドアがある。

ダーンフォードはその前で立ち止まった。

「こちら側からは開かないんだろう？　俺はこっそり入りたいんだ」

彼はかぶりを振った。「泥酔してひっくり返っていたら入るのは無理だ。その可能性はある。この部屋で飲むときはいつもそうだからな」

ドアの横に近づいて壁の小さな扉を開けた。そこからマイクを引き出し、内側のスイッチを押して言った。「オドウダ！」

ダーンフォードはそう叫ぶことで、胸のすく思いを味わったにちがいない。その一言にオドウダへの憎悪を込め、奴隷のように働いた歳月のうっぷんを晴らそうとしていた。

返事はなかった。

「オドウダ！」さっきよりも声が大きい。これでさらに数年分のうっぷんを晴らせただろう。

今度は返事があった。

ドアの上に隠されたスピーカーからオドウダの声が響いた。「どこのどいつだ、いったい」

「ダーンフォードだ」

「まだいたのか！」オドウダはがなり立てる。「私の妻を寝盗りおって。そうだろ、ウサ公みたいなギョロ目のくそったれが！　おまえなんぞ、くたばっちまえ！」

ずいぶん飲んでいるようだ。泥酔してはいないがかなり開けっぴろげになっている。

一方、ダーンフォードは奥歯を噛み締めて平静を保とうとしている。マイクに口を近づけて言った。「カーヴァーがきている。あんたに会いたいそうだ。それから覚えておけ。あんたが彼女を殺したことをいつか必ず証明してみせる。腐ったアイルランド野郎め！」

「カーヴァーだと！」オドウダのだみ声が言い、豪快な笑い声が響いた。「まだ生きておったのか。二人ともさっさと失せろ！」

俺はダーンフォードに言った。「もういい、あんたの役目はここまでだ。あとは任せろ」

彼は俺にマイクを渡して言った。「このまま立ち去ったほうが賢明だぞ。まだ泥酔していないが、かなり機嫌が悪い。きみの狙いがなんであれ、手に入れることはできないさ」

「そいつの言うとおりだ！」オドウダの声が響く。

「あんたは消えたほうがいい」俺はダーンフォードに言った。「ドアが開いたら、カーモードに喉をかき切られるぞ。さあ早く」

彼は一瞬ためらい、そして言った。「ドアが開いても、なかに入らないほうが身のためだ」

「心配ないって」

「心配などしていないさ。わたしのアドバイスを聞きたくないなら、好きにすればいい」

ダーンフォードは踵を返した。俺は後ろ姿を見送り、階段の降り口まで行って本当に立ち去ったことを確かめた。そしてマイクの前に戻った。

マイクを手に取ったとき、オドウダが叫んだ。「まだそこにいるのか、カーヴァー？」

「当たり前だろ。少なくとも五〇〇〇ポンドはちょうだいする腹なんだから」

沈黙が落ちた。そりゃあそうだろう。俺は金の話をした。金はオドウダにとって重要なものだ。重要だからこそ、金と聞けば無視できないのだ。

「どうしておまえに五〇〇〇ポンドを払わにゃならんのだ」その声はいくぶん勢いを失っていた。

「真っ当な取り引きさ。当然そこに俺の報酬は含まれていない」

「私に何を売りつけるつもりだ、若造?」オドウダは平静を取り戻しつつあるが、まんまと餌に食いついたことを俺は知っていた。

当たっていることを願いながら俺は言った。「まさかエヴィアンで小包を手に入れたあと、中身を確かめてないわけじゃないよな?」

またしても沈黙。今度はさっきよりも長く、俺にとっては重くのしかかるような沈黙だった。小包の中身を確かめていない——オドウダならありうることだし、そうであることを願った。いま重要なのは、少しでも彼の優位に立つことと、ジュリアを救出するチャンスをほんのわずかでもつかみ取ることなのだ。沈黙が続いた。俺は待った。その時間が長ければ長いほど、俺にとってはよい兆候だ。そうして、いちかばちかの賭けは成功したらしいと確信するまで沈黙は続いた。

「あんたみたいに用心深い男が、確認していないなんて言わないよな?」

「そりゃあ、もちろん確認したさ」オドウダは嘘をついている。声を聞けばわかる。

俺は笑った。「あんたは嘘が下手だな、オドウダ。奥の手を用意しないほど、俺が馬鹿だと思っているのか? あんたや、ナジブや、インターポールみたいな一筋縄ではいかない連中を相手にしているのに。それはともかく、俺はあんたに似ているんだよ、オドウダ。郵便なんか信じちゃいない。エヴィアンに届けた小包はにせものさ。何かでトラブった場合、時間稼ぎができるようにあそこに送っておいたんだ。実際、湖ではひどい目に遭ったよ。おい、そこにいるんだろう？　耳の穴をかっぽじってよおく聞け。俺の話を認めたくないんだろ、オドウダ。金庫にしまってあるなら中身を調べてみるといい。それからゆっくり話をしようじゃないか」

ドアの脇の立派な肘かけ椅子に腰を下ろし、煙草に火をつけてゆっくりと煙を吐きながら祈った。心から祈った。宴会場であるその部屋に金庫はないはずだ。もしあったら、俺の嘘はばれてしまう。

俺は平静を保とうとした。レースは最終局面を迎えた。馬たちは最後の障害物に差しかかり、いまのところ俺の馬がトップを走っている。しかし、いつ逆転されてもおかしくない。往々にして祈りは通じないものだ。煙で輪っかを作り、そいつがドアの上のスピーカーに向かって漂い、はかない夢のように消えるのを眺めていた。

そのとき、前ぶれもなくドアがきしみ、レールの上を滑るようにして室内に向かって扉が開いた。カーモードが戸口に立ち、俺に銃口を向けていた。

「両手を前に出したまま、ゆっくりこっちへくるんだ」

俺はにっこり笑った。これが笑わずにいられるものか。第一ラウンドは俺の勝ちだ。すっかり気をよくしていたが、自信過剰にならないように自分をいましめた。室内に入るとカーモードが行く手をさえぎった。銃を俺のへそに押しつけてポケットを探った。アリスティドやナジブなら、その程度では満足しなかっただろう。俺は左の靴の内側にエアガンを忍ばせていた。

ズボンに隠れてはたからは見えない。その銃は靴のなかにおさまり、銃の台尻だけが踝《くるぶし》まで飛び出している。注意が必要なのは素早い動きをするときだ。九〇キロの重さがかかれば弾が発射される恐れがある。だが心配はいらない。銃に手を伸ばすときがくるまで素早く動くつもりはなかった。カーモードの手が俺の足に伸び、ふくらはぎに触れ、銃の数センチ上で止まった。そして体を起こした。

「その椅子に座れ」彼はそう言って、蠟人形の向こう側にあるソファーベッドを示した。その後ろには、カイロの商人だかなんだか忘れたが、ダイヤモンドの取り引きでオドウダをペテンにかけた男の蠟人形が立っている。

ソファーに近づいて用心深く腰を下ろし、左足の靴の内側が見えにくいように脚を組んだ。俺は蠟人形を見まわした。「どれもずいぶん古そうだな。そろそろ新しい題材を見つける頃合いじゃないのか」

オドウダは部屋の一番奥に座っていた。枝つき燭台の蠟燭の炎に照らされた、実物よりも大きな彼自身の蠟人形の前に。ゆったりとした東洋風の部屋着に、サイドゴアつきの黒いエナメル靴を履き、白いタートルネックのシャツを着ている。部屋着は黒で、銀色の糸で孔雀が縫い取られている。くつろいだ様子で肘かけ椅子にもたれ、脇机の上にはグラスとシャンパン、それにハンドマイクが置いてある。マイクのコードは遠く離れた壁のくぼみまで延びている。

オドウダは小さな青い瞳で俺をにらみつけた。顔は真っ赤に紅潮している。「心配無用だ。おまえの人形がもうすぐ仲間入りするからな。このくそったれめが」

「取り引きしたいのなら態度がでかすぎるぞ。もうちょっと口を慎んだらどうだ、ええ？」

俺は反撃に転じ、すっかり自分に酔っていた。そして彼を見下すことに喜びを覚えていた。オドウダをぎゃふんと言わせて、あの高慢な鼻をへし折ってやりたい。俺はこの手でチャンスをつかみ、いまのところ順調に運んでいる。気分は上々で未来は明るく、なんでもできそうな気がした。

オドウダはシャンパングラスに手を伸ばし、一口飲むとグラス越しに俺を見た。彼から二メートル離れたところに、べつの肘かけ椅子とテーブルがあり、そこにもシャンパンとグラスが置いてあった。それがお気に入りの祝宴のやり方なのだろう。二人で並んで酒を飲み、徐々に酔いを深めながら、招待客たちをこき下ろし口汚くののしる。それがたまの楽しみなのだ。

オドウダが口を開いた。「愚かなやつだ。あの小包がにせものだなんて、私が信じると思っているのか？　ただのはったりさ。本物を持っているなら、ここへ押しかけてくるわけがない」

俺はにっこり微笑んだ。「本気ではったりだと思っているなら、ドアを開けなかったはずだ。あんたは無視できなかった。確かにジュリアに夢中になったこともある。だけど決めたんだ。もうこんなことに関わるのはやめようって。そりゃあ、美人には目がないけど、五〇〇〇ポンドの札束にはかなわない。俺の要求額は報酬分を除いて五〇〇〇ポンドだ」

カーモードが口を挟んだ。「あの小包がにせものなら、旦那様、こいつを尋問しなけりゃなりませんな。この間みたいに」

「やればいいさ」俺は言った。「だけど、そんなことをしたって無駄だぞ。小包はジュネーブの友人に預けてある。俺が一時間以内に彼女に電話をしなければ、インターポールに通報することになってる。この城館で俺が消息を絶ったって。彼らはすぐにここへ駆けつけるだろう」

オドウダが言った。「彼女だと？　どんな女だ？」

俺は苛々しながら答えた。「くだらないことを知りたがるんだな。どんな女だと思う？　俺がどうやってこの城館から脱出し、ナジブから身を守ると思う？　もちろんミス・パンダの力を借りているのさ。俺たちは手を結ぶことにしたんだ。金の面で。べつの面で結ばれたら、もっとよかったかもしれないけどね」俺がポケットに手を伸ばすと、カーモードの体がこわばった。首を横に振って彼をなだめ、煙草に火をつけた。「いいかげんにしてくれ——小包を確かめて交渉を始めようじゃないか」

そこまでは上出来だった。彼らはまんまと罠にかかった。だからと言って調子に乗るな、自信過剰になるなと自分に言い聞かせた。難関はこれからだ。なんとかして小包をこの部屋に持ってこさせて、中身を確認するように仕向けなければ。

シャンパンが俺を助けてくれた。オドウダはほろ酔いかげんでくつろいでいる。彼は自分の代わりに使用人を行かせることに慣れていた。

カーモードに言った。「おまえが取ってこい。だが、その前に銃をこっちに寄越せ」

カーモードは銃を渡し、部屋を出て行った。

オドウダは銃口を俺に向け、もう一方の手で開封していないシャンパンのボトルを引き寄せた。片手でコルクのワイヤーと格闘し、開けるのは無理だとわかって諦めた。カーモードが戻ってきたら、開けさせればいいのだ。オドウダの背後で蠟燭の炎が揺らめき、開け放したドアのほうに煙が緩やかに流れて行く。

彼は言った。「ナジブから金を取ることもできただろう」

「ああ」

「あるいは、インターポールから」

「そうだな」

「なら、どうして私のところにきた？」

俺は肩をすくめた。「あんた頭が鈍いなぁ。まったく、鈍い、鈍すぎるよ。泥炭の道で動けなくなった老いぼれロバだって、もうちょっとましだ」

オドウダは気を悪くしたらしい。俺はほくそ笑んで追い討ちをかけた。「俺はあんたを屈服させたいんだ。あんたを翻弄し、意のままに操ることができる人間がいることを思い知らせてやりたい。それはこれまであんたがしてきたことだろう？　相手の人格を踏みにじって。俺も同じ目に遭うところだった」

オドウダはゆっくりと口を開いた。「いつか必ず、おまえを数センチずつ刻んで、なぶり殺しにしてやる」

「それからもう一つ」無視して続けた。「俺はあんたに小包を渡したいんだ。それをあんたに渡したら、即座に仲買人に連絡して、ユナイテッド・アフリカ社の株を大量に買い占めさせる。ゴンワラ政権が退陣して、あんたがその独占企業を動かしはじめたとき、俺の手元にはかなりの大金が転がり込むはずだ」

一瞬、オドウダの顔が、苦虫を噛みつぶしたように大きく歪んだ。「おまえもほかの連中と同類だな。億万長者である私を憎んでいるくせに、億万長者になりたいと願っている。しかし、これだけは覚えておけ、カーヴァー。何があろうと私はおまえを殺す。生まれてきたことを後悔させてやる」

「さて、どうなることやら」俺は言った。「金が貯まったら俺も蠟人形の館を作ろうかな。いくらでも思い浮かぶからね。蠟人形にしてやりたいやつが」

ゆっくりと人形を見まわした。確かにコレクションに入れたい連中はたくさんいる。俺の視線は入り口の鉄の扉のところで止まった。カーモードは開け放ったまま出て行った。戻ってきたら間違いなくそのドアを閉めるだろう。俺の嘘が発覚したとき、逃げられなくするために。ドアの開閉方法を知りたかった。どのくらい素早く正確にエアガンを発射することができるだろう。ミグスと試射をしたときの記憶によれば、このタイプの銃はたいてい、八メートルの距離で二センチ程度の誤差が生じるはずだ。期待どおりの働きをしてくれればいいが。

大理石を踏む足音が徐々に近づいてくる。カーモードだ。

俺はオドウダをちらりと見て言った。「いいか、値引きはしないぞ。五〇〇〇ポンド、プラス報酬、それに経費。現金で用意してくれ」

オドウダは何も言わなかった。大きな頭を雄牛のように低くして、俺と俺の後ろのドアを見ている。俺はドアが見えるように体をひねった。淡黄色の髪に小さな冠を載せた、気品のある老婦人の人形が視界に入った。高座に君臨するキング・オドウダの大きな蠟人形を、虚ろな顔でじっと見ている。

カーモードの姿が見えた。胸に小包を抱えている。ドアを通り抜けると右に曲がり、片手を上げて、壁の白いスイッチの一つを押した。一つがドアを開ける、もう一つが閉じるスイッチなのだ。カーモードが押したのはドアに近いほうのスイッチだった。ドアを開けるには、遠いほうのスイッチを押せばいいってことだ。

ドアがゆっくりと閉まり、カーモードは部屋の奥へと進む。俺の横を通り過ぎて、オドウダのもとへ向かった。俺は行動を起こすべき瞬間を知っていた。カーモードが小包をオドウダに手渡し、オドウダはそれを開ける前に、俺の見張りがおろそかにならぬよう、カーモードに銃を返すはずだ。その瞬間が勝負だ。素早く撃ち、素早く動かねばならない。俺は右手を下げて左脚に軽く触れ、幅の広いズボンの裾の折り返しをそっとなでた。いつでも銃を引き出すことができる。

カーモードはオドウダの脇のテーブルの前で立ち止まった。オドウダは彼には目もくれず、俺をじっと見ている。手にはまだ銃が握られている。

「落ちつかないみたいだな、若造。私がおまえのことを知らないと思っているのか？　最後の最後まで、おまえは嘘をつき通すつもりでいる。少しでも有利な立場を保つために。その性格は褒めてやるよ。なかなかの度胸だ。おまえはそこに座って笑っている。だが、スーツの下は汗だくなんだろう」

「そわそわしているのはそっちじゃないか。まんまと裏をかかれたことをあんたは知っている。でも、それが明らかになる瞬間に直面したくないのさ。いいから早く開けろ。あんたがどんな顔をするか見たくてたまらないんだ」

オドウダはテーブルを叩き、小包を置くようにカーモードに示した。そして銃を手渡した。

彼は遅すぎた。銃が二人の手の間に置かれたとき、銃床はカーモードのほうを向いていた。俺はすかさずエアガンを引き抜き、抜いた瞬間から撃ちはじめた。俺の射撃の腕前は、ミグスが見たら悪態をつきそうなほどお粗末なものだった。テーブルの奥の脚がえぐれ、木屑が舞い上がる。カーモードが銃を取り、こちらへ向ける。オドウダは肉づきのいい両手を上げて、飛び散る木屑から顔を守ろうとしている。そのとき闘いの神様が——決断が遅すぎて、正義のために闘う者を助けられないことも多々あるが——今度だけは手を差し伸べてくれた。俺はなおも撃ちつづけながら、銃を左に振り、カーモードの脚を狙った。その動作で弾は高めにそれた。ところが、テーブルの上のシャンパンに命中し、ボトルが砕け散った。爆弾が破裂したみたいだった。大量の泡が噴き出してオドウダとカーモードの上に降りかかり、ガラスの破片がうなりを上げて四方八方に飛び散った。突然、カーモードの頬に赤い筋が走った。それでも彼は銃を振り上げる。だが、すでに俺は彼らのもとに達していた。銃をつかみ、思いきりひねり上げた。腕を折られまいとして、カーモードが手を離すまで。俺は銃を手に入れると、彼に脚払いを食らわせた。カーモードがテーブルに倒れ込んだ拍子に、グラスや割れたボトルもろとも小包が吹っ飛んだ。

彼らが体勢を立て直す前に、俺はエアガンをポケットに突っ込み、片手に小包をもう片方に銃を持って一〇メートル離れたところに立った。

尻もちをついていたオドウダは、頭を振って目をこすりながら立ち上がった。カーモードは床に座り込んでいた。痛みに顔を歪め、片足をさすっている。流れ弾に当たったにちがいない。ガラスの破片で切れた頬の傷から流れる血がまがまがしい。

オドウダが不意にショックから立ち直った。怒りで赤紫色に変わった顔で俺をにらみつける。

「くそったれめが！　許さん……」テーブルの残骸を押しのけ、俺に向かってこようとした。威嚇のために足元めがけて銃を撃った。弾は石の床に当たって跳ね返り、警官の腹に突き刺さった。人形がぐらりと傾き、床に倒れた。

オドウダはぴたりと止まった。

「もう一歩踏み出してみろよ、オドウダ」俺は言った。「そしたら、その警官と同じ場所に一発お見舞いしてやる」

オドウダは怒り狂って地団太を踏み、いまにも飛びかかってきそうだ。しかし思い直したらしく、少し後ろに戻ってカーモードを見下ろした。

「まったく使いものにならんやつだ、おまえは。やつから目を離すなってあれほど言ったじゃないか」

カーモードは何も答えない。普段は友達のように親しくしていても主人に口答えしてはいけないことを知っているのだ。

「心配するな、カーモード。その弾はピンセットで取り出せるはずだ。立ち上がって目の届くところに座っていろ。それからあんたもだ、オドウダ。そっちに座れ。ただし、手は見えるようにしておけよ」

彼らはしぶしぶ動きはじめ、結局は言うとおりにした。

俺はそこに立ち、彼らが身の振り方を決めるのを眺めていた。いい気分だった。狙いどおり、オドウダを陥れることに成功した。そして俺は人間だから、そのことを本人に言わずにいられなかった。なんとも情けない話だが、人間とはそういうものなのだ。俺はどうしても言わずにいられなかった。冷静に勝利を受け止め、黙って立ち去ることができればどんなによかっただろう。目的の遂行に専念し、御託を並べるのはほかの連中に任せるべきだったのだ。

俺は小包を掲げた。「あんたの言うとおりだよ、オドウダ。俺は嘘をついた。こいつは正真正銘の本物さ。ポルノのフィルムが二本と、録音テープが一本。公表されれば現政権は一巻の終わりだ。気分はどうだい、策略家さん。使用人に出し抜かれた哀れなキング・オドウダ。人間も金も意のままに動かせる男。あんたが望めば、なんでもそのとおりになる。そして、余計な金はびた一文払わない……。そうやって座っている気分はどうだい。すっかり途方に暮れているみたいだな」

俺は浅はかだった。子供みたいにはしゃいで悦に入っていた。欲しいものが手に入ったらただちに立ち去るべし、という処世訓に従うべきだった。だけど『少年ダビデ』や『ジャックと悪魔の国』のヒーローのような役まわりを演じる機会はめったにない。おまけに今回の役は、伝説の騎士サー・ガラハッドのごとき高潔な雰囲気すら漂わせているのだ。

俺は銃を構えたまま、あとずさりした。

「この小包をどうするかわかるか？　ナジブに渡してジュリアを助け出すんだ。金は貰わない。純粋な物々交換さ。そうなるとあんたはゴンワラ政権を退陣させることはできない。そして俺もあんたから貰うはずの報酬を諦めることになる。まあいいさ、それだけの価値はあるからね。どこかであんたの名前を聞くたびに、俺はほくそ笑むだろう。俺のせいで、特大サイズのオドウダが溶けて小さくなったことを思い出して」

オドウダは身じろぎせずに俺を見ていた。何も言わないが、口では言い表せないほどの感情を抱いているにちがいない。隣のカーモードはいまだに震えていて、ハンカチで顔の傷をそっと抑えている。その後ろでは、蠟燭の炎に照らされた巨大なキング・オドウダが逆臣たちを睥睨している。彼を邪魔したり、騙される前に騙そうとした人々を。

オドウダがおもむろに口を開いた。「いつかかならず殺してやるからな、カーヴァー」

俺はドアの横の壁に向かって後退しながら言った。「まさか、それはないよ。俺がいなくなったとたん、あんたは一刻も早く忘れたいと願うだろう。ある程度はうまくいくかもしれない。大金をつぎ込んで記憶を消すんだ。それでもしょっちゅう思い出すだろうけどね」

「とっとと失せろ！」オドウダが吠えた。

「喜んでそうさせてもらうよ、オドウダ」

銃を持った腕の脇に小包を抱え、壁のスイッチに手を伸ばした。そしてドアを開けるスイッチを押した。

ドアはぴくりとも動かなかった。

もう一度押した。やはり反応はない。念のため、もう片方のスイッチも押してみた。何も起こらない。

俺は馬鹿みたいにつぶやいた。「どうして開かないんだ」

オドウダはこの新たな展開に興味を示した。「困ったことになったな、若造」

俺はカーモードに言った。「こいつがドアを開閉するスイッチじゃないのか?」

オドウダが答えた。「間違いないさ」

再度押してみた。何度やっても同じことだった。

そのとき、ドアの上のスピーカーから雑音が聞こえ、ダーンフォードの声が部屋中に響いた。

彼はいつになく上機嫌で、憎悪する主人への別れの言葉をまくし立てた。

「ご機嫌よう、くそったれども! おまえらの顔を二度と見ることがないと思うとせいせいするよ。じゃあな——三人揃って地獄へ落ちろ!」

「ダーンフォード」俺は叫んだ。

カチリという音とともにスピーカーが切れた。

「やつはいったい何をしたんだ?」

カーモードが言った。「部屋の外にある主電源を切ったんだよ」

「その扉は数センチの厚さの鋼鉄でできている。蹴破ろうとしたって無駄だぞ、カーヴァー。おまえは閉じ込められたわけだ」オドウダは元気を取り戻しつつあった。

「あの男、頭がいかれちまったようだな」

「そいつは同感だ。このあとやつはどうすると思う？　私はどうだってかまわんがね」オドウダはにんまりした。「おまえがどこにも行けないとわかっただけで満足さ、カーヴァー」勝利のあと、偉そうに説教をたれるべからず。口さえ閉じていればこんなところで足止めを食わずにすんだのに。

俺は銃を構えたままドアから離れた。

「ちょっとでも動いたら、容赦しないからな」

ゆっくりと部屋を一周した。窓はすべて閉ざされ、外側に鉄格子がはめられている。窓を叩き割ることはできても、鉄格子を広げることはできない。二人の男を視界にとらえながら、舞台に上がってカーテンの後ろまで調べた。正面のドア以外、出入り口は一つも見つからなかった。ドアの前に戻って腰を下ろした。

「策略家がどうのこうのと偉そうに語っておったな、カーヴァー。じゃあ、この難局をどう乗り切るか、お手並み拝見といこうか」オドウダは立ち上がり、倒れたテーブルに歩み寄った。

「動くな」

「うるさい」オドウダが言い返す。「おまえはそこにいろ。これで立場は対等だ。それに私は喉が渇いているんだ」

ボトルとグラスを拾い上げて、シャンパンをそそぎ、実物よりも大きな自分の蠟人形の足元に座った。

「カーモード、窓のところに行け。ガラスを割って、誰かが通りかかったら大声で助けを求めるんだ」

カーモードはオドウダの顔をうかがった。

「策略家殿の言うとおりにしろ」とオドウダ。

カーモードは窓に近づき、椅子の脚でガラスの下のほうを割ると、窓のそばに腰を下ろした。

オドウダはゆったりしたガウンを体に巻きつけて言った。「そこに都会風の洒落者がいるだろう」

彼が指差しているのは、上品な身なりの老紳士の人形だった。ピンストライプのズボンに黒のコート、実直そうな四角い顔、白髪混じりの豊かな髪。

「昔、いっしょに会社を興したんだ。頭の切れる有能な男だった。ところが、私を騙して数千ポンドを横領しようと考えた。すんでのところで失敗に終わったがね。ちょうどいまのおまえみたいに。彼はいまどこにいると思う? 詐欺罪で懲役八年の刑に服している。ちょっと厳しすぎる処罰かもしれんな。騙したのは彼じゃなくて、私なんだから。噂によると、細君は自殺したそうだ。幸い子供はいなかった。一八歳未満の子供を傷つけるのは好きじゃない」オドウダは立ち上がり、ボトルと新しいグラスを手にこちらに近づいてきた。そして、それらを椅子の上に置いた。「長丁場になりそうだ。おまえも少しぐらい飲んだってかまうまい」

「その椅子よりこっちにきたら、撃つからな」

オドウダは穏やかに言った。「わかってるよ」

彼は舞台に戻って腰を下ろした。自分のグラスに酒を満たし、掲げてみせた。「ちょっと時間はかかるだろうが、じきに私の不在に気づいた使用人がこの部屋に探しにくるはずだ。ここから出たら、警察かインターポールかどっちでもかまわんが、とにかく連中のもとに駆け込むつもりだ。おまえを告訴するのさ。暴行罪と武装強盗罪にありとあらゆる容疑をつけ加えて。私が大騒ぎすれば、インターポールはこの件から手を引かざるをえないだろう。連中は何よりも世論を恐れているからな。小包のことは諦めるほかあるまい。やつらにも限界はあるのさ。そうなると若造、おまえは八方ふさがりだ。フランスの刑務所に入ったことは？　イギリスみたいに甘やかしちゃあくれないぞ。フランス人は現実的だからな。罰は罰だ」

俺は小包を叩いた。「そうなる前にこいつに火をつけてやる」

「確かにそれはあり得る。まあ仕方ないさ。それでも告訴はする。おまえがムショを出たら、町中で商売をしている友人のところで働けるようにしてやろう。ピルチという名の男だ。やつはムショ帰りの女の世話もしている。女房は旦那の仕事を知って自殺したとか」

「用事ができたり、何かを持ってきてほしいときはどうするんだ？」

「いい質問だ」とオドウダ。「正直に答えてやろう。方法はない。ここは私の城だ。この部屋にはなんでも揃っている。私がここにいるとき、声をかけても許される者は二人だけ。カーモードとダーンフォードだ。彼らはそのスピーカーを使う。だが、ずっとこの部屋に閉じこもっていれば、そのうちカーモードが窓の外の誰かを見つけるだろう」

俺は立ち上がって、椅子の上のシャンパンに近づいた。

オドウダはにやりとした。「手が出るだろうと思っていたよ。おまえに飲ませるとわかっていたら、ヴィンテージじゃないやつを用意しておいたのにな。ヴーヴ・クリコは友人にしか出さない。まあ、今日のところは目をつぶってやろう。フランスの刑務所ではワインが支給される。安物だがな。だからいまのうちに味わっておくことだ」

もとの位置に戻って腰を下ろした。小包を足の間に置いて膝の間にボトルをはさみ、片手でシャンパンの栓を抜いた。

俺は途方に暮れていた。シャンパンをいくらか飲んで頭を働かせようとした。様々な考えが浮かんだが、どれも現状を抜け出す突破口にはなりそうにない。俺は窮地に立たされていた。この先、何時間も閉じ込められるかもしれない。一日中かあるいは一晩中か。彼らは交代で仮眠を取ればいい。二対一だ。いつか俺は彼らの手に落ちる。それは紛れもない事実だ。

腕時計を見た。閉じ込められてから三〇分が経過しようとしている。室内は暑く、もう一杯飲みたくなった。しかしその誘惑を振り切った。いつなんどき、オドウダやカーモードが仕かけてくるかわからない。酔っ払っている場合ではないのだ。

何か思いついたらしく、オドウダはグラスを掲げて満面の笑みを浮かべた。

部屋の反対側の窓辺では、カーモードが屋敷の外をじっと見ている。もし誰かを見かけても、きっと何も言わないだろう。まだその時機ではない。彼もまた知っているのだ。ここで決着がつくのを待ったほうが、オドウダの利益になることを。

俺は片手に銃を握ったまま、もう一方の手で小包を拾い上げて窓に近づいた。椅子を引き寄せ、カーモードに言った。「ご主人様のところへ戻るんだ」

彼は何も言わずにその場を離れ、オドウダのもとへ向かった。椅子に座ってズボンをまくり上げ、エアガンで撃たれた傷跡を調べはじめた。俺はときどき窓の外に目をやりながら、彼らを見張ることのできる位置に腰を下ろした。屋外には、九月下旬の心地よい陽射しが満ち溢れている。車で数キロ走れば、湖の一部と対岸に連なる白い家々が、陽炎に揺らめく様が見られるだろう。それにしても暑い。俺は手の甲で額をぬぐった。

オドウダが言った。「ずいぶん暑そうだな、ええ?」

「こんな日に暖房なんか必要ないだろ」

彼は分厚い肩をすくめた。「入れてないさ。だが、暖房は全自動だ。つねに二〇度を保つように設定してある。おまえが暑いと感じるのは不安でたまらんからだよ、カーヴァー。おまえは途方に暮れている。決着がつくころには汗まみれになっているだろうな。哀れなやつだ。最初から私の味方についていれば、おまえを気に入って割りのいい仕事を与えてやったかもしれないのに。私の会社の一つに雇い入れて一儲けさせてやることもできた。だがもう遅い。私は絶対に許さない。おまえは電気椅子送りだ。私に出会ったことを後悔させてやるからな」

俺は答えなかった。窓辺に座り、割れたガラス窓から吹き込む涼しい風を浴びた。それでもまだ暑かった。

しばらくして俺は立ち上がり、部屋を歩きまわった。そして床に視線を落とし、格子状のふたがついた暖房の吹き出し口を見つけた。そこから暖かい空気が流れ込んでいる。室内の気温は二〇度以上あるはずだ。感知器が壊れているにちがいない。俺は窓辺に戻った。

室温はどんどん上昇している。もはや疑問の余地はない。

ようやくオドウダも異変に気づいた。ガウンの前を緩めて言った。「温度計は何度になっている?」俺の近くの窓の間を顎でしゃくった。

俺は立ち上がって温度計を確かめた。

「暖房がいかれてるみたいだな。二五度もあるぞ。調節するスイッチは?」

「部屋の外だ」

「そうか、これ以上暑くなると、大切な招待客がみんな溶けちまうぞ」

オドウダはにやりとして、シャンパンをもう一杯飲んだ。

俺は煙草に火をつけて、窓の外をちらりと見た。まばゆい陽射しが溢れる外の世界を乱すものは、二羽の黒い鳥だけだった。花壇の土をつついて虫を探している。

カーモードとオドウダはシャンパンを飲んで気を紛らわせている。俺は煙草を吸い、銃を握っているせいで汗ばんだ手のひらを膝でぬぐいながら、閉ざされたドアのことを考えた。ダーンフォードは正気じゃない。俺たちをここに閉じ込めてどうしようというのか。オドウダの立場を有利にすると知っていれば、こんなまねはしなかっただろう。ダーンフォードが憎んでいるのはオドウダなのだ。それなら閉じ込めただけで満足するだろうか。オドウダにしてみれば、雪玉をぶつけられた戦車みたいに痛くもかゆくもないはずだ。ダーンフォードは完全に狂っている――それともまだ狂ってはいないのだろうか。もともと利口な男だ。憎しみでわれを忘れているとはいえ、知性のかけらくらいは残っているだろう。知性とは多くの場合、突飛な行動を助長するものだ。彼は俺を軽蔑している。オドウダの計画をぶち壊そうとしていた彼を邪魔したと思っている。しかし、オドウダに対するのと同じ恨みを、俺に抱いているわけじゃない。俺がこの部屋に入ってオドウダと話をしようとしたとき、彼は引き止めようとした。

立ち上がってネクタイを緩め、襟元のボタンを外した。それから温度計に近づき室温を確かめた。二七度に達しようとしている。胸騒ぎを覚えた。なぜだかとても嫌な予感がする。

窓際の床に視線を落とした。装飾を施された銅製の格子状のふたが、壁の六〇センチほど内側にぐるりと取りつけられていた。それぞれが数本のねじで床に固定され、そこから熱風が吹き出している。

もう一度温度計を見た。いまや二八度に達しようとしている。

ダーンフォードが俺たちを閉じ込めた直後から温度は上昇しはじめた。この部屋に最初に足を踏み入れたときは快適な温度だった。それがいまでは、蘭の花が咲きそうなほどの暑さだ。オドウダとカーモードを見た。オドウダはガウンの前をだらしなくはだけ、グラスを手に持ったまま椅子にもたれて俺を見ている。背後の蠟燭の炎が、赤毛の剛毛を煌々と照らしている。カーモードは舞台の端に座っている。コメツキバッタを思わせる小男。顔の横に乾いた血をこびりつかせたまま、陰険な目で俺をにらんでいる。仕返しする瞬間を、いまかいまかと待っているのだ。

オドウダは、俺が何か言おうとしていると思ったようだ。「いいかげんにしろ、そんな偉そうな態度を取るのは。だが、いまさら取り引きを持ちかけようたって無駄だぞ。おまえはここにいて、われわれもここにいて、われわれはおまえを捕まえる。だから取り引きなんぞ必要ないのさ」

オドウダの予測は正しい。俺には話したいことがあった。と言っても、取り引きについてではない。

「この暖房設備の上限は何度だ?」

彼らには意外な質問だったようだ。カーモードが答えた。「三五度ぐらいだろう」

「あと一〇分で、いまよりもさらに一〇度上昇するぞ」

「だからどうした? 救いがたい愚か者のダーンフォードの仕業だ。われわれを閉じ込めて、バルブを全開にしたのさ」オドウダがこともなげに言った。「あの腰抜け野郎が。われわれのことが嫌いだから、精いっぱいの嫌がらせをしたってわけだ。私に銃を突きつけたのなら少しは見直してやってもいい。殺人だかなんだか知らんが、あちこちでくだらないでまかせを言いふらしおって。いいから座れ、若造。上着を脱いでそのシャンパンを空けてしまうんだ。そうすれば、いい気分で眠れるぞ」オドウダは含み笑いをした。

そのとき俺は理解した。この数分間、心の奥でくすぶっていた疑念がいまや確信に変わった。ダーンフォードは正気を失っている。しかし馬鹿ではない。そして間違いなく俺たちを傷つけることを望み、反撃を恐れている。

俺は慌てて言った。「俺が初めてこの部屋を訪れたときのことを覚えているか、オドウダ？熱に反応する爆弾を渡しただろう。あれだけの大きさがあればこの部屋を吹き飛ばすことができる。あんた、あれをどうした？」

オドウダもまた馬鹿ではない。すぐに俺の言葉を理解した。

「始末するようにとダーンフォードに渡した」

「やっぱり、思ったとおりだ。やつはそれを取っておいたんだ。この部屋のどこかに。たぶん、暖房のふたを開けてパイプに仕かけたんだろう。あの爆弾は吸着式だ。どこかにくっついて、温度が爆発点まで達するのを待っている。ダーンフォードはあんたに向かって引き金を引いたのさ。俺たちも巻き添えにするつもりで」

二人はいっせいに立ち上がった。

「カーモード、大急ぎで部屋中の暖房のふたを見てまわってくれ。引っかいたり、こじ開けた痕跡が残っているネジがあるはずだ」

「窓を全部割るんだ」オドウダが言った。その声はいつになくうわずっていた。「そうすれば温度が下がる」

「下がるのは室温だけさ。爆弾とは関係ない。暖房のパイプにくっつけてあるんだから」

「暖房のふたを全部開けよう。個々のバルブを閉めれば熱を遮断できる」オドウダが言った。

彼はすっかり取り乱していた。

「二〇カ所以上あるんだ。ドライバーでもなけりゃ、とても間に合わない。ダーンフォードが細工をしたふたを見つけるのが先決だ。そうすれば爆弾を取り除けるはずだ」

俺の指示どおり、カーモードは部屋をまわって暖房のふたを調べはじめた。

俺は窓際のふたを順番に見てまわった。どこにも動かした痕跡はない。壁の温度計は三〇度に達しようとしていた。ダーンフォードは爆弾の温度を何度に設定したのだろう。三二度か、それとも三一度か。

カーモードが舞台の後ろから叫んだ。「そんな跡が残っているふたは一つもないぞ」

「全部開けろ」オドウダがわめいた。「早くするんだ」

オドウダは近くの暖房に近づいて身をかがめ、銅でできた格子のふたに太い指を突っ込んで引っぱった。その驚異的な力で、銅の装飾部分が歪んで若干持ち上がったものの、ネジの部分は止まったままだ。そう簡単にネジが取れないことはわかっていた。オドウダは億万長者だ。億万長者はいいかげんな仕事を許さない。どこかの田舎のあばら家なら、石鹸に差し込んであったみたいに、ネジがするりと抜けるかもしれないが。オドウダに雇われた者は、受け取る金に見合った仕事をしなければならない。その文句は、オドウダの墓碑銘にうってつけだ。自分の墓碑銘を考えている余裕はなかった。俺はまた温度計を見た。三一度。ダーンフォードは爆弾を三二度に設定したと考えるのが身のためだと判断し、俺はドアに向かって走った。暖房のパイプは部屋中にめぐらされている。ドアの前を除いて。ほかよりも安全な場所があるとすればそこしかない。窓から離れているのも好都合だ。爆発からのがれた次の瞬間、頭にガラスの破片が突き刺さって死ぬのはごめんだ。

カーモードは舞台の袖で立ち止まり、途方に暮れた顔で叫んだ。「いったいどうすりゃいいんだ?」

「こっちへきて盾になりそうなものを用意しろ」

自分の言ったことを実行すべく、公爵夫人を横に倒し、外交官みたいに正装した紳士をその上に載せた。少なくとも俺は社会の序列を遵守している。

カーモードはこちらへこようとした。しかし、オドウダはパニックに陥り、打つ手がないという事実を受け入れられずにいる。不愉快なことはすべて免除されるという、億万長者特有の固定観念にしがみついているのだ。「手を貸せ!」

オドウダはべつのふたと格闘し、真っ赤な顔から汗を滴らせている。カーモードはためらい、俺をちらりと見た。俺は序列など無視して、外交官の上にエジプトの商人を載せた。

もう一度呼ばれて、カーモードはオドウダのもとへ駆け寄った。仕方あるまい。彼が生きて行くためには、オドウダの機嫌を損ねるわけにはいかないのだ。主人と使用人。主人が億万長者の場合、その絆は死ぬまで続く。自分が主人でよかったと俺は心底思った。自分が相手だから喧嘩も起こらない。俺はさらに三体の蠟人形を積み上げ、ひょろり背の高い、大学の学長みたいな厳格そうな顔の男をつっかえ棒にして、縁に毛皮をあしらったマントを上からかけた。この紳士はどうやってオドウダを怒らせたのだろう。新しい校舎を建ててもらう見返りとして、オドウダに名誉ある法律の学位を与えようとしたとき、反対票を投じたとか、そんなところか。

そうこうするうち、二人はついにふたを持ち上げた。格子は大きく歪み、ネジはまだ残っているものの、手が入るくらいの隙間はできた。オドウダは背中を丸めて手探りし、何もないとわかると即座に次のふたに取りかかった。彼は諦めない。運がよければ——アイルランド人は運が強い——この瞬間にも、爆弾を仕かけた暖房のふたをこじ開けて、手を入れようとしているのかもしれない。とはいえオドウダの持ち時間は、温度計が三二度を超える前までだ。俺の予測では、すでに目盛りは三一・五度を超えている。

銃と小包を両手に持って、手製のバリケードの後ろから叫んだ。「何やってるんだ、いいかげんに目を覚ませ。暖房から離れてどこかに身を隠すんだ！」

主人といっしょにふたを引っぱっていたカーモードが振り返った。向こうからは、バリケードの上に突き出た俺の頭しか見えないだろう。彼の瞳は必死で助けを求めている。しかし、主人を置き去りにする勇気はないのだ。

するとふいに彼は引っぱるのをやめて立ち上がった。

「カーモード！」オドウダが吠えた。

「ちょっと待ってください」

カーモードは振り返り、舞台に向かって走った。オドウダの巨大な蠟人形の足元に、長さ四メートルほどの帯状のペルシャ絨毯が敷かれている。それをめくると格子のふたがあった。

「こいつのことをすっかり忘れていた……」彼は身をかがめ、ネジを調べた。

「これだ！　これですよ！」

オドウダは駆け寄った。ガウンの裾をはためかせ、行く手をさえぎるテーブルを押しのけ、頭にターバンを巻いた白いスーツ姿のインドの王子をなぎ倒した。

「このネジ……見てください！」カーモードが指差した。

さっそく彼らはそのふたをはがしにかかった。指で格子をつかみ、力を振り絞る。その下に爆弾があるにちがいない。ダーンフォードが仕かけそうな場所だ。巨大なオドウダ人形の足元だし、いつも本人が座っている椅子にも近い。カーモードが最初からその場所を思い出していれば……。

俺は叫んだ。「諦めろ！　こっちに隠れるんだ！」

彼らは俺のことなど眼中にない。大男と小男が汗だくになってふたを引っぱっている。主人と使用人。二人は多くの過去を共有することで、固く結びついているのだ。忠誠、悪巧み、痛飲、釣り旅行、遠い昔の馬鹿騒ぎ、裕福になるほど洗練されて行く不正の数々。つねに一方は、自分は神に近い存在であり、われこそが法なのだと信じ、もう一方は、主人の威光の陰に隠れていれば安泰であることを知っている。そして俺の言葉に耳を貸そうとせず、存在すら忘れている。不愉快な出来事が起こるのを見過ごすことができない。オドウダにはできない。闘って打ち勝つ。それがオドウダの流儀であり、今後もそうやって生きて行くし、行かねばならない。そうでなければ生きる価値などない、そうオドウダは思っているのだ。

俺はバリケードの後ろにうずくまり、公爵夫人の冷たいむき出しの蠟の背中に身を寄せ、つっかえ棒にしていた学長で頭を隠した。

次の瞬間、それは起きた。俺にはこの世の終わりに思えた。爆音が鳴り響いた。まるで室内で超音速ジェット機が飛び立ったみたいな、凄まじい音だった。そして部屋中のものが移動した。俺は公爵夫人や外交官や学長たちと一塊になって、鋼鉄のドアに向かって吹き飛ばされた。死んでもおかしくない状況だった。実際、もうだめだと思った。耳ががんがん鳴り、体中の空気が奪い取られた。背後には鋼鉄のドアが待ち構えている。衝撃波が俺の体をドアに叩きつけてぺしゃんこにするのを待った。しかしその衝撃波は、俺の体よりもわずかに早くドアに達した。鋼鉄のドアは、しわくちゃの紙でできた翼のように歪み、乱暴に押し開けられた。俺は二〇メートル近く廊下を滑走した。床に伏せ、目を閉じて待った。待っている間に、ガラスが割れ、漆喰や石や木材が崩れ落ちる音が聞こえてきた。

しばらくして、俺はのろのろと立ち上がった。茫然としたまま目や顔に付着したほこりや砂をこすり落とした。足元にはエアガンと小包、それに切断された公爵夫人の頭部が転がっていた。夫人の右の頬には、一五センチほどのガラスの破片が突き刺さっている。赤い軍服を着た将軍——白い口髭が欠けて、片方の目玉が割れている——をまたぎ、入り口に向かった。

室内には煙やほこりが充満し、隅のほうはぼんやりとしか見えなかった。オドウダやカーモードの気配はない。そこら中に頭や腕や足が散乱している。大部分は蠟人形のものだ。敷居をまたぎ、何をするつもりなのか定かでないまま、恐る恐る足を前に踏み出した。天井のスプリンクラーの残骸から弱い雨が降りはじめた。俺は舞台に向かって歩いた。両側のカーテンと木製の調度品は燃え尽き、オドウダ人形のローブが赤々と燃えている。片腕と片脚がもげ、床に倒れた人形の顔を、炎が包み込んでいく。離れた場所からそれを眺め、自分が生きていることを不思議に思った。それとも恐ろしい悪夢を見ているのだろうか。オドウダが燃え上がり、溶けていく。

じきに蠟人形の顔が溶け出した。炎の熱を顔に痛いほど感じながら、俺は爆発の衝撃から立ち直れずに、巨大な人形がゆっくりと溶けていく様を見ていた。それは徐々に小さくなり、表情を失っていく。スプリンクラーの水が頭に降りかかり、頬を伝い落ちて汚れた涙の跡を残す。やがて炎は勢いを増し、皮膚がちりちりと痛みはじめた。オドウダの顔を見ながらあとずさりした。すると、揺らめく焰《ほむら》に照らされて、溶けた蠟の下から丸みを帯びた何かが姿を現わした。俺は恐怖におののき、それでも目を離すことができなかった。写真を現像したときのようにゆっくりとべつの顔が現れた。どろりと溶けて泡立つ蠟のなかから、俺を見上げる醜く歪んだ顔。肉はなく、眼窩は空っぽだ。そこに炎が入り込んでぱちぱちと音を立てる。まるで生きているみたいに。口元が緩み、いったんきつく引き結ばれて、それから徐々に開きはじめた。顎が外れて床を転がり、赤や黄色の火の粉を上げて燃え盛る炎に呑み込まれた。

背後で、複数の叫び声が聞こえたが、ずいぶん遠くに感じられた。騒々しく鳴り響くベルやサイレン、あわただしく行き交う靴音。屋敷は上を下への大騒ぎだった。

壁際まであとずさり、前かがみになって吐いた。しばらくは一晩に何度も目を覚ますことになりそうだ。オドウダの顔が溶け、小さな頭蓋骨がゆっくりと姿を現す様を夢に見て。

体を起こすと、本物のオドウダが視界に入った。爆弾が爆発した瞬間、カーモードがかばったにちがいない。オドウダは部屋を横切り、窓際の壁まで吹き飛ばされていた。壁と床の境目に、うずくまるようにして倒れていた。上半身裸で、首は不自然に片側に折れ曲がり、残った片足はねじれて体の下敷きになっている。それでも、投げ出した右手の指には、いまだに銅の格子の一部が握られていた。

俺は踵を返して部屋を出た。舞台のまわりの炎は勢いを失いはじめている。小包を拾い上げた。めまいがして危うく倒れそうになった。ズボンの腰に小包を挟み、上着のボタンをとめて、おぼつかない足取りで廊下を歩いた。階段の降り口に置いた赤いビロードの椅子に、ダーンフォードが座っていた。穏やかな顔でひっそりと煙草を吸っている。俺を見ると、満足そうにうなずいてみせた。周到な計画がうまく行った喜びを嚙みしめているようだ。ダーンフォードの顔にはこう書いてあった。本来のターゲットであるオドウダとカーモードを殺し、おまけのカーヴァーもこうして恐怖に震え、深く反省している。自分の行く末に興味はない。爆発直前に味わった至福のときは永遠に自分のものだから。もはや何が起ころうとかまわない。誰も自分の心を乱すことはできない。

彼は穏やかに言った。「消防に連絡した。じきに到着するだろう」

「大勢でわいわいやる気分じゃないな」喉がからからに渇き、乾燥した葦を擦り合わせたような声しか出なかった。

ダーンフォードは椅子の後ろの小さな扉を指差した。「そっちに行くといい。階段を一番下まで下りれば、車庫に出られる」俺が気力を振り絞って足を踏み出そうとすると、彼が言った。

「彼の最期はどんな様子だった?」

「パニックを起こしているように見えたけど、いまはそう思わない。いつものように彼は知っていたのさ。自分が負けるはずはないって。あと五秒あれば、そのとおりになっていただろう」俺はドアに近づき、ノブに手をかけたところでつけ加えた。「警察がきたらあの部屋にはもう入れない。お別れを言うならいまのうちだぞ」

「彼にか?」

「違う、彼女にさ。あの舞台の上であんたを待ってるよ」

ダーンフォードは怪訝な顔で俺を見た。しかし、おもむろに立ち上がると、蠟人形の部屋に向かって歩き出した。煙が充満し、スプリンクラーの雨が降るあの部屋へ。俺は車庫へ続く階段を下り、屋外に出た。俺は運がよかった。これは例外中の例外なのだ。俺はオドウダのものに手を出した。こうして助かったのは奇跡だ。彼は所有物を、たとえ必要がなくなっても手放さない男だ。自分のなかに閉じ込めて、妻を手放さなかったように……。

第10章

キスは長続きしないが、料理は続く
ジョージ・メレディス

ファセル・ヴェガは、駐車した場所にそのまま停めてあった。這うようにして車に乗り込み、発進させた。正面の門に達する前に消防車が現れ、俺は茂みのなかに車ごと身を隠した。道路を走るフランスの消防車には貫禄がないからといって文句は言えない。危うくパトカーにも出くわすところだった。その車と入れ違いに幹線道路へ出た。開けた窓から誰かが叫んだが停まらなかった。ひょっとするとアリスティドかもしれない。

湖に向かって走り、それから湖沿いにジュネーブを目指した。その間も溶けた蠟人形の顔が頭から離れなかった。どろどろに溶けて泡立つ蠟。そこから恐ろしい顔がぬうっと姿を現す。ここを離れて予定どおり長い休暇を取らないかぎり、当分悪夢に悩まされることになりそうだ。

俺は電話ボックスに入り、ナジブに電話をかけた。

「小包は手に入れた。ジュリアを連れてくるのにどれくらいかかる？」

「そんなにかからない」

「サン・ピエール大聖堂の西側で三〇分後に。それでいいか？」

「いいとも。三〇〇〇ポンドのボーナスも用意しよう」

「忘れてもらっちゃ困るな」俺は言った。「アラクィ兄弟はいつもギニーで払っていることを」

「ギニーでね」

車で大聖堂に向かい、そこで待った。

彼らは二〇分で現れた。ジュネーブのどこかにジュリアを監禁していたということだ。まるで仲のよい家族のように、ぞろぞろとこちらに向かってきた。アラクィ兄弟、パンダ・ブバカル、そしてジュリア。

俺は車の横に立って、彼らを待った。

ジンボがジュリアの肩を軽く叩き、そっと押し出した。今日のジンボは緑のコーデュロイのジャケットに、黒いズボン、黄色いシャツというでたちで、赤いネクタイの上で大きなサーモンが飛び跳ねている。

「彼に言ってくださいよ、お嬢さん、わたしたちがつねに敬意と礼儀を持ってあなたに接していたことを」

ジュリアは俺の腕に身をゆだねた。何も聞く必要はない。彼女の顔を見ればわかる。

小包をナジブに渡した。彼はそれを指でもてあそんだ。中身を確かめたくて仕方ないのだ。

「開けてみろよ。俺は傷ついたりしないよ」

「きみを信用しているんだ」彼は言った。

パンダは歯と目を輝かせて俺に言った。「ほんとにつれない男《ひと》ね。あたしは何もかも捨てて、あなたを信じる用意ができてたのに。覚えておいて、坊や。彼女に湖に放り込まれたら、ママのところへ泳いでくるのよ。ウホ、ウホ！」ハイキックを決めて爪先で一回転してから、俺に分厚い封筒を差し出した。

「アメリカドルで用意した」とナジブ。「あとは警察の手をのがれるだけだな」

俺はかぶりを振った。「いっとき隠れることはできても、逃げ切るのは無理だ」

俺は車に乗り込んでボンヌヴィルを目指し、ムジェーヴへ向かう道路に折れた。

彼女はずっと黙りこくっていた。

結局、俺が先に口を開いた。「行きたい場所はあるかい？　休憩するとか買いものをするとか」

「どこでもいいわ。あなたは小包を売ったの？」

「いいや、きみと交換したのさ。金は要求していない。でも、差し出されたときは、やった、ボーナスだって思ったよ」

運転しながら、最後に会ったあとの出来事を話して聞かせた。話し終えると、彼女は俺の腕に触れた。「でも、あなたとインターポールの間はどうなるの？」

「わからないし興味もない。考えても仕方ないさ。それより夕食は何を作ってくれるんだい？」

俺たちはプロヴァンス風若鶏とオリーブのソテーを食べた。彼女が料理をしている間に風呂に入り、着がえをすませ、豪勢なパジャマをスーツケースから出した。それから居間に戻ってソファに腰を落ちつけ、酒を飲んだ。キッチンから呼ばれるたびに、彼女のグラスを満たしに行った。二度目に呼ばれたとき、彼女は俺の首に腕を巻きつけ、唇を重ねた。

「わたし、本当は内気な女の子なのよ」彼女が言った。「打ち解けるには時間がかかるの」

「急ぐことはないさ」

若鶏は絶品だった。

彼女が二品目を準備するためにキッチンに姿を消したとき、電話が鳴った。

アリスティドだった。

「そこにいると思ったよ。連れはいるのかい?」

「プロヴァンス風若鶏とオリーブのソテーを作ってもらったところだ」

「熱いソースの上に鶏肉を置いたのか? それとも、あとからソースをかけたのか?」

「上に置いた」

「彼女を大切にしろ」

「そんな時間が残されているとしたらな」

「そうそう、その件で話があったんだ。オドウダのところで大変な目に遭ったらしいな」

「大変なんてもんじゃないさ」

「部屋中めちゃくちゃだったよ。高価な絵もたくさんあったのに。でも、べつの殺人事件を立証するに足る証拠は残っていた。おれの組織の連中はそのことを喜んでいる」

「そいつはよかった」

「しかし、小包の件は落胆した」

「当然だろう」

「おれが説明するまではな。おまえさんが、彼らのために小包を取り返そうと命をかけて闘ったことや、小包が燃えてしまったのはおまえさんの責任じゃないってことをね。おまえさんのために——断っておくが、相手が違ったらこんなお節介は焼かないし、そうしなきゃならない理由もない。あるとすれば、もちろんおまえさんに親しみを感じているからだ。実に馬鹿げた話だが、認めざるをえない。なぜなら感じるんだ——もうちょっと辛抱しておれの話を——」

「いくらでもつき合うよ、アリスティド。でも、いまいち要領を得ないんだ、あんたの話」

「つまり連中を説得したのさ。制裁を加えるのはやめろって。おまえさんは小包を取り返そうとしたが、失敗した。命令にそむく行為は処罰に値するが、失敗は違う。どうだ、ほっとしたか?」

「もちろんさ」

「そいつはよかった。だけど、無傷で放免するわけにはいかん」

「無傷とはよく言ったもんだ」

「今日、ナジブが多額のアメリカドルを引き出したという情報が銀行から入った。その金はおまえさんが持っているんだろう?」

「仕事として訊いているのか、それとも個人的にか」

「両方だ。インターポールは寄付による基金を設けていて、様々な場面で有効に使われている。匿名の寄付金が届くことも珍しくない。近々、新たな寄付が届くと思っていいか？」

「あの金を送るよ」

「それを聞いて安心した。どんな場合も金は重視されるし、最終的にものを言うのは金だ。それからもう一つ、おまえさんにその気があるなら、そこにいるジュリアさんと結婚しろ。彼女は間違いなくオドウダの遺産を相続する。彼女はおまえを手に入れ、おまえは彼女と彼女の遺産を手に入れる。そうすれば、おれは二度とおまえさんにわずらわされずにすむ。八方丸くおさまるというわけだ」

「ジュリアは喜ばないよ」俺は言った。「いま作っているリキュール入りオムレツスフレを運んできたあとも、あんたが電話を切らないつもりなら」

アリスティドは大きなため息をついた。「北フランスのインセンっていう村に、その料理を完璧に作れる宿があるんだ。テーブルに運ばれてきたとき、バターが冷めていたり、皿に飛び散ったりしていたりしたら結婚しないほうがいいぞ」

彼の言葉どおり、その料理がテーブルに運ばれてくると、部屋は新鮮な卵のにおいでいっぱいになった。ぐつぐつと泡立つバター、温められたリキュールの芳醇な香り。

それから二週間、俺は何度も彼女と結婚しようと思い、そのあと数日間迷った。そして、メレディスの格言は正しいという結論に達した。「キスは長続きしないが、料理は続く」だが、人生に食べることしか望まない人間がいるのだろうか。

だから、結局俺はリノリウムの床に隠した四〇〇〇ポンドを回収し、もとの気ままな生活に戻ることにした。オドウダの遺言執行人は報酬と経費をいつ支払ってくれるのだろうとか、そこらでパンダに出くわさなきゃいいがとか、そんなことを考えながら。ところがウィルキンスは俺を見てもにこりともせず、慰労の言葉すらかけてくれなかった。ある朝、机の上に新しい電子タイプライターが載っているのを見つけるまでは。

彼女の顔がぱっと輝いた、と思いきや、しかめっ面に変わった。

「どうしてドイツ製なの？　イギリスにだって同じくらい質の高いものがあるのに。べつに、ドイツ人に個人的な恨みを持っているわけじゃないけど、少しは母国のために……」

慌ててオフィスのドアを閉めた。どうあがいても俺に勝ち目はない。

訳者あとがき

本書は一九六八年に発表されたヴィクター・カニング著 *The Melting Man* の全訳である。

ヴィクター・カニングは一九一一年デボン州プリマスに生まれ、一九三四年に非ミステリの処女作 *Mr. Finchley Discovers His England* を発表して以来、一九八六年に七四歳で亡くなるまでに数多くの著作を残し、六〇を超える作品が刊行されている。一九七二年には *The Rainbird Pattern*（邦題『階段』）により英国推理作家協会（ＣＷＡ）シルバーダガー賞を受賞。アメリカ探偵作家クラブ（ＭＷＡ）エドガー・アラン・ポー賞候補にも選ばれ、当時は世界の推理作家のベストシックスに入るともいわれた。しかし、日本で紹介された作品は『階段』を含めて五作のみ。ミステリとしては本書が三作目となる。

本書の主人公レックス・カーヴァーは、一九六五年に発表された *The Whip Hand* で初めて登場、『溶ける男』はシリーズ第四弾となる。かつてイギリスのシークレットサービスに籍を置いていたカーヴァーは、持ち前の反骨精神が災いしてクビになり、その後、探偵を生業にしている。本書では出番の少ない秘書のウィルキンスは、第一作から登場する名脇役の一人で、三作目の *The Python Project* では、彼女自身が誘拐されるというから、こちらも気になるところだ

（あくまでもカーヴァーのビジネスパートナーであって、二人の間に色恋沙汰はないらしい）。

さて本作は、盗まれた車探しを億万長者に依頼されるところから始まる。莫大な報酬と美しい娘に目がくらんだカーヴァーは仕事を引き受け、わけもわからぬまま深刻なトラブルに巻き込まれていく。何度も窮地に陥っては、そのたびに持ち前の機転をきかせて、間一髪で危機を脱する。秀でた正義感と行動力を持ちながら、金と女にはからきし弱く、へそ曲がりでお調子者のアンチヒーロー。そんなカーヴァーの等身大のキャラクターこそが本書の大きな魅力の一つである。

億万長者と二人の美しい娘、双子のアフリカ人エージェント、つわものの刑事など、一癖も二癖もある登場人物たちが次々に現れて、カーヴァーの行く手を阻む。それぞれの思惑がぶつかり合ってストーリーは二転三転、手に汗握るクライマックスを迎えて、最後には意外な事実も明らかになる。著者は旅行とフライフィッシングを趣味にしていたというだけあって、作品の舞台はイギリス、フランス、スイスとヨーロッパ各地を転々とし、風光明媚な風景や、釣りをモチーフにした奇抜なシーンも登場する。完成度の高いミステリでありながら、コメディーの要素を多分に含んだ作品として大いに楽しんでいただきたい。

レックス・カーヴァー・シリーズとカニングの邦訳作品名は以下のとおり。

〈レックス・カーヴァー・シリーズ〉
The Whip Hand（一九六五）
Doubled in Diamonds（一九六六）
The Python Project（一九六七）
The Melting Man（一九六八）本書

〈邦訳作品〉
『階段』*The Rainbird Pattern*（立風書房／一九七七）
『QE2を盗め』*Queen's Pawn*（早川書房／一九八六）

＊

『チーターの草原—スマイラー少年の旅』*The Runaways*（新潮社／一九七五、偕成社／七九）
『灰色雁の城—同』*Flight of the Grey Goose*（同）
『隼のゆくえ—同』*The Painted Tent*（同）

なお、来年にはアメリカでカニングの短編集を刊行する予定もあるという。そちらも期待して待ちたい。

The Melting Man
(1968)
by Victor Canning

〔訳者〕
水野 恵（みずの・めぐみ）
北海道武蔵女子短期大学卒。インターカレッジ札幌で翻訳を学ぶ。札幌市在住。

溶《と》ける男《おとこ》
——論創海外ミステリ　29

2005年10月10日　初版第1刷印刷
2005年10月20日　初版第1刷発行

著　者　ヴィクター・カニング
訳　者　水野恵
装　幀　栗原裕孝
編　集　蜂谷伸一郎　今井佑
発行人　森下紀夫
発行所　論 創 社
〒101-0051 東京都千代田区神田神保町2-23 北井ビル
電話 03-3264-5254　振替口座 00160-1-155266

印刷・製本　中央精版印刷

ISBN4-8460-0644-1

論創海外ミステリ

順次刊行予定（★は既刊）

★22 醜聞の館―ゴア大佐第三の事件
リン・ブロック

★23 歪められた男
ビル・S・バリンジャー

★24 ドアをあける女
メイベル・シーリー

★25 陶人形の幻影
マージェリー・アリンガム

★26 藪に棲む悪魔
マシュー・ヘッド

★27 アプルビイズ・エンド
マイケル・イネス

★28 ヴィンテージ・マーダー
ナイオ・マーシュ

★29 溶ける男
ヴィクター・カニング

★30 アルファベット・ヒックス
レックス・スタウト

31 死の銀行
エマ・レイサン

32 ドリームタイム・ランド殺人事件
S・H・コーティア

33 彼はいつ死んだのか
シリル・ヘアー

【毎月続々刊行！】

19　歌う砂――グラント警部最後の事件

ジョセフィン・テイ／鹽野佐和子 訳

「しゃべる獣たち／立ち止まる水の流れ／歩く石ころども／歌う砂／…………／そいつらが立ちふさがる／パラダイスへの道に」――事故死と断定された青年の書き残した詩。偶然それを目にしたグラント警部は、静養中にもかかわらず、ひとり捜査を始める。次第に浮かび上がってくる大いなる陰謀。最後に取ったグラントの選択とは……。英国ミステリ界の至宝ジョセフィン・テイの遺作、遂に登場！　本体 1800 円

20　殺人者の街角

マージェリー・アリンガム／佐々木愛 訳

その男は一人また一人、巧妙に尊い命の灯を吹き消してゆく。だが、ある少女の登場を端に、男は警察から疑いをかけられることに……。寂れた博物館、荒れ果てた屑鉄置場――人々から置き去りにされたロンドンの街角を背景に、冷酷な殺人者が追いつめられる。英国黄金時代の四大女性探偵作家のひとり、アリンガムのシルバー・ダガー賞受賞作品、初の完訳。

本体 1800 円

21　ブレイディング・コレクション

パトリシア・ウェントワース／中島なすか 訳

血と憎悪の因縁にまみれた宝石の数々、ブレイディング・コレクション。射殺死体となって発見された所有者は、自らの運命を予期していた……！？　忌まわしき遺産に翻弄される人々の前に現れた探偵は、編み物を手にした老婆だった。近年、再評価の声も高まっているウェントワースの“ミス・シルヴァー”シリーズ、論創海外ミステリに登場。　本体 2000 円

16　ジェニー・ブライス事件

M・R・ラインハート／鬼頭玲子 訳

ピッツバーグのアレゲーニー川下流に住むミセス・ピットマン。毎年起こる洪水に悩まされながら、夫に先立たれた孤独な下宿の女主人としてささやかな生活を送っていた。だが、間借りをしていたジェニー・ブライスの失踪事件を端緒に、彼女の人生は大きな転機を遂げることになる。初老の女性主人公が、若い姪を助けながら犯人探しに挑む、ストーリーテラー・ラインハートの傑作サスペンス。

本体 1600 円

17　謀殺の火

S・H・コーティア／伊藤星江 訳

渓谷で山火事が起こり、八人の犠牲者が出た。六年の歳月を経て、その原因を究明しようと男が一人、朽ち果てた村を訪れる——火事で死んだ親友の手紙を手がかりにして。オーストラリアの大自然を背景に、緻密な推理が展開される本格ミステリ。

本体 1800 円

18　アレン警部登場

ナイオ・マーシュ／岩佐薫子 訳

パーティーの余興だったはずの「殺人ゲーム」。死体役の男は、本当の死体となって一同の前に姿を現わす！　謎を解くのは、一見警察官らしからぬアレン主任警部。犯人は誰だ！？　黄金時代の四大女性作家のひとり、ナイオ・マーシュのデビュー作、遂に邦訳登場。

本体 1800 円